GRIFF MONTGOMERY, QUARTERBACK

(First & Ten Series, no. 1)

Édition française

Jeanne C. Joachim

Moonlight Books

Une nouvelle des livres Moonlight

Romance Sensuelle

Griff Montgomery, Quarterback (Édition française)

Copyright © 2015 Jean C. Joachim

Design de la couverture par Dawné Dominique

Édité par Tabitha Bower

Corrigé par Renee Waring

Traduit par Tony Alexandre

Dédié à

tous les hommes qui jouent au football américain

GRIFF MONTGOMERY,

QUARTERBACK

First & Ten Series, no. 1

Édition française

Jean C. Joachim

Chapitre Un

Griff attrapa la dernière assiette du dîner et recula son bras prêt à la projeter contre le mur quand la sonnette de la porte d'entrée l'interrompit. C'était la police. Deux officiers se tenaient sur le perron.

"M. Montgomery nous avons eu une plainte concernant des bruits venant de votre logement. L'appel disait que ça avait l'air d'une bagarre." Le policier le regardait d'un air désolé. "Votre famille est-elle présente dans l'habitation?"

"Ils ont déménagé en Californie, il y a deux jours."

"Je peux vous demander ce qu'il se passe ici?" Le flic se dandina d'un pied sur l'autre visiblement gêné.

"J'ai juste laissé tomber une pile d'assiettes. Et ça a fait un vrai bazar, vous voulez entrer pour vérifier?" dit Griff en s'effaçant de l'encadrement de la porte.

"Non, monsieur, inutile. Je vous crois sur parole... Je pourrais vous demander de signer un autographe pour mon fils, Billy?"

"Bien sûr." Griff signa le papier que lui tendait l'officier. Puis il sourit alors que les deux hommes le saluaient d'un coup de casquette en rejoignant leur véhicule de patrouille.

Ça paye d'être une célébrité dans une petite ville. Il resta un moment sur le perron scrutant les maisons voisines. Il essayait de mesurer jusqu'où le son avait pu porter. Un samedi, à quatre heures de l'après-midi, les voisins devaient être chez eux à jardiner ou tondre le gazon. Ils avaient dû voir sa sœur, ses deux enfants et son nouveau mari quitter la maison. *Évidemment, impossible de louper le fourgon de déménagement. Ce putain de camion a embarqué la moitié de la maison.*

Mais pourquoi les voisins mettraient-ils leur nez dans ses affaires? *Est-ce qu'on ne peut pas lâcher un peu de pression à sa manière dans sa propre maison?* La colère lui gonfla à nouveau la poitrine.

La dernière assiette attendait sur la table mais maintenant il n'avait plus d'excuse pour la fracasser délibérément. Si la police revenait, il ne pourrait pas leur servir la même petite histoire une seconde fois. Alors il se dirigea vers la cuisine et soupira de lassitude lorsqu'il vit la pagaille qu'il avait mise. Des morceaux coupants de porcelaine de Chine de toutes les tailles jonchaient le sol de la cuisine tout autour de la table. Il avait même réussi à égratigner la peinture en différents endroits du mur. Et il était le seul dans la maison qui pouvait nettoyer.

Or il détestait faire le ménage, c'est sa sœur, Kathy qui s'était toujours occupée de cette tâche ingrate tant qu'elle vivait ici. *Merde, Kathy pourquoi tu n'es pas là?*

Au plus profond de lui, Griff savait qu'il n'avait pas fait le deuil du départ de sa sœur pour Los Angeles. Ils étaient si proches que bien sûr, il était content pour elle qu'elle ait trouvé Wes et qu'elle l'ait épousé. Cela faisait dix ans qu'elle était seule; depuis que Dan, son premier mari était mort dans l'incendie du bâtiment dans lequel se trouvait son bureau. Il avait laissé Kathy seule avec ses deux jeunes enfants. Elle avait besoin d'un mari. Car même si Griff l'aidait au quotidien, il ne pouvait pas remplir ce rôle. Mais son plus grand regret, c'était les enfants qu'il considérait comme les siens et qui lui manquaient terriblement.

Il avait vingt-trois ans quand il avait déménagé pour aider sa sœur. Cela devait être temporaire. Les enfants étaient petits; Joey avait cinq ans et Missy trois. Les grands-parents avaient décrété qu'ils étaient trop vieux pour prendre la responsabilité de si jeunes enfants. Alors Griff avait endossé le rôle de la figure masculine.

Au départ, il avait été un peu embarrassé car il ne savait pas comment s'occuper de gamins de cet âge. Mais les enfants, eux, ne s'en étaient pas rendus compte. Ils l'avaient aimé tout de suite. Et il n'avait pas fallu longtemps pour que Griff prenne sa place dans la vie de la famille, allant aux rencontres parents-professeurs avec Kathy et lisant des histoires aux enfants le soir avant de dormir. Joey et Missy étaient des enfants doux et charmants, comme l'était leur mère. Et il n'avait pu s'empêcher de les aimer comme il avait senti qu'il était aimé d'eux.

C'était le moins qu'il puisse faire pour cette femme qui l'avait quasiment élevé. Kathy avait sept ans de plus que Griff. Lui était "la petite surprise de la ménopause", comme elle se moquait souvent. Elle avait toujours été là pour le guider dans les aléas de la vie quand ses parents étaient trop fatigués ou préoccupés pour prendre du temps pour lui. Il estimait qu'il lui était redevable et s'occuper des enfants avait été pour lui une excellente manière de lui renvoyer l'ascenseur.

Griff avait gagné pas mal d'argent en tant que "quarterback" pour les Connecticut Kings. Il avait payé les factures et Kathy avait pris en charge la tenue de la maison. À trente-trois ans, il avait songé à la retraite, à passer plus de temps avec la famille mais il avait été mis sur le carreau brutalement. Maintenant il restait là, seul dans une grande maison et sans enfants. Sa vie, débordante d'activités pendant dix ans, s'était soudainement arrêtée.

Plus de foot au parc, de matchs de ligue, ni de sortie scouts la nuit dans les bois. Plus de camping ou de catch dans le jardin. Finies les soirées jeux de société du samedi soir et les virées chez Frosty Freeze pour déguster une bonne glace. Plus de fêtes d'anniversaire ni de soirées ciné avec film d'animation, pop-corn et soda.

Le bonheur s'était enfui.

Griff sortit le balai du placard mais dût chercher la pelle. Après quelques jurons, il la dénicha sous l'évier. *Qui a mis cette maudite pelle sous l'évier ? Elle pourrait être humide ici.* Le balayage lui prit du temps. L'idée peu reluisante de finir avec un minuscule morceau de verre dans le pied le força à être méticuleux. Quand il eut fini, il rangea la pelle à la même place, frustré de n'avoir pas trouvé un meilleur endroit.

Alors il passa délicatement un papier-ménage humide sur le sol pour ramasser les brisures trop petites pour être distinguées à l'œil. Lorsqu'il eut enfin fini, il ôta son T-shirt moite et sauta sous la douche. Mais l'eau rafraîchissante glissant sur son corps n'entraînait pas les pensées qui tournaient dans sa tête. S'en était finie de sa famille toute faite et sa petite vie parfaite, confortable et bien ordonnée. Comment maintenant allait-il remplir l'espace vide de son cœur ?

Bien sûr, il avait les femmes. Un femme dans chaque grande ville qui partageait son lit lorsqu'il était sur les routes. Et Carla, serveuse au Savage Beast, était là, toujours d'accord pour un petite partie de jambe en l'air. Griff passait occasionnellement une soirée au Savage. Betty, star retraitée de Broadway y jouait et chantait les vendredis et samedis soirs. Il aimait sa musique et l'atmosphère conviviale du lieu.

Peut-être que Carla serait prête à entamer une relation sérieuse avec moi. Le sexe est bon avec elle. Je suis sûr que nous pourrions nous trouver d'autres intérêts communs que les Martinis du Savage, le billard et les chansons chantées en chœur avec Betty.

Ensevelissant son sentiment de solitude plus profondément en lui, il s'apprêta pour un samedi soir au Savage avec la ferme intention de se rapprocher de Carla. Il glissa ses longues jambes dans une nouvelle paire de jeans qu'il accorda avec un T-shirt bleu ciel s'ajustant parfaitement à ses biceps, puis il passa le peigne dans ses cheveux brun acajou. Sur la suggestion de Kathy, il les gardait légèrement longs, négligemment retenus derrière les oreilles. Son sourire était éclatant et ses yeux noirs sexy.

D'un geste sûr, il attrapa sur la commode, les clés de sa Jaguar argent XK décapotable et fonça vers le centre de la petite ville de Monroe, patrie des Kings.

* * * *

Devant une ancienne maison victorienne de la ville, Lauren Farraday tirait sa valise vers sa petite voiture. Son très récent ex-mari, Bob Decker, se tenait sur le perron du porche devant la maison et l'observait.

"C'est une bien grande valise pour quelques jours."

"Je ne sais pas combien de temps je vais rester là-bas." dit Lauren, en descendant les escaliers une marche à la fois.

"Linda ne veut pas de la vaisselle donc je te la laisse."

"D'accord." Elle remonta vers le porche, se laissa tomber sur le petit canapé et bu une gorgée de thé glacé.

"Mais elle prend l'aspirateur. J'ai pensé que c'était juste." Il but à son tour une lampée de bière dans une canette.

"Peu importe."

"Je veux être juste."

"Je m'en fiche." Elle combattit la colère qui montait dans sa voix.

"Mais pas moi. Je ne veux pas que tu te sentes lésée ou autre chose." Il eut un imperceptible geste de recul transférant le poids de son corps d'un pied sur l'autre.

"Ce n'est pas ce que je ressens" mentit-elle.

"Très bien. Tu sais nous nous sommes mariés seulement pour...c'est comme ça, je veux dire, ce n'est que justice."

"Tais-toi, Bob. J'ai compris. Je n'ai pas contesté le divorce. Je ne me suis pas battue pour les affaires. Alors laisse tomber, d'accord? C'est comme c'est. Je dois l'accepter."

"Ce n'est pas comme si tu étais follement amoureuse de moi."

Elle se leva, "Ne pars pas sur ce chemin-là."

"Je veux seulement dire..."

"Je sais exactement ce que tu veux dire. Nous l'avons répété des milliers de fois ces trois derniers mois. Peux-tu laisser tomber maintenant, s'il te plaît?"

"D'accord. À partir du moment où tu vas bien."

"Ça va."

"Je suis sûr que tu m'oublieras facilement." murmura-t-il.

"Attends un peu, Bob, tu ne peux pas m'avoir comme tu veux des deux côtés. Moi, pleurant toutes les larmes de mon corps parce que je te perds et ensuite m'obligeant à être cool lorsque nous nous séparons. Décide-toi." Elle fronça les sourcils alors qu'une note d'irritation pointait dans ses mots.

"Tu as raison. Je me sens un peu...Bon j'ai déposé quelques milliers de dollars en plus sur le compte d'épargne, en cas de besoin."

"Merci." *Coupable, peut-être? Non mais, carrément que tu te sens coupable. Salaud.*

"Linda et moi nous partirons dans la matinée."

"Voici une liste des choses à faire avant que tu partes." dit Lauren, sortant un morceau de papier de sa poche.

Bob y jeta un œil puis le chiffonna. "Honnêtement, Lauren! Ne sois pas insultante. Je sais parfaitement comment fermer la maison!"

"Il y a autre chose."

"Oui, oui, c'est bon."

"Je vous souhaite d'être heureux, Linda et toi."

"J'en suis sûr."

Lauren ne put ignorer son ton narquois. "J'essaie juste d'être polie. Au moins, ce n'est pas comme si tu me quittais pour quelqu'un de nouveau."

"Ça aurait été pire pour toi?"

"En un certain sens, oui. Ça l'aurait été." Elle but encore une gorgée de thé pour calmer sa gorge sèche.

"Je suppose qu'il n'y a plus rien à dire à part...bonne chance." Il ouvrit la double porte et rentra.

Lauren laissa échapper un soupir. Des aboiements attirèrent son attention. Un petit chien gambada jusqu'à elle, passant entre ses jambes et sautant autour d'elle. "Zander," murmura-t-elle, s'accroupissant pour que le chien puisse lui lécher le visage. Elle sourit et chuchota des mots affectueux au petit animal jappant autour d'elle.

"Mais où est encore ce sale clébard?" cria Bob.

"Dehors. Et ce n'est pas un sale clébard," répondit Lauren.

Bob sortit pour la rejoindre et attacha un collier et une laisse au chien haletant. "Ce petit monstre ne veut pas rester à l'intérieur."

"Il adore rouler avec moi."

"Tu n'as qu'à le prendre avec toi à Rhode Island."

"Il n'est pas autorisé dans les hôpitaux, Bob. S'il te plaît, ferme la porte. Je serai partie dans une minute et il ne voudra plus me suivre."

Bob tira Zander vers l'intérieur, celui-ci tendant la laisse de toutes ses forces pour rester avec sa maîtresse puis la porte claqua derrière lui. Elle sursauta au bruit sourd de la porte et jura dans un souffle.

Il est temps de prendre la route. Elle se leva et prit son portable. Elle avait un appel manqué de son frère. Elle le rappela directement.

"Don? Je prends la route maintenant."

"À quelle heure penses-tu être là?" Au son de sa voix, elle sentit que son frère était nerveux.

"Heu, quatre heures trente. Dis à papa que je serai là pour le dîner."

"Tu as besoin des directions?"

"Quoi ? Non. Je suis allée à l'hôpital de nombreuses fois."

"Je déteste les hôpitaux."

"Oui, je sais. Moi aussi."

"Papa te réclame."

"Je suis en route. Je serai là dans un peu plus de deux heures. As-tu prévenu maman ?"

"Elle est aux Caraïbes, sa nouvelle lubie."

"Rien que l'on puisse faire, donc. À tout à l'heure. Je t'embrasse"

"Je t'embrasse aussi."

Elle prit une grande inspiration et démarra. Le camion de déménagement était garé au bord du trottoir attendant son départ pour pouvoir entrer dans l'allée. Elle jeta un dernier regard vers la maison et surprit Bob qui sortait les bagages. Elle soupira alors qu'un frisson la traversait. Ses yeux s'embrumèrent. *Pourquoi suis-je si sentimentale ? Je n'attends qu'une chose c'est de me débarrasser de ce connard.*

L'image de ce qu'aurait pu être sa vie dans cette merveilleuse maison victorienne dansa devant ses yeux, une demie seconde. Sa vision, son rêve d'un mari aimant et de deux enfants, s'évapora comme une brume sous un soleil de plomb. Un petit mouvement de tête la ramena à la réalité. *On ne peut pas changer le passé. Laisse tomber les rêves et avance. Papa a besoin de toi.*

Lauren accéléra et entra sur l'autoroute qui la menait vers Providence au chevet de son père malade.

✳ ✳ ✳ ✳

Griff Montgomery s'arrêta sur Elm devant le Savage Beast. L'enseigne indiquait que le bar était ouvert. Le grincement des charnières de la porte annonça son arrivée alors qu'il entrait dans son troquet favori.

Carla se tenait derrière le bar, rangeant les verres.

"On n'est pas ouvert," s'écria-t-elle.

"Le signe à l'entrée dit que vous l'êtes."

"Griff?" Elle leva les yeux. "Viens ici." Elle lui décocha un sourire radieux.

Il la dévisagea avec attrait. *Carla a tout ce qu'il faut. Un corps magnifique. Une agréable personnalité.*

Ses longs cheveux noirs ondulaient jusqu'à son large décolleté le couvrant partiellement. Elle les rejeta vers l'arrière d'un mouvement sec de la tête. Son regard à lui se posa sur sa poitrine alors que le souvenir de leur dernier rendez-vous galant dans son appartement s'attardait dans son esprit.

"Tu es tôt."

Il préféra ne pas expliquer qu'il n'avait aucune raison de rester chez lui. "Des spécialités aujourd'hui?"

"Oui, le nouveau cocktail de Roddy, le Savage Sunrise."

Griff leva un sourcil interrogateur. "Qu'est-ce-qu'il y a dedans?"

"C'est la même chose qu'un Tequila Sunrise mais avec du jus de papaye à la place du jus d'orange. Il dit que c'est meilleur pour la santé. Je pense que c'est n'importe quoi."

Griff rit. "Et bien, je dois l'essayer. Sers m'en un."

Elle lui jetait des coups d'œil alors qu'elle mixait sa boisson. "Tu as beaucoup de temps libre ces derniers temps?"

"Tu peux le dire," répondit-il. Souhaitant éviter la question, il se mit à dévisager une peinture suggestive derrière le bar.

Elle déposa son verre devant lui.

"Quand est-ce que tu me branches avec un de tes séduisants coéquipiers?"

"Qu'est-ce-qu'il ne va pas chez moi?" Il prit une gorgée de cocktail et la gratifia d'un pouce en l'air.

"On couche ensemble depuis assez longtemps pour savoir que ça nous mène nulle part."

Il s'assit sur un tabouret et de derrière le bar on pouvait distinguer sa haute taille et son corps élancé. "On ne peut pas savoir tant qu'on n'a pas essayé."

Elle s'essuya les mains et le fixa longuement. "Tu vas arrêter de courir partout, débauchant la planète entière juste pour ta vieille copine?"

"Débauchant? Attends une minute..."

"C'est ce que je pense." Elle tourna la tête vers une douzaine de verres à essuyer.

"Donne-moi une chance, Carla."

"De briser mon cœur? Sûrement pas. En plus je déteste détruite les belles amitiés." Elle se mit à essuyer quelques verres à pied.

Il lui adressa un sourire en coin. "Je savais que tu allais dire ça."

"Burger ce soir?" Elle leva un sourcil.

"Au bleu, s'il te plaît."

"Je sais. Bien cuit. Ça marche." Elle disparut dans la cuisine.

Griff regarda autour. Habituellement, il venait au bar dans la soirée après que les enfants soient couchés ou alors occupés avec leurs devoirs. Pendant la journée, l'endroit semblait différent. Le soir, les lumières tamisées donnaient au bois une belle patine qui s'estompaient sous la dureté de l'éclat du jour. Le sol avait besoin d'être rafraîchi. Les tabourets de bar réclamaient un nouveau coup de peinture. Mais la nuit, tout paraissait plus beau, plus élégant, et l'atmosphère était chaude et sympathique.

Carla apporta son hamburger et lui servit un coca. "La famille est partie pour la côte ouest?"

"C'est ça." Il croqua dans son Burger. *Personne ne sait faire un bon hamburger au bleu comme Carla.* "C'est délicieux, comme toujours."

Elle lui sourit. "Donc maintenant tu cherches à t'installer?"

"Je suppose."

"Je ne veux pas d'un homme qui voyage."

"Une grosse blessure et ma carrière est finie, Carla. Il est temps de s'enraciner."

"Ah oui? Dis-moi que tu n'as pas une fille dans chaque port, marin." lança-t-elle.

Griff rougit. *Je pourrais avoir à m'en débarrasser si je fais ça.*

"C'est ce que je pensais," dit-elle en passant un coup de chiffon sur le bar.

"Et que penses-tu de mes coéquipiers? Ils ne sont pas différents."

"Ah bon? Tu es en train de me dire qu'ils sont tous des hommes à putains comme toi?"

"Peut-être pas tous, mais la plupart."

"Merde. Ben, ramène ceux qui ne le sont pas alors. Et laisse-moi apprécier."

Il rit. "Tu veux sonner le rassemblement du bétail?"

"Plutôt un...disons faire un concours de beauté."

La conversation se ralentit et se termina complètement en une heure quand la foule commença à se former. Les gens du vendredi qui s'arrêtaient après le boulot pour un petit shot rapide et frais avant de rentrer se mélangeaient aux célibataires qui étaient là pour un verre, un dîner et un peu de compagnie. Certains trouvaient le coup d'un soir d'autres buvaient, mangeaient et chantaient.

Griff connaissait les habitués. Il sortait ici quand Kathy et les enfants vivaient avec lui car il ne sentait pas à l'aise de ramener des femmes à la maison. C'était un endroit accueillant où il se sentait accepté et pas trop embêté du fait de sa notoriété. Ce soir, cependant, il avait un sentiment différent. Peu importe ce qu'il se passerait au Savage, il ne rentrerait pas dans la maison familiale.

Carla avait raison. Il ne pouvait pas transformer une relation récréative en un mariage. Pourtant, Griff se rappelait de la douceur de la peau de la jolie serveuse et des fous rires qu'ils partageaient. Mais de toutes façons, il n'avait pas envie que sa femme travaille dans un bar, et Carla n'accepterait jamais qu'il lui dicte ce qu'elle doit faire.

Et puis, il voulait quelqu'un qui souhaitait des enfants. Il fallait qu'il ait des enfants. C'était une condition impérative et non-négociable de l'équation. Il avait déjà tellement de pratique qu'être père pour de vrai devrait être très simple pour lui.

Il se sourit à lui-même, sachant qu'être parent n'était jamais simple, même avec de la pratique. Alors il se rappela la tête de Carla lorsqu'il parlait de sa nièce et de son neveu. *"Ruiner ce corps pour produire un autre être humain paumé? Pas question."* Non, Carla n'était pas dans la course.

Après deux Savage Sunrise de plus, Griff laissa un généreux pourboire, glissa de son tabouret, et rentra à la maison seul pour une insupportable soirée calme et stupide devant la télévision.

* * * *

Même si c'était dimanche, Griff se leva avec le soleil. Il prit un café et lut le journal sur la terrasse arrière, celle qui surplombait la piscine. Il portait un marcel blanc et un short de sport, parce qu'il avait prévu de courir quelques miles avant d'aller s'entraîner à la salle de gym du stade. Il devait rester en forme, et l'exercice l'aidait à supporter la solitude.

Par le passé, ces quelques semaines après la fin des classes et avant que le stage d'entraînement ne commence, fin Juillet, étaient des moments bénis. Griff et Kathy partaient en vacances en famille. Griff avait emmené sa sœur et les enfants chez Disney, bien sûr, mais ensuite vers des destinations plus raffinées. Une année, ils étaient allés aux Galapagos, une autre fois au musée du Base-ball de Coppertown et puis dans le Maine au bord de la mer. Cette année, maintenant que les enfants étaient plus grands, il avait prévu de leur faire visiter Londres, Paris et Rome. Mais les plans s'étaient envolés en fumée quand Kathy avait annoncé qu'elle déménageait pour San Francisco.

Tout ce temps libre l'angoissait. Ainsi, il arriva au stade à huit heures du matin. Pete Sebastian, ou Coach Bass, comme son équipe l'appelait, était déjà dans son bureau. Griff sourit et lui fit un signe de la main en passant devant le mur de verre du bureau. Depuis que les enfants de l'entraîneur étaient partis à l'université, il tournait aussi dans sa grande maison vide comme un rat dans sa cage. Griff s'attendait maintenant à le voir au Savage Beast tous les samedis soirs.

Il rencontra son meilleur ami, Elroy "Buddy" Carruthers à la salle de gym. Rapide et malin, Buddy était le receveur éloigné de Griff. Plus petit que lui de quelques centimètres, Buddy était mince et ferme. Il courait sur un tapis roulant et salua Griff de la main.

Griff attrapa quelques poids légers et se mit pomper pour renfoncer ses bras. Buddy était trempé de sueur, ce qui signifiait qu'il était à l'entraînement depuis un certain temps. Après quinze minutes les deux hommes firent une pause.

Célibataire, Buddy et Devon Drake, un "cornerback" avaient acquis la pire des réputations en tant qu'hommes à femmes. Les deux hommes étaient toujours en recherche de nouvelles conquêtes, profitant dans leur quête de quelques jeunes oies blanches esseulées. Buddy jurait qu'il n'avait jamais pris de joueur marié pour aller en virée avec lui. Griff avait rit lorsque son ami avait fait cette déclaration et l'avait appelé "un homme à femmes avec des principes".

Griff ramenait souvent Buddy à la maison pour dîner avec sa famille. Ils jouaient au football avec les enfants et leurs copains dans le jardin. Il avait noté comme son coéquipier était détendu et à l'aise avec Kathy et ses enfants et il se demandait pourquoi Buddy n'était pas marié. Mais Griff n'insistait jamais. Buddy ne parlait pas beaucoup de son passé, de ses années à l'université ni rien de personnel. Griff se demandait si son ami était également un aussi grand séducteur à cette époque.

De toute façon s'il avait demandé, Buddy aurait fait un blague pour éviter la question. Finalement, Griff avait compris et ne l'interrogeait plus sur ce sujet.

À un moment, il avait pensé que Buddy pourrait être intéressé par Kathy. Griff avait été clair qu'il ne serait pas une fréquentation convenable pour elle. Buddy avait éludé en disant, "Si j'avais une sœur, je ne voudrais pas non plus qu'elle sorte avec un type comme moi."

Les deux hommes écumaient les bars lorsqu'ils étaient sur la route. Il y avait toujours tant de jeunes filles à séduire. Parfois, il se focalisait sur la même fille. Alors ils pariaient sur celui qui allait remporter le trophée. De temps à autre, leur cible quittait le bar seule et les deux hommes s'en fichaient, ils riaient et rentraient dormir tôt et seuls. Buddy ne buvait jamais le nectar deux fois dans la même coupe et semblait heureux de ce choix de vie.

Quand Griff sortait de ces gonds avec sa nièce et son neveu, il passait voir Coach Bass pour un conseil. L'entraîneur avait toujours pris du temps pour son "quarterback". Les moments comme cela font que l'équipe était devenue une seconde famille pour Griff.

Sa vie avait été parfaite. Maintenant, elle avait volé en éclat comme un verre cassé après une chute sur un sol de pierre. Et de surcroît, il n'était pas certain de la direction à prendre pour recoller les morceaux.

L'entraîneur lui suggéra de rénover la maison. Avec le départ de la famille, Griff tournait en rond comme le dernier petit pois dans sa boîte de conserve. Alors il embaucha une architecte d'intérieure qui lui fit des plans et des suggestions comme une gigantesque chambre pour lui avec une nouvelle et extravagante salle de bain. Elle lui recommanda aussi d'abattre quelques murs pour redessiner tout l'intérieur de la maison ainsi qu'une totale rénovation de la cuisine. La maison n'était ni vieille ni neuve. Elle n'avait pas de style mais elle était fonctionnelle. Il fut séduit pas ses idées.

Le projet complet devait coûter environ deux cent mille dollars. Mais quand ce serait fait, la maison serait un palace. Il signa les papiers, fit le premier versement et chercha un logement pour vivre le temps des travaux.

Chapitre Deux

Griff s'arrêta et gara sa voiture sur la rue près d'une petite maison victorienne. Des enfants jouaient au foot dans le jardin d'à côté. Il pouvait les entendre crier et frapper la balle. Il avait joué au foot avec les enfants de Kathy mille fois dans leur enfance. C'était le sport le plus simple pour commencer. Il avaient adoré et lui aussi.

Son esprit s'envola vers le jour où Kathy, Wes et les enfants étaient partis. Il ne voulait pas se rappeler mais les souvenirs affluaient néanmoins.

"Il faut tenir comme ça longtemps, jeune demoiselle," dit Griff en serrant sa nièce dans ses bras.

"Tu viens bientôt comme tu l'as promis?"

"Nous verrons."

Elle fit la moue. "Tu dis toujours ça quand tu veux dire "non". Elle trépigna, croisa les bras et le regarda avec insistance.

"Missy Marie Thomas, as-tu promené Pookie et as-tu donné ta valise à Wes?" Kathy poussa l'adolescente vers l'extérieur.

"Où es Joey?" Griff regarda autour du salon. Beaucoup de meubles étaient en route vers San Francisco et la pièce avait l'air vide. Le nouveau mari de Kathy, Wes Emerson, avait accepté un poste chez Global Tech et il prenait sa famille avec lui.

"C'est Joe, maintenant, oncle Griff"

"Oh oui. Pardon, pardon. Je l'ai oublié." Il ébouriffa les cheveux du garçon de quinze ans. *Avec ses 1m97, Griff avait presque une tête de plus que l'adolescent. Il tira le garçon vers lui pour une accolade rapide. Des larmes lui piquaient le fond des yeux.*

"Tu peux voir où es ta sœur Elle est sensée promener Pookie."

Joe acquiesça de la tête, fit un signe de la main en direction de son oncle puis partit.

"Maintenant, vous, monsieur." Sa sœur posa ses mains sur ses hanches.

"Ça ira, Kathy."

"Je veux que tu aies ta propre vie, pour changer. Que tu te maries. Que tu aies des enfants."

"Agite ta baguette magique et fais apparaître la femme parfaite." gloussa-t-il.

"Maman! Viens. Nous sommes prêts," appela Joe.

Battant des paupières rapidement, Kathy embrassa son frère. "Merci ne représente pas ce que je veux dire, Griff. Je...je..."

"Je sais," dit-il en lui tapotant le dos.

En un instant, elle était en bas des escaliers, nichée en toute sécurité sur le siège avant alors que Wes manœuvrait la voiture bondée hors de l'allée. Griff se tenait à la fenêtre. Il fit un signe de la main et resta là devant la vitre. Une douleur lui traversa la poitrine. Sa respiration devint superficielle comme si une boule dans sa gorge empêchait l'air de rentrer. Le silence l'envahit.

La même douleur revint quand il vit les enfants jouer. *C'est comme si c'était hier et cela ne fait pas un mois. Combien de temps pour que ça passe? Peut-être jamais.*

"Vous devez être la personne qui cherche à louer ma maison." Une petite femme légèrement ronde avec des cheveux courts châtains se tenait debout sur la pelouse essuyant ses mains sur un tablier.

"Oui c'est moi. C'est chez vous?" Il tourna son regard vers la maison désuète mais propre peinte dans un sombre bleu sarcelle avec les moulures en crème. Le fauteuil à bascule sous le porche et le toit pointu ajoutaient au charme de la demeure.

"Oui. Le loyer est de trois mille. Versé chaque premier du mois. Vous avez des enfants?" Elle le dévisagea de haut en bas.

"Non"

"C'est bien. La maison est pleine d'antiquités. Mon mari et moi sommes antiquaires. Nous avons un magasin, aussi. Nous ne voulons pas d'enfants courant partout et cassant des choses. Des animaux de compagnie?"

Griff secoua la tête.

"Parfait. Entrez." Il la suivit à l'intérieur. Une petite cloche sur la porte d'entrée attira son attention, mais seulement pendant une seconde. L'arôme appétissant du pain en train de cuire l'enroba. *Je le prendrai.*

"Que cuisinez-vous ?"

"Un pain Pullman. Le préféré de mon mari."

"La maison vous appartient mais vous vivez ailleurs?"

"Oui, c'est ça. Nous avons une plus grande maison avec le magasin au rez-de-chaussée. C'est plus proche de l'autoroute. Vous êtes probablement passé devant. Les antiquités d'Amy?"

Il acquiesça, pas très sûr qu'il se souvenait mais il voulait être poli. La petite salle de séjour avait une cheminée avec un pare-étincelle et des chenets. Les meubles étaient anciens et délicats. Il fronça les sourcils. *"Puis-je m'asseoir sur le canapé sans le casser?"* Il rejoignit Amy dans la cuisine, l'odeur était si forte que son estomac gargouilla. Elle prit deux miches dans le four et les disposa sur une grille à refroidir.

"Vous voulez de l'aide?" demanda-t-il.

"Non merci. C'est bon. J'ai l'habitude. Je le fais tout le temps."

Les pains avaient une belle croûte brun clair sur le dessus. Amy les tourna doucement sur le plan de travail. "Ils doivent refroidir un peu. Peut-être qu'après avoir visité le haut, ils seront assez tièdes pour que je puisse vous en faire goûter une tranche. Ça vous plairait?"

"Vous plaisantez ? Je n'ai jamais mangé de pain fait maison avant."
Elle lui sourit. "C'est d'accord alors. Vous me semblez familier. Est-ce-que je vous connais ?"

Griff baissa les yeux vers le sol. "Je suis joueur de football américain professionnel. Parfois, j'apparais dans les journaux locaux."

"C'est ça ! Maintenant je vous reconnais. Vous êtes ce type qui gagne tous ces matchs avec les Kings."

"Ce n'est pas moi qui gagne les matchs. C'est l'équipe. Je suis juste le "quarterback"."

"Allez, ne soyez pas modeste. Ce n'est pas la photo de l'équipe que je vois. C'est la vôtre." Elle plissa les paupières pour le considérer longuement. "Et je comprends pourquoi."

Cela fit rougir Griff. "Peut-être pouvons-nous voir le haut ? "

"Bien sûr, bien sûr." Elle ôta son tablier et le suspendit à un crochet puis emprunta un petit escalier sinueux à partir de la cuisine.

"Je ne suis pas certain de pouvoir entrer là-dedans," dit-il en baissant la tête.

"Ce sont les escaliers annexes, anciennement utilisés par les femmes de chambre et le majordome. Oui. Ils sont étroits n'est-ce pas ?" Elle jeta un œil à ses larges épaules avant de renoncer et de le conduire vers l'escalier principal.

Ils traversèrent une salle à manger formelle avec d'anciens meubles en bois sombres et une table ovale parfaitement cirées garnies de six chaises. Griff examina les pieds délicats et en conclut qu'ils ne le soutiendraient pas. Mais la pièce avait un charme qui vous projetait en arrière dans le temps et il approuvait.

Les chambres à l'étage étaient convenables bien qu'il ait quelques inquiétudes au sujet de la longueur du lit dans la chambre principale. *C'est seulement l'affaire de quelques mois.* Rideaux en dentelle, tapis anciens et parquet de bois brillant parfaitement ciré, et un orignal couvre-lit fait-main ajoutait une touche de l'époque dont la maison venait.

Griff la vit comme une immense maison de poupée quand il dût se baisser pour passer par la porte de la chambre de bonne à l'arrière.

Dans la cuisine, Amy coupa deux épaisses tranches de pain chaud. Elle sortit du frigidaire du beurre européen et l'étala généreusement avant de tendre l'assiette à Griff. Il accepta volontiers. Il ferma les yeux alors que la première bouchée fondait dans sa bouche. Amy déchira sa tartine en deux puis en croqua délicatement une petite bouchée.

"C'est délicieux." dit-il.

"Merci. Que pensez-vous de la maison?"

"Elle est très jolie. Et meublée avec soin. Je la prends."

Elle claqua dans ses mains une fois et sourit. "Super! Vous êtes notre premier locataire. Et pas de souci, je sais que vous pouvez vous le permettre."

Griff sortit son chéquier de sa poche arrière.

"Un mois de caution et un mois de loyer, s'il vous plaît."

Il acquiesça et fit son chèque.

"J'espère que vous serez très heureux ici."

"J'en suis sûr."

Amy prit le chèque et lui tendit les clés. "Vous pouvez déménager à partir de lundi. Bonne chance et j'espère que vous continuerez de gagner."

"Merci, Amy." Griff lui serra la main. Lorsqu'il rejoignit sa voiture, il se retourna et regarda la maison. La beauté de la petite maison victorienne et le soin méticuleux qui y était apporté l'impressionnait. Il était pressé de vivre dans cette délicate maison-musée si différente de la sienne. Et soudain, il eut un doute sur les plans de rénovation moderne qu'il avait approuvés.

Il pencha la tête légèrement. *Je serais comme Alice après qu'elle ait pris les pilules pour grandir, me tassant dans cette minuscule habitation. Le sort s'évanouira quand ma maison sera prête.* Cependant, il envisageait cela comme une aventure et un crochet par rapport à son style habituel. *Kathy approuverait.*

* * * *

Rhode Island

"Je suis désolée, Annette, je ne sais pas quand je reviens. Nous déménageons mon père dans une maison de repos. Je ne peux pas le faire du jour au lendemain."

"Les Carpenter ont besoin que tu travailles avec l'architecte cette semaine. Je ne sais pas ce que tu veux que je fasse."

Laurent pinça sa lèvre inférieure avec ses dents. "Fais ce que tu dois faire."

"Della est libre. Je suis obligée de lui donner le client. J'espère que tu comprends."

Lauren soupira. "Oui. Je comprends."

"Je suis désolée. J'espère que tout ira bien avec ton père."

"Merci." Lauren remit son portable dans son sac. *J'ai fait tellement pour avoir cette commission.* Elle retourna dans la salle d'attente de l'hôpital.

Son frère aîné se leva et s'étira. "Comment ça va ?"

"Pas très bien."

Don inclina la tête et leva un sourcil interrogateur

"Non, je ne veux pas en parler." *Est-ce-que ma vie pourrait être pire ? J'espère que Bob m'a laissé assez d'argent pour payer le prêt de la maison pendant quelques mois.* L'anxiété lui rongeait l'estomac, la rendant nauséeuse.

"Allons prendre quelque chose à manger. Je crève de faim," dit Don en avançant dans le couloir.

"Vas-y. Je n'ai pas faim."

Il tendit son bras pour attraper sa main. "Viens. Tu n'es pas obligée de prendre quelque chose, mais je déteste manger seul. En plus, il faut arrêter de ruminer."

Lauren se força à sourire pour son frère. Sa main chaude et sèche tenant la sienne, la réconfortait. À chaque fois qu'ils risquaient de prendre une balle quand ils étaient enfants, Don lui prenait la main. Il se moquait d'elle si elle ne pouvait pas lui faire dire "aïe". Alors elle se concentrait sur sa main et la serrait si fort qu'il devait appeler à l'aide. Le tir était fini avant qu'elle ait eu le temps de paniquer. Après, il feignait la douleur, gémissant et grognant, agrippant sa main. Ses facéties la faisait rire.

Don avait toujours été là pour elle.

Mais les problèmes d'adultes ne se résolvent pas aussi facilement. Don était marié, il avait trois garçons et une fille. Il avait ses propres soucis et ses pressions. En plus, Lauren savait qu'il ne pouvait rien faire pour arranger sa vie à elle, peu importe ce qu'il essayerait de faire. Cependant, elle était reconnaissante pour la compassion qu'il lui montrait et pour le temps qu'il avait dégagé pour se consacrer à elle et à leur père.

Ils étaient assis devant deux hamburgers et deux cocas dans la cafétéria de l'hôpital et ils discutaient des options possibles pour leur père, regardaient des prospectus et considéraient les conseils de l'assistante sociale. L'étape suivante consistait à visiter des lieux sélectionnés, en choisir un et faire tout pour qu'il accepte.

Cette charge tombait sur les épaules de Lauren. Don devait retourner au travail. Il vendait des voitures et ne pouvait être absent trop longtemps. Il avait une famille à nourrir. Lauren n'avait qu'elle-même et son chien, Zander. Maintenant, elle était en train de perdre cette commission sur la décoration de la maison des Carpenter, et elle serait juste financièrement.

Elle et Bob avait été marié si peu de temps qu'ils s'étaient mis d'accord qu'elle n'aurait pas de pension alimentaire. Lauren avait gardé la maison, Bob avait pris les meubles qu'il voulait et ils s'étaient déclarés quittes. Clair et net, avait-il dit alors. Son regard s'assombrit, au souvenir de cette conversation. *Clair et net pour toi, peut-être.*

Il y aura d'autres commissions. L'établissement d'Annette est bien connu. Je survivrai même si je dois vendre la maison. Papa a besoin de moi maintenant, et je dois faire les choses convenablement pour lui. Après le repas, Lauren prit ses notes, embrassa son frère et partit en rendez-vous avec l'assistante sociale une dernière fois.

Elle passa les quelques jours suivants à écouter les médecins, visiter les maisons de retraite, et à évoquer des souvenirs avec son père. Après une semaine, l'hôpital lui donna le feu vert pour le transporter. Lauren avait rempli tous les papiers et attendait que l'établissement qu'elle préférait soit prêt à le prendre.

Alors qu'elle savourait ce temps passé avec son père, le voir si diminué et si faible la mettait en colère. Il avait été un professionnel du baseball, si beau et si fort. Maintenant, il n'était plus que l'ombre de lui-même et cela la rendait triste.

Elle se leva tôt le mercredi, le jour où elle devait déménager son père à la résidence Springfield. Elle détestait cette idée. Devant son assiette d'œufs au bacon dans un restaurant proche de son motel, l'appétit lui faisait défaut. Une boule fixée dans sa gorge empêchait toute nourriture de passer.

Don ouvrit soudainement la porte, les sourcils froncés, le visage sinistre. Il glissa sur la banquette devant elle. "C'est le grand jour." Il fit un signe à la serveuse qui apporta la cafetière pour remplir sa tasse.

"Et oui." Les yeux de Lauren s'embrumèrent.

Passant le bras au-dessus de la table, il lui serra la main avant de lever sa tasse. "Je sais, Furet," dit-il utilisant son surnom d'enfant.

"Ne m'appelle pas comme ça."

Il sourit. "Je savais que cela te regonflerait un peu. Allez termine ton plat et finissons-en avec ça. Et après, nous pourrons nous apitoyer."

Lauren prit une fourchetée d'œufs, finit son bacon et s'essuya les lèvres avec la serviette en papier.

"Je suis ton plan."

Don régla l'addition. Ils montèrent dans la voiture qui les mena vers l'hôpital.

* * * *

Après quatre Savage Sunrise, Griff oublia où il vivait et marcha jusqu'à son ancienne maison qui était fermée. Il fit demi-tour puis rejoignit la rue de Mott, où se trouvait la petite demeure victorienne. Sur la route, il passa devant une maison sombre et sentit quelque chose bouger près de la porte arrière.

Une marmotte? Un gros rat? La curiosité doublée de son ébriété l'enhardit et le poussa à aller voir de plus près. Soudain, la chose tourna pour lui faire face. Elle lança un grondement sourd et menaçant.

Griff s'arrêta brusquement. Alors que ses yeux s'habituaient à l'obscurité, il distingua la forme d'un petit chien. Il fit à nouveau un pas et l'animal se mit à aboyer. Il scrutait les ombres et discerna le nez écrasé d'un carlin. Maintenant le chien aboyait furieusement. Griff recula. Et comme il continuait son chemin, le chien se calma et se coucha sans le quitter des yeux.

Le matin suivant, il courait comme à son habitude et retourna vers la maison vide pour voir si le petit chien était toujours là. En boule près des marches de derrière, il sauta d'un coup sur ses pattes et commença à aboyer à nouveau sur Griff. Celui-ci regarda à travers les fenêtres et ne vit aucun signe de vie. Il n'y avait pas beaucoup de meubles et pas de voiture dans l'allée.

Il fronça les sourcils. "Ils sont partis et ils t'ont laissé là, c'est ça?"

Les aboiements continuèrent un moment puis la petite créature s'assit en haletant.

"Je parie que tu as soif." Griff courut jusqu'à sa maison pour prendre un bol et une bouteille d'eau. Il approcha lentement s'arrêtant à mi-chemin pour déposer la gamelle. Le chien l'observait avec suspicion. Griff remplit le bol puis recula. Le chien renifla puis considéra l'offre. Le "quarterback" restait de marbre, sans un mouvement, regardant le chien qui approchait lentement puis il se mit à boire longuement.

"Tu as probablement faim, aussi." Il jeta un morceau de pain près du bol et rit lorsque celui-ci rebondit plus loin. *Je ne suis pas exactement un passeur de balle.* Le cabot circonspect but à nouveau puis transporta le morceau de pain dans un coin. Il commença à déchiqueter le pain fixant le footballeur de ses yeux bruns.

"Qui laisse un chien dehors voler de ses propres ailes?" murmura Griff dans un souffle. Il secoua la tête puis reprit sa course.

Plus tard ce jour-là, au supermarché, Griff ajouta de la nourriture pour chien à son chariot, déterminé à garder le petit carlin fougueux en vie. Il réapparut à la maison avec plus d'eau et de la bonne nourriture. Cette fois, il ne recula pas, mais il remplit le bol et s'accroupit à côté. L'animal affamé s'approcha prudemment, reniflant l'air. Quand il atteint le festin, il le dévora rapidement.

Griff avança petit à petit vers le chien jusqu'à ce qu'il puisse le toucher. L'animal leva les yeux vers lui et grogna. Le joueur de football mit sa main en évidence. Le carlin la renifla et retourna à son repas. Lorsqu'il eut fini, il se lécha les babines et fixa le "quarterback", permettant à l'homme de se rapprocher. Griff tendit la main et la toucha sur la tête poilue, puis il put caresser le chien. La créature s'assit, permettant à l'homme de continuer.

Après deux repas, le chien que Griff nomma "Spike", venait directement quand l'homme arrivait avec la nourriture. Plusieurs jours après, puisqu'il n'y avait pas de propriétaire en vue, Griff décida de le prendre. Spike accepta que l'homme lui mit un collier et une laisse et trotta près du footballeur jusqu'à sa maison.

Après un bain et un bon repas, l'homme et le chien s'assirent sur le canapé pour regarder la télévision. Spike déposa sa tête sur les jambes de Griff et ferma les yeux. Le "quarterback" sourit et caressa son nouvel ami. *C'était ce dont j'avais besoin. Un chien.* Bien que l'animal ne pouvait remplacer une famille, il voyait en Spike une première étape vers la vie qu'il souhaitait.

Lorsque Griff raconta à Buddy comment il avait trouvé son nouveau compagnon, son ami leva les sourcils de surprise.

"Un chien? Vraiment? Tu as pris un chien?"

"Un petit chien. Je l'ai appelé Spike. Je l'ai recueilli. Je ne peux pas croire qu'il avait été abandonné."

"Comment diable vas-tu t'occuper d'un chien quand nous serons sur la route?"

Griff lâcha le poids qu'il était en train de soulever et regarda son ami soucieux. "Je n'avais pas pensé à ça. Je suppose que je devrais le prendre avec moi."

"Ça va être une putain de charge! À quoi pensais-tu, mec?"

"Je ne pouvais pas le laisser mourir de faim, si?"

"Donne-lui un peu de nourriture et appelle la S.P.A."

"Je n'avais pas pensé à ça. C'est un bon chien."

"Ça reste une charge," dit Buddy, haussant les épaules. "Qu'est-ce qu'il t'arrive? Tu es vraiment en train de te ranger."

Griff pouffa. "Tu as peut-être raison. L'homme à filles, c'est fini?"

"Putain! Ne dis pas ça."

Quand Griff rentra à la maison après son entraînement, il fut accueilli par des aboiements féroces. Quand Spike reconnut son nouveau maître, il se tut et lécha la main de Griff puis trotta derrière lui dans la cuisine pour le dîner.

* * * *

Après des adieux déchirants avec son père restant à la maison de retraite, Lauren prit la route et se dirigea vers sa maison. Elle essayait de se concentrer sur la route mais la tristesse remontait sans cesse en elle. *C'est peut-être la dernière fois que je vois papa.* Cette pensée était insupportable pour elle. *Je devrais venir ici plus souvent.* Elle se concentra finalement sur la route balayant toutes les pensées déroutantes de son esprit.

Lauren mordillait le bord de sa lèvre alors qu'elle se demandait ce qui l'attendrait au bureau. Y-a-t-il *du travail pour moi?* Annette avait réorganisé son entreprise. Chacun apportait des affaires et utilisait ses ressources. Elle avait aussi réparti les comptes et payait ses décorateurs en tant que consultants et non plus comme employés. Cet arrangement signifiait que Lauren ne recevait plus de salaire ni d'assurance santé.

Lorsqu'elle était mariée à Bob, cela n'avait pas d'importance. Maintenant, cette situation de travail tendue la tourmentait. Il fallait qu'elle rentre et qu'elle fasse ses comptes. L'anxiété la fit appuyer sur la pédale d'accélérateur. Et tout à coup, une pensée la frappa. *Pourquoi se précipiter? Personne ne m'attend à la maison. Je ne manque à personne et personne ne se demandera si je suis morte si j'ai une heure ou dix heures de retard.*

Le sentiment de solitude l'engloutit. Pour chasser le silence, elle alluma la radio. Lauren aimait avoir des moments calmes pour lire, dessiner ou penser. Maintenant, elle redoutait d'avoir des heures vides à remplir. *Dieu merci pour les soirées de filles où je n'aurai rien.* Sa dernière conversation avec Don lui revint à l'esprit.

"Est-ce-que tu vois quelqu'un en ce moment?"

"Quelqu'un? Vraiment, Don, je suis divorcée depuis quelques semaines seulement."

"Et alors? Il n'est jamais trop tôt pour se remettre en selle.

"Magnifique analogie."

Il avait souri et haussé les épaules.

"Je ne sors avec personne et rien qu'à l'idée j'ai envie de vomir."

"Tu es jolie, Laurie. Vas-y. Et trouve un vrai mec cette fois-ci. Pas un connard."

"Ravie de savoir que tu approuves mes goûts en matière d'hommes."

"J'ai tort?"

"Oh, tais-toi."

Don avait ri à sa remarque et avait pris sa main dans la sienne. Alors, il avait changé de sujet, lui offrant du soulagement.

Dans la voiture, chaque chanson bramait sur l'amour – l'amour non-reconnu, l'amour non-avoué, le grand amour, l'amour sexy, l'amour perdu – jusqu'à lui donner envie de hurler. *N'est-ce pas possible de chanter sur un autre sujet?* Elle éteignit la radio. L'amour ne serait pas sa priorité pendant quelques temps. Peut-être jamais. *Si un homme veut sortir avec moi, il pourra toujours courir.*

Lauren décida de canaliser son énergie par le travail. *Reconstruire une clientèle. Travailler d'arrache-pied. Après, peut-être je pourrais ouvrir mon propre bureau et je n'aurais plus besoin d'Annette.*

Il était quatre heures quand elle s'engagea dans son allée. Elle se sentait regonflée par la décision de devenir une droguée du travail, Lauren s'arrêta sur le seuil de la maison. Elle déposa sa valise et respira profondément. *La maison est vide. Bob a dit qu'il laisserait le lit et le canapé. Sois prête.* L'air chaud de l'été lui caressait le visage. *Pourquoi se précipiter? Il n'y a personne ici, de toute façon.*

Elle se laissa couler dans une chaise en osier et posa ses pieds sur la petite table. Le déménagement de son père l'avait épuisée autant émotionnellement que physiquement.

Elle prit son téléphone et appela Canine Condo, où son Zander avait été placé. *Heureusement que Bob a accepté que je le garde avec moi. Peut-être qu'il n'est pas trop tard pour que je le récupère ce soir.*

"Non, Lauren. Zander n'est pas ici."

"Quoi? Vous êtes sûr? Bob était supposé le déposer."

"Non. Nous avons de la place. Vient-il maintenant?

"Non, merci. Je suis à la maison." Elle termina l'appel. Les larmes lui piquaient les yeux. *Il a menti. Il a pris Zander. Pourquoi suis-je surprise?* Elle sortit un mouchoir. *Ne sois pas une mauviette. Appelle-le. Récupère ton chien!*

"Qu'est-ce-qu'il se passe?" Bob semblait préoccupé.

"Pourquoi as-tu pris Zander? Me dire que je pourrais l'avoir était juste un mensonge de plus?"

"Je ne sais pas de quoi tu parles. Je n'ai pas le chien. Tu l'as déposé chez Canine Condo."

"Quoi? C'est toi qui était censé le déposer. C'était sur la liste, tu te souviens?"

"Quelle liste?

"Celle que je t'avais donnée. Et que tu as chiffonnée en refusant de la lire."

"Et bien si tu avais vu que je ne l'avais pas lu pourquoi ne l'as-tu pas déposé là-bas toi-même?"

"Je ne pouvais pas tout faire, Bob."

"C'est ton problème maintenant." Son ex-mari raccrocha.

Son cœur battait à tout rompre. L'adrénaline battait dans ses veines. Elle ouvrit la porte et appela le chien. Pas de réponse. Elle sortit en courant et appela encore. Pas de réponse. La panique monta dans sa poitrine, la pulsation du sang cognant dans son oreille. Aucun gémissement ni aboiement pour rompre le silence de ce jour d'été. *Il est parti.* Un sanglot déferla dans sa gorge et les larmes tombèrent en cascade sur ses joues. *Zander, où es-tu?*

Chapitre Trois

Après trois jours à laisser le chien pleurer à la porte, Griff prit Spike sous son bras et l'attacha sur le siège arrière de sa belle voiture. Une fois à la salle de gym, il ne sut pas très bien quoi faire, alors il attacha la laisse à une machine près de la porte.

Le carlin s'était pelotonné et ronflait jusqu'à ce que trois des coéquipiers de Griff marchent près de lui. Spike sauta, et se mit à aboyer sur les hommes, les faisant sursauter. Ils éclatèrent de rire en voyant le petit chien, la fourrure dressée sur l'arrière du cou et les pattes raides.

Griff posa la barre d'haltères et vint au-devant d'eux. "Wow Spike. Ce sont des amis."

"Tu ne peux pas amener un chien ici," dit Bullhorn Brodsky, le défenseur avant de l'équipe.

"Qu'est-ce-qu'il y a? Vous n'aimez pas les chiens?" demanda Griff.

"Bon sang, si, j'aime les chiens. Mais pas dans la salle d'entraînement. Et s'il fait ses besoins ici? Ça va sentir dans toute la pièce." Bullhorn fronça le nez par anticipation.

"Il vient juste de les faire. Il est peu probable qu'il recommence."

"Tu serais surpris. Mon chien fait ses besoins trois fois par jour."

"Tu as un Rottweiler. Gros chien, gros caca."

Devon Drake, le "cornerback" s'accroupit et tendit la main vers Spike. Le chien la renifla et la lécha. "Il m'aime bien. Je dis qu'on le garde. Il pourrait être notre mascotte."

"Juste qu'il ne chie pas ici, Montgomery," dit Bullhorn.

"En parlant de merde, tu t'aies déjà senti après un match, Bull?" Griff fit une grimace. "Cela rend l'odeur de Spike bonne."

Les homme rirent en choisissant leur machine. Buddy rejoignit Griff près de la station de poids.

"Tu gardes ce chien, hein?" demanda Buddy, en ajustant les poids sur la machine.

"Ouais. Ça me donne une raison de rentrer à la maison."

"Et que dirais-tu d'un corps de femme nu et chaud sous les couvertures?"

"Tu as quelqu'un à l'esprit?"

Buddy gloussa. "Je voudrais bien. Je suppose qu'un cabot c'est mieux que rien."

Après l'entraînement, Griff prit Spike sur le terrain pour courir avec lui. Le petit chien courut un moment puis trotta dans l'herbe fraîche qui venait d'être arrosée et se coucha, haletant.

"C'est un chien ou un rat? Il n'a aucune endurance," dit Brodsky en commençant un tour de piste.

"Il est petit. Laisse-le tranquille, Bull."

"Tu as peur que je heurte son ego? Conneries! C'est un animal, Griff."

"Je sais, je sais." Griff ne pouvait expliquer les sentiments protecteurs qu'il avait pour le carlin. Peut-être que c'était le fait qu'il ait été abandonné et qu'il mourrait de faim qui avait touché le cœur du "quarterback". Quelles qu'en soient les raisons, il s'était rapidement follement attaché à la créature. Bien qu'il ne l'aurait jamais admis, il supposait que Spike et lui partageaient le même sentiment de solitude, d'abandon, et qu'ils avaient signé un pacte tacite de veiller l'un sur l'autre.

Spike avait besoin de Griff et ça faisait du bien. Peut-être seulement dans une moindre mesure, mais c'était un début, un petit pas vers la vie qu'il devait vivre.

"Il est déjà adulte. Où l'as-tu trouvé?" demanda Bull, approchant du chien ronflant.

"Je l'ai trouvé, mourant de faim, devant une maison vide."

"Donc, il n'est pas à toi?"

"Si, il l'est maintenant."

Le footballeur souleva le chien et se dirigea vers les douches. Spike dormait sur le sol des vestiaires attendant que son maître s'habille. Ils prirent la voiture et roulèrent jusqu'à la ville pour faire quelques courses. Griff avait l'intention de repérer une pension locale pour animaux. Il avait besoin d'arranger une garde de jour quand il serait au camp d'entraînement.

Après avoir passé plus de temps qu'il ne pensait à la pharmacie et au supermarché, Griff maudit le départ de Kathy pour la énième fois. *Elle avait l'habitude de s'occuper de tous ces trucs. Merde. Pourquoi ne pouvait-elle pas trouver un gars qui vivait ici?*

Le centre-ville de Monroe avait un charme suranné. Certains bâtiments avaient la saveur singulière de la Nouvelle-Angleterre, avec des bardeaux colorés, des moulures blanches et des persiennes noires. Il descendit la rue, Spike trottant à ses côtés. Ils s'arrêtèrent au Canine Condo. Une jolie rousse était assise à l'accueil. Elle salua Griff avec un large sourire. Il dut demander deux fois les informations sur leur service car son attention revenait perpétuellement sur Spike.

Elle s'accroupit, parlant et caressant le chien, qui lui lécha le visage. Quand elle arrêta de rire avec le chien elle tourna son regard vers Griff et le fixa. Alors qu'il avait envisagé de flirter avec elle, il saisit rapidement son manque d'intérêt. Il le comprit quand il vit l'alliance à son doigt. Il mit dans sa poche les papiers d'information sur la pension et guida le chien réticent sur le trottoir.

* * * *

Laurent descendait la rue principale de Monroe, passant les jolies petites boutiques. "Barb's Boutique", le magasin de cadeaux de Monroe et la librairie "Love to Read", arboraient une affiche annonçant une séance de dédicace d'un de ses auteurs préférés mais Lauren ne la vit pas.

Elle était troublée depuis qu'elle avait perdu Zander, ses yeux verts regardant le monde sans le voir. Une semaine après, la douleur lui parcourait encore les veines. Ses pieds étaient douloureux d'avoir parcouru chaque lampadaire et chaque cabine téléphonique de son voisinage pour coller des affiches sur son chien perdu. Fatigue et dépression l'attiraient vers le fond. L'insupportable silence de la maison la poussait à faire de longues balades. Et pendant qu'elle était dehors, elle appelait Zander, sans réponse.

Sur le chemin du salon de coiffure Sandy où elle allait pour faire une coupe, un aboiement familier attira son attention. Elle tourna la tête d'un coup sec. Là, de l'autre côté de la rue, il y avait un chien qui ressemblait étrangement à Zander. Il était tenu en laisse pas un grand et bel homme. Le cœur de Lauren s'emballa. Elle murmura pour elle-même, "Zander."

"Hey!" appela-t-elle, mais l'homme ne regarda pas vers elle. "Zander, Zander!" criait-elle de plus en plus fort. Le chien s'était tourné et aboyait. C'était tout ce dont Lauren avait besoin.

Elle traversa la rue en courant. Une voiture se frayant un chemin vers le sud de la ville freina brutalement en faisant crisser les pneus. L'homme qui tenait le chien laissa tomber la laisse et celui-ci sauta devant elle. Elle tomba à genoux sur le trottoir mais ne sentit pas la douleur parce que le carlin lui léchait le visage. Elle continuait de prononcer son nom alors que les larmes coulaient sur ses joues.

"Tout va bien, mademoiselle?" demanda l'homme, lui prenant le coude et l'aidant à se remettre sur pied.

Lauren saisit son bras car ses genoux tremblaient. Elle le fusilla du regard. "Vous avez volé mon chien," dit-elle avant de se pencher pour caresser encore l'animal.

Lauren sentait un regard fixé sur elle. Elle tourna la tête et le surprit les yeux rivés sur ses fesses joliment rebondies. Leurs regards se rencontrèrent. Elle remarqua qu'une puissante lumière émanait de ses yeux brun chocolat et elle frissonna.

Elle se redressa et se tourna vers lui, dégageant d'un coup sec ses cheveux sur ses épaules, pinçant les lèvres. Ses yeux verts étincelants jetèrent un regard froid dans sa direction alors que ces épaules levées cherchaient à cacher la vue de son décolleté. Elle reposa les mains sur les hanches, lui la fixait, impassible.

Il capta son attention. "Quoi?"

"Vous m'avez très bien entendu. Vous avez volé mon chien. Son nom est Zander. Et il est à moi." Elle attrapa la laisse du carlin.

Alors qu'il le levait au-dessus de sa tête, ses yeux se rétrécirent. "Alors, c'est vous l'enfoirée qui laisse son chien mourir de faim? Il n'est pas question que vous le repreniez. Je vais appeler les flics."

"Qui diable êtes-vous donc et de quoi parlez-vous?"

"Je m'appelle Griffin Montgomery. J'ai trouvé ce chien affamé gardant une maison vide. Votre maison? Avez-vous délibérément oublié que vous l'aviez? Et maintenant, vous voulez le récupérer? Allez-vous faire foutre." Il serra les dents. Ses yeux étaient maintenant d'un noir profond et il serrait les poings. Il tira Zander plus près de lui et avança ses longues jambes.

Elle tira sur son bras. "Je suis Lauren Farraday. Et ce chien est à moi. Donnez-le-moi." Sa mâchoire était serrée, ses lèvres s'étaient compressées en une fine ligne, et son bras s'allongeait.

"Court toujours. Si vous étiez un homme, je vous prendrais derrière ce magasin et je vous battrais à mort, mademoiselle Lauren Farra-je ne sais quoi." Il fit un pas menaçant vers elle.

La crainte la traversa l'obligeant à reculer, alors qu'elle fermait ses doigts autour de la laisse et ouvrait la bouche. "Au secours! Police!"

Un officier de police flânait non loin de là. Griff Montgomery grimaça et bascula son poids vers l'arrière. L'officier salua le "quarterback" et fronça les sourcils à l'attention de Lauren.

" Qu'est-ce qui semble vous causer des ennuis ici, M. Montgomery?"

"Lui? Vous lui posez la question à lui? Je suis celle qui a crié," dit Lauren, fulminant jusqu'à ce qu'elle vit que Griff la regardait fixement.

"M. Montgomery est le "quarterback" des Kings du Connecticut, mademoiselle."

"Oh? Et cela fait de lui un dieu? Il a volé mon chien!"

L'officier se mit à rire. "J'ai du mal à y croire, mademoiselle."

"Lauren Farraday, officier."

"Mademoiselle Farraday. Griff, quel est le problème ici?"

Merde! La police l'appelle par son prénom. Je suis foutue.

Griff relata sa version de l'histoire.

"Zander a une puce, officier. Pouvez-vous la lire?"

"Je crains que vous ne soyez obligés de venir tous les deux au commissariat, ainsi nous pourrons remplir sa plainte. Désolé, Griff. Nous allons arranger cela. Je suis sûr qu'il n'y a rien dans son histoire, et si elle a négligé son chien, nous appellerons la S.P.A. Nous la garderons à l'œil. Voir s'il n'y a pas eu d'autres plaintes." Le flic lança un regard sévère à Lauren alors qu'il retournait vers sa voiture. "Suivez-moi," ordonna-t-il.

"Nous verrons, M. le joueur de football, auquel de nous est ce chien," siffla-t-elle.

"Avancez, avancez. Laissez M. Montgomery tranquille. Il n'a pas enfreint la loi, mademoiselle, et peut-être l'avez-vous fait."

Lauren remballa cet affront au fond d'elle et monta au volant de sa voiture. Quand Griff chargea Zander dans son véhicule, le chien se mit à aboyer. Le son retentissait dans son cœur alors qu'elle conduisait vers le commissariat tout proche. *Je dois le récupérer. Il fait partie de ma vie maintenant.*

* * * *

En marchant du parking au tribunal, Lauren levait les yeux vers le ciel. *Est-ce-que j'ai toujours un parapluie dans le coffre?* Elle mordit sa lèvre. *Ce tailleur en soie sera foutu.*

Elle devait se battre avec Griff Montgomery pour la garde de Zander. Griff clamait qu'il lui avait sauvé la vie. Il avait dit à la police qu'elle avait négligé le chien. Mais c'était faux.

C'est Bob qui était à blâmer. Dans sa précipitation à déménager à L.A., il avait oublié Zander, un animal qu'il n'avait jamais aimé de toute façon. Les larmes lui montèrent aux yeux alors qu'elle considérait possibilité de perdre l'affaire. Zander et la maison à moitié vide était tout ce qu'elle avait. À l'approche du bâtiment, elle soupira, un souffle profond qui la fit frissonner.

Lorsqu'elle tourna au coin de celui-ci, elle heurta presque Griff Montgomery. Le joueur de football d'1m97 se tenait sur les escaliers, l'air irrésistiblement élégant dans sa chemise blanche et son costume bleu marine parfaitement taillé.

Les appareils photos cliquetaient et les journalistes grouillaient autour du charismatique "quarterback". Son cœur s'effondra quand elle le vit sourire avec tant de confiance en lui. Même sa posture criait, "gagnant". *Il est célèbre. Et je ne suis personne. Je n'ai aucune chance.*

Un énorme grondement interrompit ses pensées. Les nuages se déplaçaient en bandes rapides et menaçantes alors le ciel se déchira. Elle courut à temps à l'intérieur pour éviter d'être trempée. Ses épaules s'affaissèrent. Elle clignait rapidement des yeux et son regard croisa celui de Griff. Les yeux de celui-ci se rétrécirent quand elle essuya une larme qui s'échappait de ses yeux avant de lui tourner le dos et de s'esquiver dans les toilettes pour dame. *Je serai damnée si je le laisse me voir pleurer.*

Elle rafraîchit son visage et força la porte. Griff n'était visible nulle part. Elle avait les jetons et s'assit à l'arrière du tribunal. Griff était au premier rang avec Zander sur les genoux. Lauren souffrait de ne pouvoir caresser son chien mais elle s'assit calmement les mains croisées sur les genoux.

Elle regardait autour et vit une autre femme assise seule. Don avait engagé une avocate pour Lauren qui n'avait pas les moyens. Elles avaient eu des échanges au téléphone mais ne s'étaient jamais rencontrées en personne.

Quand le nom de Lauren fut appelé, elle se leva.

Une femme assise de l'autre côté se leva également. Elle chuchota dans l'oreille de Lauren, "Je suis Marcy Chase. Enchantée de vous rencontrer finalement."

Don, béni sois-tu.

Marcy serra la main de Lauren. "Ne vous inquiétez pas. Nous allons gagner."

"Mais il est si populaire," dit Lauren, alors que Marcy ouvrait le portail. Elle fit signe à sa cliente de se taire alors qu'elles prenaient place derrière leur table.

Lauren jeta un œil en direction de Griff, assis à celle d'à côté. Il avait également un avocat qui la regarda méchamment. Elle déglutit, sa bouche était soudainement sèche. Elle étudia le "quarterback". Les facettes de son visage suggéraient des pommettes hautes et une mâchoire bien ciselée. Ses lèvres semblaient fermes, mais assez pleines pour promettre des baisers sensuels. Ses yeux bruns perçant connectèrent avec les siens. Ils étaient froids et fiers. Elle frissonna.

Marcy lui serra la main et lui fit signe de se lever quand l'huissier annonça l'arrivée du juge.

Après que tout le monde se soit assis, un magistrat prit la parole. "J'ai lu les versions des deux côtés. Pourquoi ne nous donneriez-vous pas chacun votre version en plus ou moins 50 mots? M. Montgomery, voulez-vous commencer?"

"Objection." Marcy se leva d'un coup. "Le plaignant n'a-t-il pas habituellement le droit de commencer?"

"Si vous voulez rester sur les protocoles. Allez-y, Mademoiselle Farraday." Le juge grimaça en levant la main vers elle.

Cette réaction rendit Lauren un peu plus nerveuse encore. *Impossible que je gagne.* Elle monta à la barre des témoins et prêta serment. Alors qu'elle racontait sa version de l'histoire, elle remarqua que le regard de Griff Montgomery s'était adouci. Il la regardait avec des yeux étonnés. Sa présence remplissait la pièce et l'a faisait balbutier. "Mes instructions à Bob étaient claires. Mais souvent il ne suit pas ce que je dis. C'est une des raisons pour lesquelles nous ne sommes plus ensemble. Mais c'est une autre histoire."

"Donc, vous pensiez que votre chien était en pension?"

"Oui. Vous pouvez questionner le gens de Canine Condo. Je les ai appelés dès que je suis rentrée à la maison."

"Et qu'avez-vous fait lorsque vous vous êtes rendu compte que votre animal n'était pas là?"

"J'ai pleuré."

"Et après cela?"

"J'ai mis des affiches partout dans le voisinage." Elle ouvrit son sac à main et sortit un papier à dessin froissé. *Comme c'est faible tout cela. J'ai l'air ridicule.*

"Je vois. Merci, Mademoiselle Farraday. Vous pouvez vous retirer."

Les jambes de Lauren flageolaient. Elle saisit la barre autour du box et respira à fond. Un regard vers l'expression moqueuse de Griff l'affligea. *Il pense que je fais semblant pour le juge.* Elle mobilisa toutes ses forces, se leva, et marcha vers sa place avec une confiance qu'elle ne ressentait pas. Il leva les sourcils. *Voleur de chien.*

"Maintenant M. Montgomery. Si c'est d'accord pour vous, monsieur et madame les avocats?" Le juge lança un regard ironique à Marcy qui acquiesçait.

Griff rejoignit à grands pas la barre des témoins. Sa démarche confiante et arrogante énerva Lauren. *Il pense qu'il est beau comme un camion. Et les juges et chaque type dans ce tribunal le pensent aussi.* Elle fronça les sourcils pendant tout le temps qu'il racontait son histoire. Elle ouvrit son esprit à la vérité.

Alors qu'il parlait, prenant beaucoup plus de temps qu'elle, elle réalisa que le méchant de l'histoire n'était pas Griff mais Bob. En dépit du fait qu'il ne voulait pas lui rendre son carlin, elle était heureuse qu'il ait pris Zander et qu'il l'ait nourri. Le petit chien aurait pu mourir si le footballeur ne l'avait pas trouvé. Elle lui était reconnaissante pour ça. Si elle avait trouvé un chien sans défense sans eau ni nourriture, elle aurait supposé les mêmes choses sur le propriétaire qu'il pensait d'elle.

La honte l'envahit. Le compte-rendu des faits, que fit Griff, mit une terrible lumière sur elle, la faisant apparaître comme une personne qui maltraite et néglige son chien, si elle ne s'était déjà expliquée. Elle se demanda si sa version avait été balayée par celle de l'athlète. Le juge fonçait les sourcils avec suspicion à chaque fois qu'il la regardait, et son espoir de récupérer Zander était réduit à néant.

La justice ne posa pas de question et renvoya Griff dès qu'il eut fini de conter son histoire. Le magistrat consulta ses papiers, arrêtant de lire, et se tourna vers l'assemblée. Le tribunal était silencieux.

"Bien. Les choses me semblent évidentes. Bien qui la puce et les documents de vétérinaire attestent que Mademoiselle Farraday est propriétaire du chien, ses actions mettent en doute le fait qu'elle soit capable de s'occuper de la santé de l'animal. D'un autre côté, les papiers de M. Montgomery et les documents de vétérinaire montre sa capacité à garder le chien en bonne santé."

"Objection, la santé du chien était établie par les soins apportés par Mademoiselle Farraday d'abord. M. Montgomery n'a le chien que depuis deux semaines. Sa santé générale ne peut pas s'être détériorée en si peu de temps."

"Rejeté."

Marcy s'assit, et la confiance de Lauren s'évanouit.

"Comme je le disais...c'est un cas simple. Je place le chien en garde partagée pendant six mois. À ce moment-là, M. Montgomery fera un rapport à la cour avec témoignage du vétérinaire sur la santé de l'animal. Si le chien reçoit les bons soins de Mademoiselle Farraday pendant ce temps avec lui, alors la cour ordonnera qu'il retourne avec elle. Si ce n'est pas le cas, alors M. Montgomery obtiendra la garde complète. Dans ce cas, je pourrai donner un droit de visite à Mademoiselle Farraday."

"Objection!" Les deux avocats s'étaient levés au même moment.

"Quoi? Pourquoi?" Alors qu'ils commençaient à se quereller, le juge frappa son marteau. "J'ai rendu mon jugement. Les objections sont rejetées. Vous deux arrangerez le calendrier . Partagez le chien. La séance est levée."

Lauren laissa sortir la respiration qu'elle retenait. *Au moins je ne l'ai pas perdu. Mais le partager avec ce ...monstre?*

Le visage de Griff était sombre. Il la dépassa avec Zander sous le bras. "Je le garde."

Lauren se dressa sur ses pieds et s'arma de courage. "Vous avez entendu le juge. Il est à moi. Vous pouvez le partager pendant six mois et ensuite vous vous trouvez un autre chien."

"C'est ce que vous pensez."

"Qu'est-ce-qu'il y a? Vous pensiez gagner? Vous pensez que parce que vous êtes une espèce d'athlète connu, le juge vous accorderait Zander et ignorerait qu'il m'appartient? Eh bien, vous vous êtes trompé."

"Je pensais que le juge le donnerait à quelqu'un qui fait attention à lui. Pas à une négligente."

"N'avez-vous pas écouté? C'est la seule faute de Bob ici. Pas la mienne."

"Vous vous êtes marié à un connard. Donc c'est votre faute."

"Vraiment?" Elle leva ses sourcils. "C'est une logique défectueuse. Tout en muscles et pas de cerveau. Vous êtes un idiot."

Griff marcha au-devant d'elle, son poing levé, mais l'avocat le tira vers l'arrière.

"Venez. Sortons pour discuter du calendrier."

* * * *

"Je le prends pendant la semaine. Vous pouvez l'avoir les week-ends," dit Griff.

"Attendez une minute. Ce n'est pas juste."

"Suffisamment pour une personne irresponsable comme vous."

"Le juge a dit garde partagée. J'ai le droit à un temps équivalent."

L'avocat de Griff lui jeta un regard d'avertissement.

"Quelle est votre idée?" Griff bascula son poids d'un pied sur l'autre. *C'est une emmerdeuse.*

"Une semaine sur deux."

"Non. Ça ne va pas marcher pour moi."

"Pourquoi pas?" Elle leva les yeux, sa bouche boudeuse, détourna son attention.

"Les samedi soirs, je sors tard. Je ne rentre pas à la maison avant deux ou trois heures...ou pas du tout." Il sentait la chaleur lui monter au visage alors que Lauren se tenait calmement, rougissant. "Bien sûr si vous rentrez tard aussi ce jour-là..."

"Non. Je suis à la maison. Tous les samedis soirs," répondit-elle à brûle-pourpoint.

"Pas de vie sociale? Hum. Je comprends pourquoi."

"Qu'est-ce-que ça veut dire?" Elle forma les poings et les planta sur ses hanches.

"Rien."

"Rien? Essayez pour voir."

"D'accord, une semaine sur deux, mais nous faisons l'échange pendant le week-end."

"Je ne voudrais pas que vous loupiez une de vos putains de soirées," se moqua-t-elle.

"Si vous étiez un homme..." Griff serra ses doigts de chaque côté contrôlant à peine son énervement.

"Si j'étais un homme, quoi? Vous me donneriez un coup de poing dans la figure?"

"Tout à fait."

"Voyou."

Griff se mit à rire. Son regard parcourut les courbes du corps de Lauren. "Vous marquez un point. C'est dommage que vous restiez à la maison le samedi soir. Vous pourriez faire un heureux."

"Oh?" Son ton se réchauffa.

"Un homme un peu maso et qui aime se taper des chiennes."

Sa main se leva et le frappa si rapidement que Griff n'eut pas le temps de réagir.

"Et ben merde alors! Venez-vous de le frapper dans le tribunal?" demanda l'avocat de Griff.

L'avocate de Lauren haleta, lui prit les poignets et l'escorta dehors et en bas des escaliers. "Qu'est-ce-que vous faites?"

"Il...il...il m'a traité de chienne."

"Vous ne pouvez pas frapper les gens."

"Je ne lui ai pas fait mal. Il fait deux fois ma taille."

Griff frottait sa joue, et la regardait fixement alors qu'elle descendait les marches.

"Écoutez si vous ne pouvez pas vous mettre d'accord sur le calendrier, nous le ferons pour vous," reprit l'avocat de Griff, en regardant Marcy.

"Okay. Je vous le dépose le dimanche après-midi. Vous me le ramenez le samedi matin," dit Lauren. "Je suis désolée de vous avoir frappé."

"Très bien," consentit Griff, entre ses dents serrées.

"Puis-je dire au revoir à Zander?"

Il déposa le chien au sol. Lauren s'agenouilla. Quand il remua la queue et la lécha, elle enfouit son visage dans sa fourrure. Griff vit les épaules de Lauren tressauter. *Oh,non. Merde. Ne. Ne pleure pas. S'il te plaît, ne pleure pas. Je ne vais pas le supporter.* Pour quelques secondes, Lauren, sanglotant, tint le carlin contre la poitrine. Les gens quittant le tribunal s'arrêtaient pour les regarder. Une ou deux personnes s'approchèrent de Griff pour lui demander un autographe.

Il griffonna quelque chose rapidement puis il lui prit fermement les bras et l'aida à se relever.

"Ne pleurez pas. D'accord? Je ne pourrais pas le supporter." Le cœur de Griff avait fondu à la regarder s'accrocher au chien. Les souvenirs de sa nièce et de son neveu pendant leurs crises de larmes après une mauvaise journée lui tordirent les boyaux. Tenté de lui laisser le chien, il se souvint des nuits de solitude rendues supportables par la présence de Spike.

Elle prit un mouchoir dans son sac à main et tamponna son nez et ses yeux. "Je m'en fiche."

"Allez, Mademoiselle. S'il vous plaît."

"Mon nom est Lauren."

"Okay, Lauren. Pas de larmes. D'accord?"

Elle renifla deux fois, moucha son nez et acquiesça. "Ça va. Cela fait trois ans qu'il est avec moi."

"C'est un super petit gars."

"Chaud dans les nuits froides. Il se blottit contre moi quand je regarde la télé. Toujours à mes côtés."

"Même chose avec moi."

Elle le regarda avec les yeux ronds. "Vous l'aimez, aussi, n'est-ce-pas?"

"Je ne sais pas si je dirais que je l'aime. Je me suis habitué à lui. C'est tout."

"Vous ne vous seriez pas battu aussi ardemment pour le garder si vous ne l'aimiez pas."

Bien qu'elle parlait doucement, hors de portée de la foule qui s'était formée autour d'eux, ses mots le mirent à nu. Elle vit à travers son air désinvolte de façade, ce que le petit chien représentait pour lui. Il baissa les yeux et se dandina légèrement sur ses pieds.

Deux personnes approchaient encore pour avoir un autographe, et il fut soulagé d'avoir une distraction.

" Déposez-le chez moi," dit-elle, en griffonnant sur un bout de papier. " Samedi matin."

Il prit le bout de papier ainsi que le chien. "D'accord."

Lauren caressa l'animal une dernière fois et fila vers le parking, les joues humides. Griff regarda dans sa direction jusqu'à ce qu'il vit sa voiture passer.

"Hey, Griff, qu'est-ce-qu'il s'est passé?" demanda un spectateur.

"Juste un malentendu," dit-il, haussant les épaules. Il serra la main des deux avocats et rejoignit sa voiture. Après avoir sécurisé le chien, Griff resta à moment le front contre le volant. Il prit une profonde respiration pour chasser un frisson et bâtit rapidement des paupières. *Je vais le perdre aussi. Il lui appartient.*

L'idée d'une nouvelle séparation étreignit son cœur Son attachement à Spike avait grandi et il ne savait pas s'il serait capable de le laisser partir, même dans six mois. Il se redressa, tourna la clé de contact et lança le moteur de sa voiture. *Je dois concentrer mes recherches vers une femme et une nouvelle vie. J'ai six mois pour la trouver. Je ne peux pas le laisser partir avant qu'elle soit dans ma vie.*

La compression de sa poitrine se relâcha un peu. Un aboiement sur le siège arrière le fit sourire alors qu'il tournait au coin de la rue et entrait dans l'allée de la petite maison victorienne.

Lorsque Griff ouvrit la porte Spike courut dans la maison directement jusqu'à son bol d'eau. Le "quarterback" suivit le chien jusqu'à la cuisine et remplit sa gamelle de nourriture. Il tira une chaise pour regarder le carlin engloutir son repas. *Au moins lui a besoin de moi.* Cette pensée embauma un peu la douleur qui lui pressait le cœur.

Chapitre Quatre

Griff poussa la porte de la salle d'entraînement du stade, Spike sous le bras..

"Les chiens sont interdits, Montgomery. Et ta petite amie y compris," pouffa Aloysius "Trunk" Mahoney, défenseur de l'équipe.

"Très drôle. Je suis mort de rire."

"Et s'il chie dans la salle?" s'exclama Mahoney en levant un sourcil vers Griff.

"Il a déjà mis son paquet dans ton casque, connard."

La moitié des joueurs qui s'entraînaient s'arrêtèrent. Ils se mirent à rire alors que le visage de Trunk avait rougit et que le carlin aboyait. Le défenseur grommela quelque chose dans ses dents et se dirigea vers le tapis roulant.

Griff déposa Spike près de la porte et laissa tomber un poids lourd sur la laisse. Le chien se pelotonna et ferma à moitié les yeux. Le "quarterback" s'échauffa sur un tapis roulant.

Son copain, Buddy, qui faisait des flexions de biceps, s'approcha. "Toujours avec ce petit chien galeux?"

"Il n'est pas galeux. Et oui. Il est toujours avec moi. En quelque sorte."

Buddy leva les sourcils, interrogateur, et Griff lui expliqua la décision du tribunal.

"Tu dois le partager avec cette salope? Pourquoi ne le lui as-tu pas simplement laissé?" demanda Buddy.

"J'aime bien l'avoir avec moi." dit Griff en accélérant la cadence.

Trunk rigola. "Au lit avec un chien? Tu dérapes."

"Il est plus mignon que tout ce que tu as mis dans ton lit."

"Fais-tu référence à ma femme?" le ton de Trunk devenait menaçant.

"Oh, tu es marié? Bon sang, je ne m'en suis pas aperçu quand nous étions à Miami, San Francisco et Dallas l'année dernière," répliqua Griff du tac au tac.

"Va te faire foutre, Montgomery," maugréa Trunk.

Griff augmenta sa vitesse de course. Après quelques minutes, il arrêta la machine, vida une bouteille d'eau, et s'approcha des bancs de musculation. La porte de la salle s'ouvrit soudainement et une belle blonde entra. Elle fit un grand signe pour saluer les hommes avant d'afficher une feuille sur le mur.

"La nouvelle liste," dit Trunk, en la parcourant des yeux.

Les hommes se rassemblèrent autour. Elle incluait les membres de l'équipe de l'année précédente plus ceux choisis pendant les essais de février. Griff découvrit un "quarterback" débutant. Tony Hastings. De l'état de Kensington. Griff grinça des dents. L'université de Kensington était le principal rival de l'université où il avait fait ses études, l'université de Wellington. *Cherchent-ils à me remplacer? Qui est ce type? Est-il juste un remplaçant?*

La blonde se tourna vers Griff. "Coach Bass souhaiterait te voir une minute, Griff,"dit-elle.

Il prit Spike dans ses bras, acquiesça et la suivit vers les bureaux.

"Entre," dit Pete.

Griff s'assit, et déposa le chien sur le sol.

"Qu'est-ce que nous avons là ?"

"Un nouveau membre de la famille Montgomery. Il s'appelle Spike."

Le chien se dressa, lançant un court jappement à la mention de son nom.

L'entraîneur sourit. "Mignon en quelque sorte."

"Quoi de neuf, Coach?"

"Je voudrais t'expliquer au sujet d'Hastings."

"J'ai vu son nom sur la liste."

"Nous avons eu de la chance qu'il ne soit pas pris avant qu'on le choisisse. Il est bon mais c'est un bleu. Je souhaiterais que tu le prennes sous ton aile. Que tu le formes."

"Entraîner mon remplaçant?" La colère de Griff éclatait à l'intérieur.

"Il n'est pas ton remplaçant. À moins que tu prennes ta retraite ou que tu sois blessé."

"Tu ne me mets pas sur le carreau?"

"Tu as seulement trente-trois ans, Griff. Ce n'est pas exactement l'âge de la retraite."

Le "quarterback" expira de soulagement. "Non, c'est vrai."

"Nous n'avions trouvé personne ces dernières années et nous pensions qu'il serait bien d'assurer les arrières. Et puis il y a eu Tony. Parle-lui. Devenez amis. Tu es son idole, tu sais."

"Son idole? Je suis trop jeune pour être l'idole de quelqu'un."

"Et bien tu es la sienne. Alors, sois sympa. Ne t'inquiète pas. J'espère que tu vas nous amener encore jusqu'à quelques Super Bowl."

"Merci." dit Griff en se levant.

"Au fait. Laisser le chien dans la salle d'entraînement, c'est d'accord? Je ne voudrais pas qu'il ait des problèmes?

"Vraiment?"

"Oui"

"Quelqu'un s'est plaint?"

"Quelques gars. Le département de la santé. Les règles et toute cette merde." L'entraîneur jeta un œil sur les papiers éparpillés sur son bureau.

"J'ai compris. C'est bon."

"Désolé. Mais tu peux l'emmener aux matchs. Il peut rester avec ta copine."

"Il pourrait sauf que je n'en ai pas."

L'entraîneur leva les yeux. "Pas de copine?"

"Pas encore."

"Bonne chance."

Griff sourit, serra la main de Coach et sortit. Il alluma son portable et composa le numéro de Lauren. Elle accepta de venir récupérer Spike.

"La nouvelle copine de Griff attend dehors," dit Buddy, le visage collé à la fenêtre du vestiaire.

"Elle vient seulement récupérer Spike," expliqua Griff en plaçant le chien sous son bras.

"Woo hoo! Elle est bonne. Allons la rencontrer." Buddy se rua vers la porte.

Les autres hommes enfilèrent leur pantalon et suivirent. Lauren se tenait au soleil, protégeant ses yeux de la main et fermant à demi les yeux. Griff mit le chien à terre et Spike courut vers sa maîtresse. Lauren s'accroupit pour accueillir le petit carlin excité, qui lui lécha le visage.

"Ne vas-tu pas nous présenter?" demanda Buddy avec innocence.

"Tu plaisantes?"

"Si tu n'es pas intéressé, et bien, je le suis."

"C'est ça," dit Griff. Il se dirigea vers Lauren qui prit la laisse du chien et fit face au "quarterback".

"Quel comité d'accueil. N'allez-vous pas me présenter?"

"À ces loups? Jamais. Venez." Il prit son bras, la tourna vers le parking et l'escorta vers sa voiture.

"Certains d'entre eux sont mignons. Spécialement celui qui a des cheveux blonds," dit-elle, en cherchant quelque chose dans son sac.

"Buddy? C'est le plus grand homme à femmes de tous."

Elle ricana alors qu'elle sortait les clés de sa voiture. "Plus grand que vous?"

"Il me bât à plate couture."

Lauren s'arrêta, les yeux écarquillés. "Wow."

"Dites donc, vous ne connaissez rien de moi. Pourquoi portez-vous de tels jugements?"

"Réputation. Je pense que tous les athlètes mâles courent après une seule chose – une partenaire d'un soir."

"Pas du tout. Peut-être certain. Peut-être à un certain moment. Mais pas tout le temps. Merde. Je suis en train de m'embourber là."

"Oui. Laissez tomber. Peu importe ce que je pense de vous de toute façon." Elle ouvrit la porte arrière et se pencha pour attacher la laisse de Spike à la ceinture de sécurité.

"Oh? Et pourquoi?"

Elle redressa les épaules, mit ses mains sur les hanches, et le regarda droit dans les yeux. "Essayons de jouer franc jeu. Nous nous détestons l'un l'autre..."

"Détester est un mot très fort."

"Disons que nous ne nous apprécions pas, alors?"

"Oui, c'est vrai, peut-être."

"Nous sommes au milieu d'une bataille juridique. Ne soyez pas un con. Je sais très bien ce que vous pensez de moi."

"Vous en êtes sûre?"

"Vous allez me dire que nous sommes les meilleurs amis du monde?"

"Non, mais nous ne devons pas être des ennemis mortels, non plus. Nous aimons Spike tous les deux. Peut-on être au moins civilisés?"

"Civilisés? Avec un homme qui essaie de me retirer mon chien? Il est ce que j'ai de plus cher dans ma vie. Et vous voudriez que je sois heureuse de cette situation?"

"Le plus cher dans votre vie? Quel dommage." Ses yeux parcoururent les délicieuses courbes de son corps.

"Un femme comme vous devrait avoir autre chose à faire que cela."

"Vous mériteriez que je vous gifle."

"Pour vous avoir fait un compliment?"

"Ce n'est pas un compliment. C'est...c'est...c'est un...laissez tomber!"
Ses yeux verts flamboyaient.

"Il y a beaucoup de femmes qui aimeraient entendre cela de moi."

"Ah oui ? Eh bien, allez le leur dire alors. Je n'ai que faire de vos mots doux. Je n'abandonnerais pas Zander."

"Je n'ai jamais dit que vous le devriez."

"Ah bon ? Ce n'est pas ce que vous avez dit au tribunal."

"C'était avant que je connaisse l'histoire complète. Votre ex est un connard."

"C'est la première chose que vous dites avec laquelle je suis d'accord." Elle s'installa derrière le volant et démarra.

"Je le récupère dimanche matin ?"

"C'est le calendrier. N'attrapez pas une MST ce week-end."

"Merci beaucoup."

"Je vous en prie." Il aurait pu rafraîchir trois boissons tant sa voix était de glace. Elle appuya sur l'accélérateur et sortit du parking. Il avait compris le message. Elle ne voulait rien avoir à faire avec lui, et c'était une première. Il était intrigué. Il n'avait jamais rencontré une femme qui ne tombasse pas amoureuse de lui directement, surtout depuis qu'il avait commencé à jouer au football au lycée. Il admirait son sens de l'indépendance même si ce n'était qu'une greluche.

Il rit de lui-même. *Je n'avais jamais été attiré par une pouffiasse avant. Je suppose qu'il y a une première à tout.*

Quand il revint dans les vestiaires pour prendre son équipement, il fut assailli de questions.

"Comment s'appelle-t-elle ?" demanda Buddy.

"Elle est assez débile pour sortir avec toi ?" lança Trunk Mahoney à la volée.

"Nous partageons juste ce satané chien. Donc, fermez-là, d'accord ?" Troublé par Lauren, Griff avait besoin de clarifier ses pensées. Il fit ce qu'il faisait toujours quand il avait besoin de réfléchir – il allait courir. *Je dois avoir la meilleure saison que je n'ai jamais eue. Je vais mon-*

trer à ce connard d'Hastings que je ne suis pas prêt pour la maison de retraite. La colère énergisait son corps et le poussait à courir plus vite et plus loin.

Pendant les deux semaines suivantes, il prolongea son entraînement à la salle de gym pour rester en forme. Sur le temps de Griff, Spike restait seul à la maison plusieurs heures. Le vendredi, il revint à trois heures. Observant une autre voiture garée dans l'allée, il entra dans la maison prudemment. Lorsqu'il ouvrit la porte, une délicieuse odeur l'accueillit. *Amy.* Il sourit, et son estomac grouilla à l'évocation du pain chaud et du beurre fondant.

Elle se tenait dans la salle à manger, les poings sur les hanches, le visage grave.

"Qu'y a-t-il?" demanda Griff.

"Le chien. Il a pissé sur mon tapis ancien et rongé un pied du canapé. Il doit partir ou c'est vous devrez partir," répondit-elle.

"Mince! Spike. Comment as-tu pu faire ça?"

"Ça va coûter une petite fortune à réparer."

"Envoyez-moi la facture."

"Je le ferai. Vous êtes un chouette type, Griff mais vous n'aviez pas de chien quand je vous ai loué la maison."

"Je sais, je sais. C'est de ma faute."

"Je repasserai demain, et soit il n'y a plus de chien, soit il n'y plus de Griff. D'accord?"

Il accepta d'un coup de tête.

"Je vous ai laissé un miche de pain," dit-elle alors qu'elle fermait la porte derrière elle.

Merde! Ma maison n'est pas prête. Mais je ne peux pas abandonner Spike. Samedi matin, il devait ramener le chien. Griff trama un plan et fit ses bagages. À neuf heures, il était avec le carlin sur la route vers chez Lauren. Alors qu'il grimpait l'escalier devant, il admira sa jolie maison victorienne, peinte en jaune avec les moulures blanches.

Elle l'attendait et ouvrit la porte à peine avait-il fini de monter les marches. Elle prit le chien dans ses bras et l'embrassa. Celui-ci lui lécha le visage. "Merci de l'avoir ramené." Elle allait rentrer dans la maison quand Griff lui agrippa le bras.

"Attendez. J'ai un imprévu."

"Quoi?" Elle fronça les sourcils.

"Rien de sérieux. C'est juste que je viens de me faire déloger de la maison que je louais. À cause de Spike. Et ma maison est en train d'être rénovée. Spike et moi n'avons nulle part où aller."

"Prenez un motel." Elle lui tourna le dos.

"Vous vivez seule dans cette grande maison, n'est-ce-pas?"

"Et alors?"

"Que diriez-vous de me louer une chambre?"

"Vous êtes fou?"

"Comme ça vous serez avec Spike tout le temps," dit-il.

Elle réfléchit un moment, un petit sourire se formant sur ses lèvres. "Combien seriez-vous prêt à payer?"

"Votre prix sera le mien."

"Trois mille par mois."

"Deux repas par jour compris?" demanda-t-il.

Elle l'observa de la tête aux pieds. "Je parie que vous mangez comme un cheval. Ajoutez cinq cent."

"D'accord." *Elle n'est pas Kathy mais un lit et un repas chaud c'est mieux que rien.*

* * * *

Bon sang qu'est-ce-que j'ai fait? Elle mordillait sa lèvre alors que Griff retournait à sa voiture pour prendre ses bagages. *Je ne veux pas que ce monstre vive dans ma maison.* Mais Bob ne m'a laissé que trois mille dollars sur le compte chèque. Lauren savait qu'elle n'irait pas loin avec le prêt, les taxes, l'eau, l'électricité, le vétérinaire et la nourriture. Elle avait essayé de se cacher la vérité. Elle avait besoin de fonds. *Avec un peu de chance quand cet argent sera parti, Annette me donnera un nouveau client.*

Elle guida le chien vers l'intérieur quand Griff gravit à nouveau les marches.

"Où voulez-vous que je me mette?"

"Par-là." Elle accrocha la laisse du chien et le conduisit vers l'arrière de la maison. Une magnifique chambre se trouvait à la fin du couloir. Peinte en bleu-gris clair avec les moulures blanches, la pièce avait deux portes-fenêtres donnant sur le jardin. Des rideaux blancs et fins se balançaient dans la brise légère. Une petite fenêtre donnait sur le côté de la propriété. Un édredon rétro aux impressions bleues, vertes et blanches couvrait un grand lit. Un cache-sommier blanc bordait le fond du lit.

Un ancien bureau à volet se tenait dans un coin de la chambre et une confortable bergère et une commode en occupaient deux autres. La pièce était claire, aérée et vraiment charmante. Elle nota qu'il souriait.

"C'est la chambre d'ami."

"Le lit est un peu petit," dit-il.

Elle lui lança un regard acéré.

"Que voulez-vous? Je suis grand. C'est bon. La pièce est agréable."

Il marcha jusqu'aux grandes fenêtres. Leurs larges cadres éclipsaient la grandeur chambre. Lauren croisa les bras sur sa poitrine pour couvrir son embarras. Elle avait occupé cette pièce, laissant à Bob la chambre principale après qu'ils aient décidé de divorcer. Se tenir là dans la pièce qui avait été son refuge privé, avec le beau "quarterback", fit courir un frisson le long de son échine.

"La cuisine," dit-elle en tournant les talons. Griff la suivit dans l'espace très bien équipé de placards en bois fin, d'un plan de travail en granit noir, et d'une vieille table en chêne avec les chaises assorties.

"Très joli," répéta-t-il en regardant partout.

"Vous pouvez tout utiliser si vous voulez."

"Je ne cuisine pas."

Elle leva les sourcils. "Vraiment? Comment mangez-vous?"

"'Plats cuisinés. J'avais l'habitude de vivre avec ma sœur et sa famille. Kathy était une excellente cuisinière."

"Pourri gâté," murmura-t-elle dans un souffle. "Je sais cuisiner mais je ne suis pas un cordon bleu."

"Je suis sûr que ça ira."

Elle lui montra le reste de la maison – salle à manger, bureau, trois chambres à l'étage, et même le grenier. La chambre principale contenait une cheminée de briques, un manteau de marbre blanc et un parquet.

"Vous avez déjà utilisé la cheminée?" demanda-t-il.

"Non."

"Je suppose que votre ex n'était pas un romantique."

"Non." *Trop de travail de transporter du bois là-haut,* donnait-il comme excuse lorsqu'elle lui demandait. Mais elle n'allait pas avouer ça devant Griff. Elle avait ramené avec elle une petite bûche de temps en temps. Bien que depuis elle avait un joli stock, la simple idée de se faire un feu pour elle toute seule la déprimait.

La tête du grand lit en chêne était ouvragée, le sommier garni et un jeté de lit matelassé rose agrémentait l'ensemble. Il y avait également une coiffeuse, une chaise longue et une commode ancienne en chêne. Après que Bob ait déménagé, elle avait passé un week-end à redécorer et peindre furieusement les murs elle-même. La combinaison de rose, mauve et blanc était décidément féminine et cela lui plaisait. Le footballeur la mettait mal à l'aise, se tenant dans son boudoir avec son allure ultra-masculine.

"C'est une pièce très féminine."

"Bien sûr. C'est ma chambre."

"Je l'aurai deviné," dit-il en retournant vers la cage d'escaliers.

Le carlin était en boule ronflant sur un petit lit dans la salle à manger.

"Zander, biscuit!" appela Lauren. Le chien ouvrit un œil, s'étira et trotta jusqu'à la cuisine.

"Nous devons mettre à plat le problème du nom, ou le chien ne s'y retrouvera plus."

"Son nom est Zander. Je ne vois pas le problème."

" Quel nom de gonzesse!"

"Quoi?" Ses yeux s'écarquillèrent et elle laissa tomber la mâchoire.

"Désolé, désolé. Je veux dire que c'est efféminé. Spike est nom d'homme."

"D'homme? De serial killer. D'une brute peut-être. Pas d'un adorable carlin."

"Je ne peux pas le prendre au vestiaire avec un nom aussi ridicule que Zander. Où est-ce-que vous avez trouvé ça? C'est nul."

"Eh bien, n'allez pas dans les vestiaires avec lui. Laissez-le là avec moi."

Griff sourit. "Bien essayé. Mais il est à moi la moitié du temps pour six mois."

"Et alors?"

"Alors, je ne l'appellerai pas Zander. Ce sera Spike."

Lauren laissa échapper un soupir. "Et bien! Spike, alors. "

Son visage s'éclaira et il sourit largement. "Je savais que vous vous rallieriez à ma cause."

"C'est mon samedi. Il dort avec moi ce soir."

"Dommage que Spike soit toute la compagnie que vous aurez là-haut."

Elle leva sa main et le gifla, mais cette fois-ci il fût plus rapide et attrapa son poignet avant que le coup ne l'atteigne. Il serra. "Aow. Aow. Lâchez-moi."

"Plus de gifle. Promis?" Il serra encore, mais moins fort.

"D'accord, d'accord. Je promets. Lâchez-moi. Vous me faites très mal."

"Maintenant, si je voulais vraiment vous faire mal..."

Elle frottait son poignet. "Vous l'avez fait. Vous l'avez fait."

"Ce n'était rien."

"Ne faites plus jamais ça."

"Ne me giflez plus."

"Je ne le ferai plus. Faites attention à ce que vous me dites. Je ne suis pas une racoleuse, comme vous l'êtes."

"Je ne suis pas racoleur. Seulement je suis populaire."

Elle éclata de rire. "C'est une façon de voir."

Son regard s'intensifia et voyagea sur son corps, s'arrêtant à chaque courbe, dont la chaleur irradiait à travers ses vêtements. Elle se déhancha gênée par son regard appréciateur. Son séduisant sourire la lui fit frissonner.

"Vous êtes séduisante. Je suis surpris que vous soyez seule."

"Je ne suis pas seule. J'ai Spike."

"C'est du pareil au même," murmura-t-il.

Mais elle l'entendit. "Certaines personnes dorment seules par choix," souffla-t-elle.

Il ricana. "Qui voudrait choisir cette situation?"

"Moi." Elle lui tourna le dos, attacha la laisse au collier du chien et se dirigea vers l'entrée de la maison. "C'est l'heure de la promenade, Zan...er...Spike."

Le carlin haletait. Griff, lui, semblait lui sourire.

* * * *

Quand la porte se referma derrière elle, Griff retourna à ses affaires. Il défit son sac et rangea ses vêtements puis plaça ses accessoires de rasage dans la salle de bain attenante. Il ouvrit la porte de la large pièce. *Anciennement deux placards?* Un papier-peint aux impressions d'iris mauves, verts et blancs garnissait la moitié supérieure des murs qui n'était pas carrelée. En dessous, de jolis carreaux fleuris apparaissaient éparpillés dans le carrelage blanc. Une fenêtre s'ouvrait juste au-dessus d'une petite coiffeuse.

Griff hésita à s'asseoir sur la chaise de la petite table de toilette de peur qu'elle ne cède sous son poids. Il s'abaissa lentement, jusqu'à sentir qu'elle tiendrait. De délicates et féminines bouteilles en verre coloré piquèrent sa curiosité. Il en déboucha une et la passa sous son nez. Une légère odeur fraîche et sucrée l'enveloppa. Chaque bouteille contenait une unique et subtile senteur florale.

Il ouvrait les tiroirs l'un après l'autre et découvrait de nouveaux trésors féminins. Il frottait un peu de poudre de pêche entre ses doigts rugueux et prenait plaisir à sentir sur sa peau une douceur semblable à celle de la soie. *Kathy n'a jamais eu de choses comme celles-ci.* Il explora chaque recoin de la pièce, souriant à chaque lait et huile corporels qu'il découvrait. *Ça a dû être sa salle de bain. Peut-être a-t-elle utilisé cette chambre lorsqu'ils se sont séparés.* Il levait chaque bouteille de vernis à ongles pour en inspecter la couleur. *Rouge sans-gêne. Rose des dames. Corail fou.*

Il imagina chacun sur les ongles de Lauren avant de décider que le "Corail fou" était son préféré. *Cette femme sait prendre soin d'elle.* Il se la représenta en train de s'enrober de lait et d'huile après le bain. Il essaya de l'imaginer nue, mais il n'avait pas beaucoup de détails. *Qu'est-ce que tu fais? C'est une pétasse à talon. Elle néglige les animaux. Arrête de penser à son corps.*

Mais il ne pouvait pas s'en empêcher. Ses yeux clairs avaient de magnifiques teintes de vert, même s'ils flambaient de colère à son encontre. Ses longs cheveux noirs l'attiraient. Les courbes de son visage faisaient picoter ses doigts alors qu'il pensait à le toucher. *Oublie-ça. C'est juste un endroit où rester en attendant que la maison soit prête. Par ailleurs, elle me déteste. Mais que se passerait-il si elle entrait pour récupérer ses affaires alors que je suis sous la douche?* Il déglutit, ignorant la contraction qui surgit entre ses cuisses à cette idée séduisante.

Il mit ses affaires autour du lavabo de la salle de bain et retourna dans la chambre suspendre ses chemises et ses costumes. Quand il entendit une voix, il sursauta.

"Je vais vous montrer où je range les affaires du chien." Elle se dirigeait vers la cuisine. Avoir vu toutes ses crèmes et ses senteurs avaient été comme la voir déshabillée, comme l'épier sans qu'elle le sache. Savoir avec quoi elle hydratait son corps l'excita. Essayant de se contrôler, il chassa toutes pensées grivoises et la rejoignit. Lauren était penchée en avant, donnant un biscuit à Spike. Le regard de Griff tomba directement sur son aguichant postérieur.

Elle se leva. "Il peut avoir un biscuit après chaque promenade."

Il s'accroupit pour caresser le chien derrière les oreilles. "Ah oui?" Temporairement contrôlé par son entre-jambe, il était incapable de rassembler les mots pour faire une phrase correcte.

"C'est ce que j'étais en train de dire," dit-elle.

"Okay. Était-ce votre chambre?" demanda-t-il, en s'asseyant sur un tabouret au bar de la cuisine pour se relâcher.

Elle rougit.

"Je ne veux pas être indiscret. Vous ne devez pas répondre. Je suis juste un étranger ici. Vous ne me devez rien."

"J'ai occupé cette chambre quand Bob et moi avons décidé de nous séparer."

"C'est ce que je pensais." dit-il en hochant la tête.

"Et vous êtes très indiscret. Vous êtes présent dans chaque aspect de ma vie, me menaçant, vous accaparant une chose qui m'appartient. Maintenant vous êtes dans ma maison. Je me sens...je me sens... je me sens envahie." Il vit son embarras se transformer en colère.

Il leva les paumes. "Whoa. Ce n'est pas de tout ce que je veux. Je partage juste le chien. Votre vie reste votre vie. Je suis sûr que ça marche pour vous et ça ne me regarde pas si ça va ou pas."

"C'est juste. Ça ne vous regarde pas." Elle sortit de la pièce énervée tenant le harnais du chien dans ses mains.

Griff la suivit, ennuyé. Elle avait les yeux remplis et quelques larmes roulèrent sur ses joues. Elle passa rapidement les mains sur son visage pour les essuyer puis elle suspendit la laisse de Spike à un crochet de la porte d'entrée. Il glissa un mouchoir entre ses doigts. "Vous savez ce que vos larmes me font. S'il vous plaît...," expliqua-t-il alors qu'elle levait les yeux vers lui.

Elle rit. "Maintenant, je sais comment vous avoir."

"Un ruisseau comme un torrent marche à chaque fois." Il sourit. "Et si je vous emmenais dîner dehors?"

"J'ai une sorte de civet que j'ai fait hier. J'aime bien le laisser reposer un jour de plus. Il est meilleur comme ça."

"Un civet d'agneau?"

Elle acquiesça.

"Mon préféré. L'invitation tient toujours, alors. Demain soir?"

"Et votre rendez-vous galant?" Elle le regarda droit dans les yeux.

"Il attendra. Le civet d'agneau d'abord." Il passa sa langue sur ses lèvres.

"Demain, rendez-vous pris."

"Vous avez quelque chose à boire?" demanda-t-il.

Elle le mena dans la salle à manger et ouvrit une porte de placard. Un bar rempli lui faisait face.

"Il y a de la bière dans le frigo si vous préférez."

"Qu'est-ce-que vous buvez?"

"Une vodka tonic."

"Ça marche!" dit-il en sortant une bouteille.

"Je vais mettre le civet à chauffer."

Le bar contenait quelques-unes de ses marques préférées d'alcool, ainsi qu'une vodka à la crème fouettée.

Les souvenirs d'une nuit moite et érotique avec Carla et une bouteille de cocktail le fit sourire. Griff mélangea deux verres, laissant de la place pour la glace. Ses soucis au sujet du déménagement fondaient. Son estomac gargouillait, et sa bouche salivait à la promesse d'un bon repas fait-maison.

L'arôme du civet emplissait déjà la cuisine. Griff ouvrit le congélateur et ajouta des glaçons aux deux verres. Lauren sortit des sets de table d'un tiroir et les assiettes du placard.

"Vous pouvez mettre la table," dit-elle.

Griff lui tendit son verre avant de se mettre à la tâche. "Fourchettes et autres couverts?"

Lauren pointa vers un autre tiroir et remua la casserole. Elle prit un morceau de viande et le goûta puis elle reposa la cuillère précipitamment. "Oups. Désolée pour ça. J'avais l'habitude de cuisiner pour Bob et moi. Ça ne le dérangeait pas que je fasse ça."

"Moi non plus. Pas de souci."

Elle servit les deux civets à la louche dans des assiettes légèrement creuses et les plaça sur les sets. Elle mit deux ou trois petits pains ronds dans le grille-pain avant de sortir le beurre du réfrigérateur.

Il leva son verre avant de prendre la parole. "À Spike."

"À Spike." répéta-t-elle.

Il but une belle gorgée avant d'attaquer le repas.

"C'est le meilleur civet que j'ai jamais mangé," dit-il entre deux bouchées.

"Merci." Elle continua de manger, mais la couleur dont se para ses joues refléta le plaisir que lui offrait cette remarque.

Ils mangeaient en silence. Le goût de la nourriture faite maison faisait surgir en lui les souvenirs de Kathy et de ses enfants. L'émotion étreignit sa poitrine. Les dîners animés avec de la bonne nourriture, chacun donnant son opinion, discutant, et riant. Être quelqu'un d'important dans la vie des enfants lui donnait envie de rentrer à la maison. Leur accueil après un match, surtout lorsqu'ils avaient perdu, avait maintenu son moral et détourné son attention de ses défauts en se portant sur ce qui était le plus important de sa vie – sa famille.

"C'était un magnifique repas. Je vous remercie," dit Griff quand il eut fini.

Il se leva de table et se dirigea vers l'évier. "Si vous cuisinez, vous ne nettoyez pas." Il prit une éponge et alluma le robinet.

Lauren sourit et leva les deux mains. "Si vous insistez."

Quand il eut fini, il alla dans sa chambre. Après une courte douche et un rapide rasage pour réduire sa barbe à ce qu'il voulait, il mit de l'après-rasage et s'habilla. En se dirigeant vers la sortie, il passa devant Lauren et Spike lovés tous les deux dans le canapé. Elle lisait en caressant le chien. À la porte d'entrée, il se retourna et lui fit signe de la main.

"Bonne soirée," dit-il.

"Vous, aussi."

La foule du Savage Beast était déjà dense. Il eut du mal à accéder au bar. Carla lui lança un puissant regard alors qu'elle lui préparait un Savage Sunrise. Des gens le reconnurent et se poussèrent pour lui faire de la place. Il s'accouda au comptoir. Il sourit.

"C'est ton jour de chance."

"Ah bon?" Il leva les sourcils. Son T-shirt très découpé révélait son invitant décolleté, et il n'y était pas insensible. Il la regarda longuement, pensant que sa poitrine avait l'air plus que généreuse puis il secoua la tête. *Ils ne sont jamais trop gros.*

"Pas de rendez-vous ce soir?" lui lança-t-elle avec un regard impertinent.

Il attrapa sa main et l'embrassa. "Oui, c'est mon jour de chance." Son entrecuisse se réveilla alors que le désir emplissait ses veines. Il eut le temps de boire encore trois ou quatre verres avant que la foule ne se disperse. Carla le prit par la main et le conduit en haut. Ils se déshabillèrent sans cérémonie. Elle tira sur la couette, se glissa dans le lit et l'attira à elle.

Il suivit, la prenant dans ses bras. Il se passa peu de temps avant qu'ils soient en train de faire l'amour. Griff jouit peu de temps après elle. Mais un sentiment de honte l'assaillit tout de suite après. Il approcha son front en sueur de son oreille et chuchota, "Je suis désolé."

Elle poussa son torse, et roula sur le côté pour pouvoir allumer une cigarette. Après avoir respiré quelques bouffées, elle croisa les bras sur la poitrine et tourna sa tête vers lui. Avec un regard plein de colère, elle prit la parole.

"Qui est Lauren?"

Chapitre Cinq

Agitée, Lauren arpentait la salle de séjour. Après quelques minutes, elle mit sa laisse à Spike et l'emmena en promenade. L'exercice la stimulait. *Je pourrais faire facilement sept kilomètres.* Mais le carlin la tirait vers la maison. Elle lui donna un biscuit en récompense et s'affala sur le canapé. Elle zappa de chaîne en chaîne mais ne trouva aucun programme qu'elle voulait regarder, donc elle ouvrit un livre.

Spike s'était pelotonné à côté d'elle. Elle changea de position plusieurs fois, incapable d'en trouver une confortable. Le carlin leva sur elle un regard endormi et mécontent, puis sauta d'un bond, tourna dans son lit avant de tomber lourdement. Il s'endormit rapidement.

Bien qu'elle ait été absorbée dans sa lecture avant le dîner, maintenant elle n'arrivait plus à se concentrer. L'histoire lui apparaissait lente, ne pouvant captiver son esprit, qui était centré sur une personne - Griff Montgomery. Malgré ses efforts, elle ne pouvait pas l'ôter de sa tête. Elle se leva, marcha à pas mesurés jusqu'à la fenêtre pour jeter un coup d'œil et revint au canapé.

"Il n'est pas si mauvais. C'était en réalité agréable," dit-elle à Spike. Le chien entrouvrit un œil puis renifla. "Je sais. Je ne m'y attendais pas, non plus."

Elle mâcha son ongle du pouce avant d'aller à la cuisine. Dans le congélateur, elle trouva un bac de glace à la menthe aux pépites de chocolat. Il avait à peine été entamé. Elle vida une partie généreuse dans un bol et retourna sur le canapé. Spike renifla l'air, ses petites narines se dilatant et se rétractant. Il ouvrit ses yeux puis les ferma de nouveau quand il se rendit compte que la nourriture n'était pas pour lui.

"Il a aimé mon ragoût. Il a tout mangé. Aucun reste. Je vais devoir acheter beaucoup plus de nourriture."

Spike l'ignorait. Elle le fixa tendrement.

La curiosité la piqua soudain. Elle lava son bol puis traversa le hall sur la pointe des pieds jusqu'à la chambre de Griff. *Et s'il rentrait à la maison tandis que je suis en train de fouiner? Non. Il ne reviendra pas ce soir.*

Elle poussa la porte, l'ouvrit lentement et rit d'elle-même. *Il n'y a personne ici sauf moi.* Elle alluma la lumière et regarda tout autour. La première chose qui l'attira fut une photo posée sur sa commode. Elle s'approcha pour la regarder de plus près. Elle montrait une femme souriante et deux enfants adorables. La ressemblance entre la femme et Griff était saisissante. *Ils se ressemblent. Est-ce sa sœur? Sont-ce ses enfants? Ce ne sont pas mes affaires, n'est-ce pas?*

Elle ouvrit le placard et vit une rangée nette de sweat-shirts et de pantalons de sport suivis par six costumes et une douzaine de belles chemises. Un support de cravate faisait la ligne de démarcation entre les vêtements informels et les vêtements habillés. Un parfum agréable charma ses narines. *Est-ce lui ou son après-rasage?*

Elle ferma de nouveau la porte et se dirigea vers la salle de bains. Il y avait une machine à mousse chaude sur le plan de travail. Son rasoir à main était disposé à côté d'un rasoir électrique. Deux rasoirs? Une bouteille d'après-rasage coûteux, La Nuit, était placé à côté d'eux. Elle le renifla. *C'est lui.* Elle prit un grande bouffée de l'air ambiant et son parfum l'excita. Lauren toucha la serviette humide qui avait séché sa peau plus tôt. Son souffle s'accéléra alors qu'elle se demandait à quoi il pouvait bien ressembler nu.

Le claquement d'une porte de voiture la ramena à la réalité. *Griff!* *Merde!* Un coup d'œil à sa montre lui indiqua qu'il était minuit. *Qu'est-ce-que je fais debout si tard? L'attendais-je? Je pensais qu'il serait dehors toute la nuit. Merde.*

Elle éteignit la lumière et se précipita hors de la pièce chambre comme une souris poursuivie par un chat. Quand sa clé tourna dans la serrure, elle était dans la cuisine, essayant de reprendre son souffle et sortant les plats du lave-vaisselle.

"Vous êtes toujours debout?" dit Griff en jetant ses clés sur la table de cuisine.

"Minuit, ce n'est pas tard. C'est samedi soir," mentit-elle. "Vous êtes à la maison tôt."

Il haussa les sourcils. "Vous m'attendiez?"

"Bien sûr que non. Comment pourriez-vous penser que...? Non. Hors de question." Elle essaya de contrôler le tremblement de sa voix, mais n'y parvint pas. Une grande respiration profonde calma ses nerfs.

"Je sais fermer une porte. Vous ne devez pas rester éveillée pour ça."

"Je le sais bien." Elle jeta un regard fixe à ses mains.

Ils restèrent debout un instant dans un silence gênant. Puis le chien s'étira, bâilla et rentra dans la pièce.

"Hé, Spike. Oh, attendez. Je ne peux pas le caresser, n'est-ce-pas? C'est votre semaine." Il émit un petit rire amusé.

"Ne soyez pas ridicule. Bien sûr, que vous pouvez le caresser."

Griff s'accroupit pour gratter le chien derrière les oreilles puis se redressa. "C'est l'heure d'aller au lit."

"Je pensais que c'était déjà fait pour vous?" Les mots s'étaient échappés avant qu'elle ne puisse les arrêter. Lauren mit sa main sur sa bouche, mais c'était trop tard.

Il se tourna pour jeter un regard dans sa direction.

"Je suis désolée. Je n'avais pas l'intention de dire cela. Ça ne me regarde pas," babilla-t-elle.

"Exactement, cela ne vous regarde pas."

"Je suis désolée. Vraiment. C'est juste que vous avez dit que ... cela indiquait que ... impliquait que vous ne seriez pas à la maison avant demain matin et puis... et bien, je veux dire, vous êtes là. Et je me demandais...rien. Je vais me taire maintenant."

"Bonne nuit." Il lui tourna le dos et se dirigea vers sa chambre, il s'arrêta dans l'embrasure de la porte. "Et non, je ne vais pas vous parler de mon rendez-vous."

L'embarras l'étrangla alors elle grimpa tant bien que mal l'escalier, ne souhaitant qu'une chose celle de disparaître.

* * * *

Dimanche matin, la sonnette de la porte d'entrée réveilla Griff. Il se retourna, ouvrit un œil pour consulter l'horloge. *Dix heures. Merde? C'est dimanche. Pas d'entraînement. Qui donc est à la porte?* Il s'extirpa du lit, il avait légèrement mal à la tête et il enfila un caleçon. Il se gratta le visage, la poitrine et l'entrejambe puis sortit en bâillant vers la porte d'entrée.

Arrivé dans le hall d'entrée, de fortes exclamations l'éveillèrent brusquement. Un groupe de dix femmes, de tailles, de formes et d'âges différents, lui faisait face et toutes étaient parfaitement apprêtées. Alors qu'elles le regardaient fixement, avec des sourires entendus, Griff se sentit nu. Il bafouilla, se retira rapidement dans sa chambre et fit claquer la porte. Le bourdonnement des voix féminines arrivait jusqu'à lui. Griff lava son visage, peigna ses cheveux et mit un pantalon et un T-shirt avant de les rejoindre. Il s'avança petit à petit, les femmes n'étaient pas visibles, mais il entendait des voix venant de la salle de séjour. Il marcha sur la pointe des pieds jusqu'à la cuisine, pour se verser une grande tasse de café de la cafetière pleine qui était le plan de travail puis il jeta un coup d'œil vers la rue.

"Le voilà," dit une blonde, désignant Griff.

Il aurait voulu fuir.

"C'est Griff Montgomery. Des Kings," observa une autre.

"Lauren, tu ne nous avais pas dit que tu vivais avec Griff Montgomery."

"Non. Non, je ne vis pas avec lui."

Observant Lauren devenir rouge vif, Griff gloussa. *C'est une leçon pour avoir été si curieuse hier soir.*

"Il loue une chambre ici. Nous partageons le chien. Je vous ai parlé du tribunal la dernière fois."

"Ouais, mais tu ne nous avais pas dit que c'était Griff Montgomery."

"Venez, M. Montgomery," dit la blonde, lui faisant signe.

Griff sourit et marcha vers elle.

"Je suis désolée si nous vous avons réveillé," s'excusa Lauren.

"Ce n'est pas grave. C'est une surprise agréable de trouver un groupe de jolies femmes attendant à l'extérieur de ma chambre."

Les dames rirent innocemment.

Lauren bondit près de lui et lui saisit le bras pour qu'il se retourne. "Vous ne devez pas vous sentir obligé de rester et être poli, Griff. Je suis sûr que vous avez quelque chose à faire." Elle le dirigeait en arrière vers sa chambre.

À la porte, il la fixa d'un air suspect. "Que ne voulez-vous pas que je sache?"

"Rien. Rien." Mais ses yeux fuyants, incapables de soutenir les siens, la trahissaient.

"Qui sont ces femmes?"

Lauren se redressa. "Mon...euh...club de lecture."

"Un club de lecture?"

Elle inclina la tête. "Oui. Je ne veux simplement pas que vous pensiez que je suis une snob. Je veux dire...vous ne lisez probablement pas beaucoup."

"Ce qui est censé signifier...?" Il mit sa main sur sa hanche.

"Je veux dire, avec tous les entraînements et les femmes et les sorties le soir..."

"J'ai lu. J'ai lu en abondance."

"J'en suis sûr."

Mais à l'expression de son visage, il pouvait dire qu'elle ne pensait pas qu'il ait lu quoi que ce soit, jamais. Et elle avait raison. Il ne pouvait pas se rappeler le titre du dernier livre qu'il ait pris. La honte envahit son cœur *Merde! Je lirai. Je lirai autant que vous le faites.*

"Le groupe se réunit seulement environ une heure ou deux une à deux fois par mois. J'espère que ça ne vous dérangera pas."

"Ça ne me dérange pas du tout." Il lui claqua la porte au nez.

Griff se jeta sur le lit. Il plaça ses mains derrière sa tête et regardait fixement la fenêtre. *Elle est la femme la plus exaspérante, la plus insupportable, la plus condescendante et la plus ennuyeuse du monde. Et je dois vivre sous son toit. Fais chier.*

Tant que les femmes étaient dans la maison, il était pris au piège. Il alluma son ordinateur portable et se mit sur le site d'Amazon. Il tapa meilleures ventes de livres. Et une liste s'afficha "Choix des Cercles de lectures." *Si elle peut avoir un cercle de lecture, moi aussi.* Il cliqua et fit défiler la page. *Roman, thriller, fiction.* Griff acheta un livre de chaque catégorie qui avait l'air intéressante, y compris un roman sentimental. *Eh, peut-être qu'il sera cochon?* Il pouffa de rire. *Je peux au moins espérer.* Après le choix de six romans, il entra son numéro de carte de crédit, sa nouvelle adresse et cliqua sur "commandez".

Agité, il marcha à pas feutrés jusqu'à la porte pour écouter. Il entendit le son de sanglots. Un mélange de voix basses s'entremêlait, l'empêchant d'identifier des phrases. En se faufilant dans le couloir, il attrapa au vol un mot ici ou là, mais ne pouvait pas vraiment comprendre quoique ce soit. *J'ai entendu parler de livres tristes, mais c'est totalement ridicule.*

Il bâtit en retraite rapidement vers sa chambre quand il entendit des pas s'approchant du coin. *Mieux vaut ne pas être surpris à écouter. Dans deux jours, je serai en train de lire des tonnes de livres. Mais je ne pleurerai certainement pas en parlant d'eux.*

Son téléphone sonna, signalant l'arrivée d'un texto. Il tressailli en le lisant-

C'est fini entre nous. Pourquoi ne pas faire tes culbutes avec Lauren? Carla.

Toutes ces années, il avait couché à droite à gauche, mais il n'avait jamais fait ça avant – jamais il n'avait appelé la femme dans le lit de laquelle il était, par un autre prénom. Jusqu'à la nuit dernière. Ce souvenir le rendait nerveux.

Il saisit ses clés et se dirigea vers sa voiture. *Il faut que je sorte d'ici.*

Les femmes levèrent les yeux alors qu'il sortait comme un ouragan. Griff ne s'en soucia pas. Il avait besoin d'air. Une fois au volant, il entra rapidement sur l'autoroute. Avec les fenêtres ouvertes, il roula jusqu'à "Evergreen Mountain". À son point de vue préféré, il vira et sortit. Se tenant debout sur le bord avec vue sur les trois côtés de la petite chaîne de montagnes, il respira à fond.

Aucune femme ne l'avait jamais tant bouleversé auparavant. Il était foutu s'il avait Lauren Farraday dans la peau. Elle lui avait coûté le plus adorable chien imaginable. Il devait réussir à se l'ôter de l'esprit.

Bon, elle a un corps ferme et en forme. Et ces yeux. Ouais, ils voient dans mon âme. Et alors? Elle n'est pas la fille la plus sexy que j'ai jamais vu. Eh bien, peut-être presque. Bon, la plus sexy et la meilleure cuisinière...peut-être. Mais elle est pétasse et elle cache quelque chose.

Quand il arriva à la maison, la dernière des participantes du cercle de lecture rejoignait sa voiture. Il s'arrêta un peu plus loin et regarda la blonde embrasser Lauren et chuchoter à son oreille. Lauren essuya sa joue et inclina la tête. *Peut-être elle est homosexuelle?* Une fois que la femme reculait dans l'allée, Griff revint.

Sa présence fit sursauter Lauren.

"Toujours d'accord pour ce dîner dehors?" demanda-t-il, s'appuyant contre la voûte de l'entrée de la cuisine.

"Je ne vous avais pas entendu entrer."

"Désolé. Qu'en pensez-vous?"

"D'accord. Quelle heure?"

"Dans une heure?"

Elle acquiesça d'un signe de tête et monta l'escalier jusqu'à sa chambre. Griff prit une douche, se demandant ce qu'avait Lauren pour rester accrochée à son esprit. *Ce soir, j'ai bien l'intention d'en avoir le cœur net.*

* * * *

Lauren pressa sa joue chaude contre le frais carrelage de la salle de bains. Elle soupira profondément, frissonnant et combattant les larmes qui lui montaient aux yeux. Cela faisait des mois mais cela ne passait pas. Son groupe de support l'aidait mais après il s'en allait et le sentiment de solitude l'envahissait de nouveau.

Essayer de faire face à la perte était assez difficile. Ajouter à cela la contrariété de dîner avec un coureur de jupons arrogant rendait les choses encore plus difficiles. Tout ce qu'elle voulait, c'était se pelotonner avec un livre, son carlin et oublier sa vie.

Maintenant, elle devait se maquiller, se changer et feindre d'être gaie. *Beurk. Pourquoi l'ai-je fait entrer ici? Oh, ouais. J'ai besoin d'argent.* Elle lava son visage, se maquilla avec application et fouilla dans son placard.

Rien de sexy. Dieu merci! Cet homme n'a pas besoin d'encouragement. Pourquoi est-ce que je dis ça? Il ne m'a pas fait d'avance. En fait, il a juste dit que j'étais pas mal. Vraiment? Je vais lui montrer.

Elle choisit une robe de jersey pêche croisée devant, moulant ses hanches avec un décolleté plongeant. Une paire de mules noires de cuir verni soulignaient parfaitement ses mollets minces. Elle fit la pirouette devant le miroir en pied, remua sa chevelure brillante et sourit. *Nous verrons qui est juste "pas mal", M. le footeux.* Riant de sa propre plaisanterie, elle arracha un châle blanc d'un cintre et saisit son petit sac à main noir.

Alors qu'elle descendait l'escalier, elle cria, "Avez-vous donné à manger à Spike?"

Entendant tousser, elle leva les yeux. Griff était en train de s'étouffer avec sa boisson, les yeux embrumés fixés sur elle.

"Ça va?"

Il inclina la tête, bafouillant à plusieurs reprises et toussant deux fois avant de réussir à parler. Sa voix était grinçante. "Ça va. Je ne m'attendais pas..."

"À quoi? Vous ne vous attendiez pas à ce qu'une femme qui "n'est pas trop mal" s'habille comme ceci?"

Il avoua d'un signe de la tête. "Je n'avais pas du tout l'intention de vous insulter. C'était un compliment, en réalité."

"Pas pour moi. Avez-vous alimenté le chien?"

Griff planta son regard dans le sien. "Je ne trouve pas les croquettes."

"Je ne lui donne pas de croquettes. Seulement des boites."

"Des boites? Ce n'est pas bon. Il devrait manger des croquettes."

"Il mange des boites, il en a toujours mangé et il va très bien. C'est ici," dit Lauren, indiquant un placard.

"Je prendrai un sac de croquettes."

"Non, vous ne le ferez pas! J'ai renoncé une fois et je vous ai laissé l'appeler Spike. Mais je m'impose sur la nourriture. C'est quelque chose de spécial. Je l'achète chez le vétérinaire et c'est ce qu'il mange." Ses sourcils étaient furibonds, ses lèvres étaient compressées en une mince ligne et elle avait croisé les bras sur sa poitrine.

Griff leva ses paumes. "D'accord, d'accord. Ne piquez pas une crise. Alimentez-le avec n'importe quelle merde, c'est comme vous voulez."

Elle relâcha ses bras et soupira. "Bien," dit-elle, prenant le bol vide de Spike. "Je lui donne un tiers de boite à chaque repas."

"Compris," répondit Griff reculant et la laissant remplir le plat.

"Où allons-nous?" demanda-t-elle, alors qu'elle rinçait un reste de nourriture sur la cuillère après avoir placé le dîner du chien par terre. Spike arriva en trottant pour engloutir sa pâté.

"J'allais vous amener au Clam Shack. Mais apprêtée comme ça? Il faut au minimum le Sweet Magnolia."

Lauren sourit. Elle avait entendu parler de ce restaurant, le meilleur et le plus cher de Monroe, mais elle n'y avait jamais été. Quand Griff lui offrit son bras, elle arrima ses doigts autour de son biceps. *Grave erreur.* Le durcissement de son muscle envoya un frisson en bas son bras. Elle lâcha prise comme s'il était un charbon chaud. *Ne laisse pas son regard t'attraper. C'est un serpent.*

Elle jeta un coup d'œil en haut de ses larges épaules à peine contenues par le beau tissu de sa veste sport bleu marine. La chemise blanche intensifiait le brun de ses cheveux et de ses yeux. Son cœur battit un peu plus fort quand elle réalisa qu'elle allait dans le restaurant le plus chic de la ville avec le célibataire le plus beau et le plus recherché de tout l'état. *Détends-toi. C'est juste un type, comme un autre. Ouais, c'est sûr!*

"Fantastique. Merci," dit-elle, avec un large sourire.

"J'aurai la plus jolie fille du comté à ma table."

Il ouvrit la porte pour elle.

Me flatte-t-il? Probablement. Le pense-t-il sincèrement? J'en doute. Pourtant, je pourrais m'y habituer. Elle n'avait jamais eu ce type d'attention, même quand elle sortait avec Bob. D'un mouvement de tête, elle rejeta ses doutes et l'apitoiement sur elle-même qui la tenaillait quelques minutes plus tôt. *Ce soir, je serai une princesse et je vais m'amuser.*

Il tint aussi la porte de voiture ouverte pour elle. La douceur et le riche parfum du meilleur cuir coloré, aux coutures au point sellier l'entourèrent, comme une élégante cape de zibeline. *Cendrillon pour une nuit. Je prends.* Elle se blottit confortablement dans le siège luxueux et jeta un regard sexy à Griff. Ses sourcils montèrent en flèche pendant une seconde avant qu'il ne réponde à son flirt par un de ses regards charmeurs bien à lui.

La voiture s'élança, emmenant Lauren vers une charmante construction ancienne attachée à un moulin. Le maître d'hôtel les mena jusqu'à la meilleure table, à l'extérieur dans un patio en pierre, un peu isolé, dominant la roue du moulin et l'eau qui la faisait tourner. Le doux bruissement du ruisseau calma ses nerfs fatigués, tout comme le cocktail au champagne que le serveur apporta sans attendre.

Griff s'assit et ferma à demi les yeux alors qu'il buvait son whisky soda à petits coups.

Avant qu'il ne puisse parler, elle se lança, se déchargeant d'une des questions qui occupaient le plus son esprit. "Alors, M. le "quarterback", avez-vous déjà été marié?"

"Non. Jamais. J'attends toujours la femme idéale."

Elle rit un court instant. "Avec les centaines de femmes qui sont passées dans votre vie, vous n'avez pas encore trouvé la femme parfaite? Peut-être qu'elle n'existe pas."

"Des centaines? Vous voulez dire des milliers, n'est-ce pas?"

Elle s'étrangla un peu avec sa boisson. "Des milliers? Vraiment?"

"Je rigole. Je ne sais pas combien. Je n'ai pas tenu de compte. Les femmes ne sont pas du bétail."

Elle souleva un sourcil surpris. Il reprit:

"Vous avez apparemment une très mauvaise opinion de moi et vous ne me connaissez pas. Pourquoi?"

"Vous êtes un athlète professionnel, un synonyme pour 'homme à femmes'."

"Comment le savez-vous?"

"Contrairement à vous, j'ai lu. Journaux, articles en ligne ..."

"Vous voulez dire des articles de commérages et des rumeurs. Vous avez raison. Je ne lis pas ces merdes. Connaissez-vous en réalité des athlètes professionnels?"

"Non. Je l'admets."

"La majeure partie d'entre eux sont des hommes qui adorent leur famille et passent beaucoup de temps avec eux."

"Vous vous attendez à ce que je crois qu'ils ne s'amusent pas lorsqu'ils sont sur la route?"

"Ils sont humains. Peut-être certains d'entre eux sont sortis une ou deux fois du droit chemin, mais ce n'est pas la majeure partie d'entre eux. Ce sont des types biens. Ils rentrent à la maison retrouver leur femme, s'occuper de leurs enfants et donnent un paquet aux œuvres caritatives."

Lauren ouvrit la bouche mais la referma aussitôt. Elle prit place, regardant Griff, puis but une petite gorgée de son verre. "D'accord. Peut-être ai-je été injuste. Je ne les connais pas."

"Ce sont des hommes. Certains sont bons. D'autres mauvais. Et ils mangent, dorment, respirent et font l'amour comme les autres hommes. Leurs besoins sont les mêmes."

"Et vous?"

"À part que je suis célibataire, je suis comme eux."

"Célibataire. Cela veut dire que vous n'avez pas à suivre les règles?"

Griff se pencha plus près d'elle. "Quelles règles?"

Elle rit. "J'avoue que j'apprécie votre honnêteté."

"Ne me jugez pas. Je ne suis peut-être pas aussi mauvais que vous le pensez."

"Et peut-être que vous êtes pire."

Il gloussa. "Vous avez du culot. Je vous sors dans le meilleur restaurant de la ville et vous m'insultez. Peut-être devrais-je partir sans payer et vous laisser faire la vaisselle."

Lauren se replaça sur son siège. Le serveur revint et Griff lui fit signe pour une autre tournée. Elle évita le regard fixe du "quarterback" pendant que le commis enlevait leurs verres vides.

"Vous ne feriez pas ça, n'est-ce pas?" demanda-t-elle, quand ils étaient seuls.

"Bien sûr que non. Je vous ai invité. C'est cadeau. Mais ça vous a inquiétée, n'est-ce pas ?"

Elle secoua la tête.

"Oh bien sûr que si, vous l'étiez. Même si c'était seulement pour une seconde. Mais que vous est-il arrivé? Vous n'avez aucune confiance dans les hommes. Qui vous a fait ça? Votre ex?"

Lauren respira à fond. Les larmes menaçaient de monter. *Ne pleure pas. Ne sois pas une mauviette. Arrête.* "La vie. La vie m'a fait ça," chuchota-t-elle. "Le mariage. Je ne me marierai plus jamais."

"C'est un peu catégorique, vous ne trouvez pas?"

"Pas catégorique. Ça me préserve. Pour moi, c'est plus sûr."

"Eh bien, il doit vous avoir vraiment maltraitée."

"Vous pouvez le dire."

Griff passa la main sur la table et serra la sienne. "Je suis désolé. Mais ce n'était pas moi. Ce n'était pas chaque homme que vous rencontrerez. Quoiqu'il se soit passé, vous devez le laisser tomber."

"C'est facile pour vous de le dire."

"Vous savez, j'ai eu mes propres...défis."

"Vous? Comment pourriez-vous avoir eu des temps...difficiles? Vous menez une vie charmante."

Un faible sourire prit naissance sur ses lèvres. "Vous ne voyez pas comme ce que vous dites semble ridicule."

Le serveur arriva avec leurs boissons. Griff lui indiqua qu'ils étaient prêts à commander. Elle choisit les médaillons de bœuf avec des champignons et lui le steak d'aloyau. Griff commanda des salades supplémentaires au bleu et noix pour chacun d'eux. Le serveur les salua et partit. Le doux son de l'eau engendré par la roue du moulin cinglant l'air s'intensifia alors qu'ils dégustaient leurs boissons et leurs regards se croisèrent.

"Alors, parlez-moi de vos...défis, comme vous les appelez." Lauren croisa les jambes et se pencha légèrement vers l'avant.

Griff se racla la gorge et se rassit dans sa chaise cherchant un peu de contenance. Son regard fixa son verre un instant puis il leva son visage. "Ce sont des choses personnelles. Je ne veux pas le voir en première page d'un tabloïd."

"Vous pensez que je pourrais raconter ça à la presse?"

"On ne sait jamais."

"Je ne le ferais pas. Je vous le promets. Devrais-je jurer-cracher?"

Il gloussa. "Bien. Vous le promettez?"

"Oui, je vous le promets."

Il avala sa salive et commença par la mort du conjoint de Kathy. Lauren était assise, penchée vers lui alors qu'il lui contait son histoire. Elle observa le changement d'expression de son visage passant d'heureux à triste. Le ton de sa voix et son débit de parole commencèrent lentement et avec pragmatisme, mais gagnèrent au fil de l'histoire en vitesse et en intensité. Elle remarqua qu'il clignait rapidement des yeux à quelques moments.

Il s'arrêta quand les plats leur furent servis, détournant les yeux. *Il dissimule ses sentiments à un étranger? J'ai compris. Il ne peut avoir confiance en personne car n'importe qui peut appeler la presse.*

"Quand elle est partie, elle a pris ma famille avec elle. Quatre mille kilomètres de distance. Ma vie n'a plus été la même. Ainsi, quand Spike est arrivé dans ma vie...et bien, vous le connaissez. Il est super pour remplir le vide de votre vie." Griff coupa un morceau de son steak et le mit dans sa bouche.

Son histoire avait touché Lauren. "Je ne sais pas quoi dire."

"Dites-moi comment est votre plat."

Elle goûta son bœuf et roucoula. "Humm, ceci est meilleur que tout ce que j'ai jamais mangé."

"C'est un excellent restaurant."

Elle posa sa fourchette, passa la main au-dessus de la table et serra la sienne. "Je suis vraiment désolée pour tout ce que vous avez traversé. Ce que vous avez perdu."

"Ils ne sont pas morts, mais pourraient aussi bien l'être. J'appelle le dimanche. Parfois, ils ont le temps de parler, mais le plus souvent, ils sont occupés. Les ados!" Il secoua les épaules.

"Voulez-vous avoir des enfants à vous?" demanda-t-elle, essayant d'apparaître nonchalante.

"Oui, évidemment. J'ai déjà eu une bonne pratique dans le rôle du père. C'est une condition de séparation pour moi. Je dois avoir mes propres enfants."

La poitrine de Lauren se raidit. Sa main trembla, laissant tomber sa fourchette sur le plancher.

Chapitre Six

Lauren était choquée qu'il veuille des enfants. *Idiot! Tous les hommes, même les coureurs de jupons, disent qu'ils veulent des enfants. Ainsi, il veut des enfants. Il n'est pas intéressé par toi, de toute façon. Et tu ne peux pas le supporter. Alors, où est le problème ?*

Mais elle ne le détestait plus désormais. Il avait cessé d'être le mannequin de carton d'un athlète superficiel et égoïste. L'empathie pour sa douleur et sa solitude avait ouvert son cœur Elle n'avait jamais connu d'homme qui soit capable de faire des sacrifices pour une sœur et ses enfants, ou un homme si généreux, non plus.

Mais il voulait impérativement des enfants et Lauren ne savait pas si elle pouvait avoir des enfants, donc elle dût fermer la porte aux sentiments croissants qu'elle éprouvait pour Griff, ou être vulnérable à l'agonie qu'elle avait vécue une fois auparavant. Son sentiment de tristesse refit surface. Elle jouait avec sa nourriture parce que son appétit s'en était allé.

"Vous voulez un doggy bag?"

"Je donnerais jamais une nourriture aussi riche à Spike."

"Pour vous. Pour le déjeuner demain?"

Le serveur patientait près de la table, attendant sa réponse. Elle inclina la tête.

Griff lui envoya un sourire chaud. "Dessert? Café? Ils ont un délicieux gâteau au chocolat avec une glace de beurre de cacahuètes."

Son estomac était noué. Elle plongea son regard dans ses yeux brun foncé et commença à se perdre. Son corps devint chaud alors que ses parties privées picotaient. *Non, non, non. Vous ne pouvez pas faire ça. Ne le faites pas.* Elle secoua la tête et haussa les épaules. "Prenez-en un vous. Je ne pourrais pas avaler une autre chose," dit-elle essayant de sourire.

"Cognac?"

"Non, merci."

"Cela vous dérange-t-il si j'en prends un?"

"Bien sûr que non. Allez-y." Elle prit sa lèvre entre ses dents.

Après que Griff ait commandé, elle se leva. "Excusez-moi." Elle se dirigea vers les toilettes. Elles étaient élégantes avec de vrais essuies mains individuels en coton. Elle en humidifia un avec de l'eau froide et le passa sur son front puis sur ses joues. Elle respirait profondément pour se calmer. Elle était résolue à ne pas tomber amoureuse de lui et encore moins de coucher avec lui. Sa décision lui redonna confiance en elle, et elle retourna s'asseoir à leur table. Griff sirotait son cognac, mais s'arrêta pour se lever de sa chaise.

Ce geste galant la surprit. Avec une mèche de cheveux tombant sur son front, les épaules carrées, un torse large, et un rayonnant sourire, il était irrésistible, et cela fit fondre ses résolutions. Elle glissa sur son siège, essayant de calmer les battements de son cœur et de son entrejambe.

"Vous savez tout à mon sujet. Maintenant, c'est à votre tour de raconter votre histoire?"

Il s'adossa, lui donnant toute son attention en pointant les yeux sur elle.

"Il n'y a pas grand-chose à raconter. Et ce n'est pas très agréable. Je ne préfère pas."

"Hey, attendez une minute. Vous ne pouvez pas faire ça. Me mettre à nu et vous, restez habillée."

"S'il vous plaît. Je ne veux pas. Il n'y a rien à dire. Des mauvaises choses me sont arrivées. Et en plus mon père est en train de mourir, et voilà."

Son sourire se décomposa en entendant ses mots. "Je suis vraiment désolé pour votre père. Y-a-t-il quelque chose que je puisse faire?"

"Je crains que non. Il est sur la pente descendante depuis un petit temps déjà. Maintenant, son temps est compté."

"Et qu'en est-il de votre mère?"

"Elle vit sur la côte ouest avec un type plus jeune. Mes parents ont divorcé il y a cinq ans."

"Ouah. C'est pas cool."

"Ouais. On peut le dire."

"Et l'autre truc?"

Elle sentit le sang affluer à son visage. "Je ne préférerais pas. Ne me poussez pas, s'il vous plaît." Son regard se leva pour rencontrer le sien.

Il leva la main. "D'accord. Vous avez gagné. Ce sera le silence."

Le soulagement l'inonda. Elle pensait qu'elle ne pourrait pas expliquer une fois de plus que sa brève relation avec Bob avait seulement servi à celui-ci à reconquérir son ex-petite amie. Après une infortune avec un préservatif déchiré, Lauren s'était trouvée enceinte. Bob avait pris ses responsabilités et ils s'étaient mariés rapidement à l'hôtel de ville. Alors, avant que son premier trimestre ne soit passé, Lauren avait fait une fausse couche.

Comment pourrait-elle dire la vérité à Griff, cet homme incroyable? Comment pourrait-elle admettre que quand elle avait demandé à Bob d'essayer de nouveau, il avait refusé, disant qu'ils "avaient eu chaud." Un mois plus tard, il avait demandé un divorce. Elle ne pourrait pas supporter la pitié qu'elle verrait dans les yeux de Griff, sachant qu'il la verrait comme une pathétique ratée, incapable de porter un enfant, désertée par son mari. L'humiliation serait trop grande. Elle s'accrocherait à son secret, s'ouvrant seulement à Don et son groupe d'entraide.

Tous ses rêves et ses projets pour le bébé qu'elle avait prévus avec bonheur avaient disparu lors d'un après-midi maudit. Alors, elle avait été jetée comme une paire de vieilles chaussettes. Le mélange des sentiments fit remonter l'amertume jusqu'à sa gorge. Elle bu une gorgée d'eau pour essayer de la faire descendre.

"Vous allez bien?" demanda Griff.

"Remarquable dandy super chouette," dit-elle.

Il rit. "Vous êtes une drôle de gazelle, vous savez?"

"Gazelle?"

"Excusez-moi. Très jolie jeune femme."

La chaleur enveloppante de son vigoureux regard lui alla droit au cœur. Le désir pétillait dans ses veines. *Être touché par lui. Je pari que c'est un super amant.* Elle changea de position sur son siège, décroisant les jambes. Lauren essaya de soutenir son regard fixe, se demandant à quoi ressemblerait le fait de se perdre dans ses bras. *Plus jamais d'hommes. Si je tombe enceinte? Si je fais de nouveau une fausse-couche? Il ne restera pas longtemps. Je ne peux pas vivre cela deux fois.*

L'émotion saisit son estomac. Elle se précipita aux toilettes pour vomir.

Une femme coiffant ses cheveux devant le lavabo se tourna vers Lauren. "Enceinte, ma belle?"

Lauren rit amèrement. "Non."

"J'espère que vous vous sentirez mieux rapidement." La femme quitta la pièce.

Accroupie sur la cuvette, Lauren rafraichit un instant son front sur la porcelaine.

Un triste gloussement s'échappa de ses lèvres quand elle pensa au prix de toute la nourriture qu'elle venait de dégueuler. Elle lava sa bouche au lavabo, fit sauter une menthe dans sa bouche et respira à fond.

Quand elle rejoignit Griff à table, il signait le règlement de l'addition. Il prit une dernière gorgée de cognac et se mit debout. "Vous ne semblez pas bien. Rentrons à la maison."

Elle sourit de soulagement. Il la guida vers la sortie sa large et forte main délicatement posée sur le bas de son dos. La chaleur de son contact lui donna un frisson. Ils roulèrent sur les routes familières dans le silence. Lauren se calma étendue sur le confortable dossier du siège luxueux, elle regardait fixement au travers de la fenêtre. Ils passèrent devant le Savage Beast. Des jeunes d'une vingtaine d'années sortaient sur le trottoir, leur boisson dans une main, une cigarette dans l'autre.

"Avez-vous déjà été dans cet endroit?" demanda-t-elle.

La tête de Griff fit un mouvement brusque en arrière. Il la regarda fixement. "Le Savage Beast? Pourquoi me posez-vous cette question?"

"Sans raison. Ça semble être un endroit animé. Ont-ils de supers hamburgers ou quelque chose comme ça?"

"J'y suis allé à plusieurs reprises. Ouais. Les hamburgers sont supers bons. Particulièrement celui au bleu."

"Je devrais l'essayer un jour."

Griff déglutit. Il tourna dans l'allée avant qu'elle puisse poser plus de questions. Elle ouvrit la porte d'entrée, donnant un signal à Spike pour commencer à aboyer. Quand il les reconnut, le carlin courut en cercle, ne sachant lequel saluer d'abord. Il se décida finalement pour Lauren, lui sautant sur la jambe, essayant de lécher son visage. Elle s'accroupit, en riant, permettant au petit chien de laper sa joue.

"Je ne connais pas beaucoup de femmes qui auraient laissé un chien les lécher comme ça."

"J'aime Zan...Spike. Il est mon meilleur ami." Elle se redressa et s'étira.

Griff tapota le cabot et mit le doggie bag du restaurant dans le réfrigérateur.

"Merci pour le fantastique dîner," dit-elle, en fermant la porte et éteignant la lumière du porche.

Quand elle se retourna, il était juste derrière elle. Elle rentra dans sa poitrine, puis rebondit contre la porte. Griff entoura sa taille de son bras, la stabilisant. Elle leva les yeux. Son souffle dégageait un léger parfum sucré de cognac, l'appelant à goûter l'alcool sur lui.

Il la regarda fixement un instant, avant de poser ses lèvres sur les siennes. *C'est juste un baiser de bonne nuit.* Quand ses lèvres douces touchèrent les siennes, une étincelle électrique les traversèrent tous deux. Les os de Lauren se liquéfiaient alors que Griff l'emportait dans son étreinte. Son cerveau se déconnecta au moment où le désir se répandit entièrement dans son corps. Quand le bout de sa langue toucha la jointure de ses lèvres, elles s'entrouvrirent sans résistance.

Il glissa sa main le long de son dos jusqu'à la poser sur sa hanche. Il la tira à lui, l'embrassant maintenant fougueusement. Lauren le voulait, tout entier. Chacune de ses terminaisons nerveuses s'enflammaient à deux cent pour cent. Ses doigts saisirent ses épaules musclées alors qu'il la tenait fort contre sa poitrine. Et levant finalement sa tête, ses yeux sombres cherchèrent les siens.

Son souffle était court, interdisant tout discours. Il la libéra pour s'appuyer contre la porte en bois. Elle caressa ses lèvres de son doigt et soupira profondément.

"Le baiser de bonne-nuit," murmura-t-il.

"Vraiment?"

Il rit doucement. "Passez une bonne-nuit."

"C'était un super dîner. Merci."

"Tout le plaisir était pour moi." Le scintillement de ses yeux verts le fit reculer. "Je vais sortir Spike." Il attrapa la laisse et le harnais du crochet et siffla le chien.

Lauren inclina la tête. "Merci."

"Hé, c'est aussi le mien."

Préoccupée par les battements fugitifs de son cœur, elle sourit simplement.

Alors, elle galopa jusqu'en haut des marches avant de se jeter sur le beau "quarterback", qui arrivait dans l'embrasure de la porte en l'observant. Elle opta pour la sécurité de sa chambre au lieu d'une nuit sauvage avec un homme merveilleux.

* * * *

Griff se gratta le visage alors qu'il errait dans l'obscurité derrière Spike. Le carlin le tirait vers la rue, suivant certainement une odeur. Il se demandait quel était le secret de Lauren. Car il était évident qu'elle cachait quelque chose. Il devait savoir ce qui lui était arrivé. *Cela doit être assez épouvantable.* Son visage s'était fermé, ses mots entre-coupés. Elle n'avait pas pu soutenir son regard. *Quelque chose de terrible qui l'embarrasse. Quelque chose d'humiliant.*

Il haussa les épaules, laissant son esprit errer vers le souvenir de leur baiser. Il n'avait pas pensé que ce soir pourrait être un réel rendez-vous, mais quand elle avait descendu les marches vêtue de cette manière, sa libido avait passé la vitesse supérieure. Bien sûr, elle était séduisante, mais ce soir, elle avait été magnifique. Le baiser avait été fantastique, électrique. Il sourit en pensant à elle, docile et pleine de désir dans ses bras.

Je pourrais l'avoir prise, arracher sa robe et vlan! Directement contre la porte d'entrée. Il sourit. *Elle est très sexy. Et ma propriétaire. Vaut mieux que je garde mes mains pour moi.* Cependant, ses doigts picotèrent à l'idée de toucher sa peau nue.

Spike tira sur sa laisse, le menant plus bas sur la route. *Mieux vaut la garder loin du Savage. Si elle rencontrait Carla...ça ferait des étincelles!* Spike souleva sa patte sur un poteau téléphonique puis se tourna pour se diriger vers la maison. Griff marchait derrière le petit chien, jouissant de la brise chaude. Il se demandait s'il se sentirait aussi bien à passer ses doigts sur son visage qu'à être ainsi dans le vent doux. Il gloussa. *Son corps sur le mien. Ouais.* Il ferma les yeux pendant quelques secondes, imaginant sa peau douce pressée contre lui.

Quand il ouvrit la porte d'entrée, la maison était calme. Griff détacha la laisse et le harnais de Spike et lui donna un biscuit. Le chien le prit avec enthousiasme et trotta en haut l'escalier rejoindre Lauren. Griff raccrocha son costume, enleva sa chemise et ses sous-vêtements et glissa entre les draps. La lumière éteinte, il pouvait contempler la pleine lune briller sur la terrasse, le vernis des meubles et du bois prenait des reflets d'argent.

Le sommeil vint rapidement.

L'odeur du café qui coulait le réveilla à sept heures. Elle devait avoir configuré le programmateur hier soir. Il passa un caleçon et ouvrit sa porte. Lauren dormait d'habitude jusqu'à sept trente, donc il ne pensa pas mettre un pantalon avant de regagner la cuisine, baillant et grattant son visage mal rasé.

Ses yeux s'écarquillèrent alors qu'il lui rentra presque dedans près du comptoir. Elle portait une simple chemise de nuit rose qui ne laissait pas voir grand-chose à part son derrière. Et comme la robe courte n'était pas vraiment transparente, elle ne laissait pas beaucoup de place à l'imagination.

"Désolé," marmonna-t-il en se passant les doigts dans ses cheveux indisciplinés, le regard posé sur sa croupe.

"Oh pardon! Je ne m'attendais pas à vous voir déjà debout," dit-elle en se tournant vers lui.

Une familière tension dans son aine retint son attention. *Merde! Je ne peux pas bander ici.* "Je cours le matin," dit-il, se dirigeant vers le hall.

"Mais pas si tôt." Elle tirait sur sa chemise de nuit en une tentative inutile de se couvrir plus.

"L'odeur de café m'a réveillé. Je ne pensais pas que je devais m'attendre à vous trouver ici."

"Vous pensiez? Spike ne peut pas mettre la cafetière électrique en route."

"Ouais, mais pas habillée comme...portant...ça." Son regard fixe balaya l'entièreté de ses formes.

"Si vous n'étiez pas ici, je serais probablement descendue nue." Sa main couvrit son sourire.

Griff fit un pas vers elle. "Je peux arranger ça d'une main." Il saisit le bas de sa chemise de nuit. Mais il rit et lâcha le tissu quand elle poussa des cris aigus et fonça vers l'escalier. "Sois prudente, petite fille. Si vous taquinez le "quarterback", vous pourriez obtenir une passe directe."

Elle s'arrêta et se tourna pour lui faire face. Avec un regard impertinent, elle lui dit, "Et le "quarterback" pourrait obtenir un coup de pied puissant très mal placé."

Il gloussa alors qu'elle disparaissait au deuxième étage. Entrer dans une douche chaude le détendit. *Hier soir, j'aurais pu l'avoir en une seconde. Aujourd'hui, c'est la reine des glaces. Les femmes. Elles ne savent pas ce qu'elles veulent.*

Il enfila un short et des chaussures de course et se dirigea rapidement vers la porte d'entrée, où il entra presque en collision avec Lauren. Elle portait un tailleur rose clair et une camisole blanche, en soie. Elle était superbe.

"Je prends Spike en promenade puis je vais au bureau. J'obtiendrai peut-être un projet." Elle remuait la laisse, regardant d'abord audacieusement sa poitrine nue puis détournant son regard.

Il sourit, flatté d'être l'objet de son attention. "Projet?"

"Je suis décoratrice d'intérieur. Mais je travaille en tant qu'indépendante pour Annette Coombs. J'ai perdu une grosse commission quand j'ai pris du temps pour trouver une maison de retraite pour mon papa. Je dois travailler."

"C'est dommage. J'espère qu'ils auront quelque chose pour vous," dit-il, tenant la porte ouverte.

"Moi, aussi. À plus tard." Elle clippa le harnais autour du chien et sortit.

Lui s'étira les muscles des jambes et commença à courir à grandes enjambées vers le bas de la rue. *Elle a eu la vie dure. Mais que ne me dit-elle pas? Cela ne peut pas être uniquement la perte de ce projet. Je dois savoir.*

* * * *

Griff se dirigeait vers la salle d'entraînement; son esprit essayait toujours de comprendre Lauren quand il entendit quelqu'un appeler son nom.

"Griff Montgomery?"

Il se retourna et vit un jeune homme, bien bâti, avec des cheveux blonds tirant sur le roux et des yeux bleus. "Oui?"

L'étranger lui tendit sa main. "Tony Hastings."

Comme ils se serraient la main, Griff inclina la tête. "Oh, voilà. Mon remplacement."

"Je ne suis pas ... Personne ne pourrait vous remplacer, M. Montgomery," dit Tony rougissant.

"Griff, s'il vous plaît. Je ne suis pas votre père."

"Désolé, désolé. Oui. Griff," reprit-il, répétant le nom du "quarterback" comme si c'était de l'or.

"Vous êtes des poids lourds, vous, les gars de l'état de Kensington?"

"Ouaip."

"Je viens de Wellington."

"Je sais. Notre plus grand rival."

"Il y a quelques années. Bienvenue dans l'équipe. Vous a-t-on déjà attribué un casier?"

"Ouaip. Merci."

Griff lui tapa dans le dos. "Avancez. Et voyons ce que vous pouvez soulever," lança-t-il en ouvrant la porte de la salle d'entraînement. Dans le brouhaha des plaisanteries légères des gars, l'esprit de Griff se concentrait sur son avenir. Griff supposait qu'il en avait encore pour au moins quatre ans avant d'être mis sur la touche. Cela donnerait à Tony beaucoup de temps pour devenir assez bon pour le remplacer. *Et s'il est meilleur que moi?* Les doutes s'immiscèrent dans son esprit. Quoiqu'il serait agréable de ne pas devoir rester dans le jeu quand les Kings mène, loin devant, et pouvoir se doucher tôt. Que se passerait-il si Tony était une star ? Griff se retrouverait-il à jouer de moins en moins en faveur de Tony ? *Si cela arrive, je renonce.*

Un soupçon de colère lui fit froncer les sourcils. Pouvait-il donner sa démission ? Il devrait appeler son manager et revoir le contrat. Et si vraiment il renonçait, que diable ferait-il ? Art Neal, l'entraîneur offensif, avait déjà soixante-deux ans, Griff pourrait peut-être reprendre son poste si le type part en retraite. Mais l'idée de devenir entraîneur aux alentours de trente-cinq ans le déprima. Il avait du mental. Il était robuste et voulait jouer. Griff aimait le défi, le frisson d'une belle passe qui finit en touch-down et qui marque, il aimait être au sommet de son jeu et un des meilleurs de la ligue.

Il ne manquait qu'une chose.

Il avait été un modèle d'émulation pour Joey et Missy. Mais il ne l'était plus. Bien sûr, ils regarderaient probablement la compétition, s'ils étaient à la maison. Se vantant probablement à leurs amis que leur oncle était un "quarterback" gagnant. Mais ce ne sera pas le même retour, reparler du match avec les enfants, glisser alors dans un bain chaud aux herbes, préparé par sa sœur, pour détendre ses douleurs musculaires. Il avait été le roi du château et cela avait été son plus grand bonheur.

"Tu vis toujours avec ton minuscule carlin?" demanda Buddy plaçant sa main droite avec attention autour d'un poids.

"Je suis en pension. Je ne vis pas avec."

"Ouais, d'accord. Tu ne l'as pas encore tirée ?"

Griff le fusilla du regard. "Elle est ma propriétaire, pas ma petite amie."

"Cela veut dire que tu commences à évoluer, n'est-ce pas ?" ricana Buddy.

Griff posa son poids, s'essuya le visage avec une serviette et envoya un regard noir à son ami. "Tu ne peux pas transformer un essai que tu ne fais pas."

"Alors, tu n'as même pas essayé? Et pourtant, elle est tellement sexy. Je te croirais presque."

Griff sentit la chaleur lui monter au visage. "Fais pas chier, Buddy."

"Comment vous rencontrez des filles sur la route? Vous fréquentez des bars spéciaux?" demanda Tony.

"Je suis sûr que tu peux te coller à Griff. Il connaît chaque lieu de drague dans chaque ville."

"Pas comme toi, Buddy?"

"Putain, mec. Je suis loin derrière toi."

"Ce n'est pas ce que j'ai entendu quand nous étions à Dallas. Combien en as-tu eues en une fois?"

"Hé, pas de divulgation."

"Qui parle de divulgation?" dit Griff. "Combien étaient là pour toi, Buddy?"

"Quelques-unes." Le receveur rougit un peu.

Les yeux de Tony s'écarquillèrent. "Toutes d'un coup?"

"Buddy n'aime pas perdre du temps," gloussa Griff.

"Regarde qui parle?"

"Je ne fais pas dans le baisage de foule."

"Ce n'est pas ce que Donna, Louise et Joanne ont dit."

"Des conneries!" Griff jeta une serviette à son ami.

"Elles racontent tout," lança Trunk Mahoney.

Griff et Buddy éclatèrent de rire. Tony rougit un peu plus.

"Ils friment à ton avantage, Tony. Ne tombe pas dans le panneau."

"Hé, au moins on est célibataire," dit Griff, fixant Trunk du regard.

"Ne va pas dans cette direction," répondit Trunk menaçant.

Quand la séance d'entraînement se termina, Griff passa dans le vestiaire puis à la douche. Il remarqua que le casier de Tony était tout près du sien. Le "quarterback" star de l'équipe ne voulait pas que Tony le suive comme un petit chien. *Le former, mon cul. Je laisserai les entraîneurs le former.*

En sortant des douches, Tony l'arrêta. "Prenons une bière, si tu veux."

"Pourquoi pas?" *Je ne veux pas avoir l'air antipathique.*

"Moi, aussi?" intervint Buddy.

"Pas de rendez-vous, ce soir?"

"Repos pendant le week-end," gloussa-t-il.

"Où sortez-vous dans cette ville?" se renseigna Tony.

"On se retrouve au Savage Beast."

"Je suis passé devant. Très bien. Faisons comme ça."

"Je vous retrouve là-bas dans une heure," dit Griff.

"Tu dois rentrer à la maison voir ta petite dame?" pouffa Buddy.

Griff jeta sa serviette humide sur son ami. "La ferme, trou du cul."

Peu de temps après, Griff marchait vers sa voiture, incertain de ce qu'il apprendrait au bar, mais il savait qu'il serait plus malin de surveiller Hastings. Il envoya un texte à Lauren.

Dîner d'affaires ce soir. Ne cuisinez pas pour moi. À plus tard.

Chapitre Sept

Lauren ouvrit la porte du bureau "Designs par Annette". Spike trottait devant elle, ouvrant la voie vers le compartiment qu'elle partageait avec les autres travailleurs indépendants. Il y avait un petit lit de chien sous le bureau. Le carlin tourna deux ou trois fois et s'installa pour un petit somme.

Lauren entra nonchalamment dans le bureau d'Annette. Celle-ci était au téléphone, mais fit signe à la brunette de s'asseoir. Lauren regrettait qu'elle n'ait pas suffisamment de clients pour avoir sa propre agence de design.

"Eh bien, comment vas-tu?" Annette s'avança au-dessus de son bureau et enleva ses lunettes pour étudier le visage de Lauren.

"Je vais bien."

"Comment va ton papa?"

"En lieu sûr, il se maintient, pour le moment."

"Je suis vraiment désolée, Lauren."

"Des projets en vue?"

"Je sais que tu as besoin de travail. Je veux dire avec Bob qui est parti, je suis sûre que tes finances ne sont plus les même que par le passé. Je n'ai rien maintenant, mais continue à venir voir. On ne sait jamais."

"Merci." Elle soupira et retourna à son bureau. Le doux ronflement de son chien la fit sourire. Son téléphone sonna. C'était Marnie, son amie du groupe de soutien.

"Sam est parti pour affaire ce soir. Que dirais-tu de dîner ensemble?"

"J'essaie de faire attention à mes dépenses."

"L'addition est pour moi."

"Tu n'es pas obligée de faire ça."

"J'ai quelque chose à fêter."

"Ah bon?"

"Ouais. La petite barre rose est apparue."

"Tu es enceinte? C'est fantastique! Félicitations."

"Alors, viens manger avec moi. Nous fêterons ça avec de la limonade."

Lauren rit. "Parfait. Où ça?"

"N'importe où, tu as des suggestions?"

"Je crois que les hamburgers au bleu du Savage Beast sont énormes."

"Ça me va. Que dirais-tu de six heures? J'ai toujours faim très tôt."

Lauren ferma son téléphone, réveilla Spike et rentra chez elle en voiture. Elle se changea, mit une paire de jeans et partit faire quelques courses. L'alimentation d'un athlète était nouvelle pour elle. Elle se décida pour de la nourriture saine et en quantité. La facture était salée, mais elle avait assez pour la payer.

Après avoir traîné les sacs jusqu'à la cuisine, elle commença à ranger. Trouver assez d'espace pour une pile de steaks et un poulet entier, fut un grand défi. Comme elle faisait de la place pour un énorme bidon de lait, son téléphone vibra à l'arrivée d'un texte.

Elle ferma le réfrigérateur et lut le message de Griff.

"Minutage parfait. Je peux sortir sans préparer à dîner pour lui. Ça me convient." Elle finit de ranger les courses puis s'allongea sur le sofa avec "Si je vous avais aimé", un nouveau livre romantique. Spike bondit, s'installant derrière ses genoux. Il déposa son menton sur sa jambe et ferma les yeux. Après une heure, la chaleur du chien et la nuit agitée à essayer d'oublier le baiser de Griff sur elle. Elle ferma les yeux.

Le bruit de la clé dans la serrure la réveilla. Elle bâilla. Spike lança un aboiement hésitant et ouvrit ses yeux pour vérifier qui entrait dans la maison.

Griff s'attarda un instant dans l'embrasure de la porte, s'appuyant contre le montant de porte, remplissant l'espace avec son corps dessiné et musclé. Le regard de Lauren se connecta au sien, et glissa ensuite sur sa silhouette, faisant accélérer la pulsion dans ses veines. "Pas de travail aujourd'hui ?" demanda-t-il, en fermant la porte d'entrée et posant son sac de sport.

"Non."

"Je dois vous parler de notre calendrier."

"Ah bon ?" Elle se redressa, se frotta les yeux et balança ses jambes en bas du sofa pour s'asseoir.

"Ouais. Le camp d'entraînement commence dans deux semaines environ."

"Qu'est-ce que ça signifie ?"

"Ça veut dire que je serai parti toute la journée et ne pourrai pas promener Spike l'après-midi. Pouvons-nous permuter ? Je prendrai les soirées, si c'est d'accord."

"Bien sûr. Qu'est-ce que le camp d'entraînement ?"

"Vous connaissez quelque chose au football ?"

"Pas vraiment. J'ai assisté aux jeux de l'équipe de mon université."

Griff se laissa tomber lourdement dans le canapé à côté d'elle. "Le camp d'entraînement c'est là où nous faisons des matchs d'entraînement, nous travaillons la mêlée, mettons au point et fixons des stratégies, des trucs comme ça."

"Qu'est-ce que c'est une mêlée ?"

"Faites des recherches."

"Combien de temps dure le camp ?"

"Nous avons fait une bonne saison l'année dernière, donc il durera seulement trois semaines cette fois."

"Partez-vous?"

"Il se fera au stade des Kings. Donc, je peux rentrer à la maison chaque jour. Nous commençons le 25 juillet et il se termine le 20 août. Deux semaines avant l'ouverture de la saison."

"Quand est-ce?"

"Directement après la fête du travai."

"Je suppose que je devrai augmenter la dose de nourriture dans la maison à ce moment-là."

"Probablement. Beaucoup de protéines. Steaks, poulet, poisson, ce genre-là."

"Compris. Je parie que vous mangez comme quatre pendant la saison."

"Ça peut m'arriver."

"J'ai fait des courses aujourd'hui. Dites-moi ce que vous ne pouvez pas manger, ne voulez pas mangez, ou si vous êtes allergique à certaines choses."

"Je mange de tout. Mais j'aime manger sain pendant la saison. Rien genre chips ou glace d'accord."

"Parfait pour moi. Je mange comme ça tout le temps."

"Ça se voit."

Elle sentit son regard intense glisser sur son corps comme une main chaude. Elle remua pour dissiper la sensation, ouvrant et fermant son livre.

Griff se leva. "Désolé pour l'avis de dernière minute au sujet du dîner. Je sors avec un nouveau membre de l'équipe."

"C'est ça le dîner d'affaires?"

"Ça l'est à partir du moment où Coach vous dit de former le type."

"Je comprends. Aucun problème. Ça m'arrange en fait, je sors avec une amie."

"Oh?" Il haussa les sourcils.

"Vous n'êtes pas le seul à avoir des amis." Elle caressa Spike, glissa son marque-page dans son livre et se mit debout. "Il est temps de se préparer."

"Sortie chic? Avec juste une amie?"

Est-il jaloux? Dois-je lui faire un rapport sur ma vie sociale? Quelle vie sociale? "Pas chic. Mais pas dans un vieux T-shirt, non plus. Avec un membre de mon groupe de sou... mon groupe de lecture."

"Oh. Amusez-vous bien." Il se tourna et se dirigea vers sa chambre.

Lauren mit un débardeur vert pré. Elle aimait la façon dont la couleur mettait en évidence l'émeraude de ses yeux. Après avoir passé le peigne dans ses cheveux, elle saisit une chemise de coton à longues manches, pour le cas où le Savage Beast avait la climatisation à fond. Elle nourrit Spike et cria au revoir à Griff lorsqu'elle quitta la maison.

Tandis qu'elle roulait vers le bar, elle souriait en pensant à Marnie. Son amie, qui était assistante sociale, avait suggéré le groupe à Lauren. Marnie avait fait plusieurs fausses-couches, mais elle avait bon espoir que la grossesse suivante tiendrait. Le groupe avait été utile à Lauren et elle en était reconnaissante à Marnie. Les deux femmes étaient devenues proches, partageant leurs expériences autour d'un verre de vin, riant et pleurant ensemble.

Marnie était assise à une table près du bar quand elle vit Lauren entrer. "Sam a dit que ceci est ma dernière sortie le soir jusqu'à ce que mon premier trimestre soit fini."

"Je suis honorée que tu aies choisi de la passer avec moi."

"Qui d'autre? Toi tu comprends par quoi je passe. Mais cette fois, je suis calme. J'ai pris un congé exceptionnel à mon travail."

"Tu vas te reposer."

"Me reposer, lire et rester calme. Avoir des pensées positives. En attendant, je suis affamée. Tout ce que je pouvais penser toute après-midi était ce hamburger au bleu dont tu m'as parlé."

La serveuse arriva à leur table, avec un petit carnet et un stylo. "Bonsoir, je suis Carla. Qu'est-ce que je peux vous servir aujourd'hui?"

Les deux jeunes femmes commandèrent des hamburgers.

"Pas de boisson, mesdames?"

"Juste de l'eau. Je suis enceinte," dit Marnie, rayonnante.

"Mieux vaut que ce soit vous que moi," répondit Carla, griffonnant sur son carnet puis se dirigeant de nouveau vers le bar.

Lauren regardait fixement son dos. "C'était assez désagréable."

"Ça m'est égal. Je suis heureuse. C'est tout ce qui compte."

* * * *

Griff trouva une place de parking directement dans Elm Street. Buddy et Tony étaient garés dans le parking derrière le bâtiment. Griff les attendit à la porte. La foule se pressait déjà à l'intérieur. Il rencontra l'œil de Carla. Elle lui envoya un regard glacial et il frissonna tant la froideur de celui-ci le pénétra jusqu'aux os. *Elle n'est pas du genre pardonner c'est oublier.*

Les trois hommes se frayèrent un chemin jusqu'au bar. Griff présenta ses copains à Carla. Elle sourit aguicheusement aux deux footballeurs.

"Elle est à toi?" demanda Buddy à voix basse, Griff secoua la tête. *Plus maintenant.*

"Je me suis demandé quand tu allais apporter tes coéquipiers. Il semble que tu aies choisi les deux plus beaux," dit Carla, lançant un regard méchant à Griff.

Il but une gorgée de bière et gigota un peu. *Je ne le sens pas du tout là.*

"Je vois que ta petite amie a bon goût," dit Buddy en entamant sa boisson.

"Oh, je ne suis pas sa petite amie. C'est Lauren qui l'est," rétorqua Carla en fixant Griff.

Soudainement, le col de sa chemise le serrait.

"Lauren? Vous connaissez Lauren?" demanda Buddy.

Oh, merde. Voilà c'est là .

"Non, mais j'aimerais beaucoup la rencontrer," dit-elle, lançant à nouveau son regard fixe sur Griff. "J'ai un message pour elle."

Jamais de la vie. Il expira un peu d'air avant d'engloutir plus de bière.

"C'est facile. Elle est assise juste là." Buddy indiqua Lauren et son amie, qui mangeaient leurs hamburgers.

Griff se tourna pour regarder aussi et s'étrangla avec sa boisson. *Putain de merde.*

"C'est Lauren? La Lauren de Griff?"

"Ouaip, c'est elle," dit Buddy, ignorant le coup de pied de Griff. "Aïe."

Carla mit son poing sur sa hanche. "Donc, c'est ta petite amie?"

"Non, non, pas du tout. C'est ma propriétaire. Je lui loue une pièce pendant la rénovation de ma maison," fustigea-t-il comme un boulet de canon.

"Encore mieux." Carla lécha ses lèvres. "Je parie qu'elle n'a aucune idée des fantasmes sexuels que tu fais sur elle."

"Non. c'était un accident," siffla-t-il.

"C'est ça, bien sûr. Continue à te le dire. Je serais bien curieuse de savoir ce qu'elle penserait si elle savait?"

"Ne fais pas ça, Carla. Ne le fais pas, s'il te plaît. Je t'en supplie." Griff toucha son bras, mais elle s'en dégagea d'une secousse.

Buddy fit face au "quarterback". "Que diable as-tu fait?"

"Tu ne veux pas savoir."

"Oh non. Tu n'as pas fait ça?" Ses sourcils prirent une forme d'interrogation.

Griff inclina la tête. "Coupable."

"Ho, attention, Tony. Il va certainement y avoir un feu d'artifice dans une minute." Buddy poussa Hastings contre le mur.

"Tu ne mentirais pas, après ça, n'est-ce pas?" demanda Carla, dirigeant son regard vers Buddy.

"Vois par toi-même." Il fit un signe vers la brunette à sa table dans le coin.

"Lauren!" Carla avait placé ses mains en forme de coupe et hurlé.

Lauren se leva, et se tourna pour leur faire face. "Vous êtes Lauren?"

"S'il te plaît, s'il te plaît, Carla. Je suis désolé, vraiment désolé," chuchota Griff. "Ne fais pas ça."

"Oui? Lauren Farraday." Son regard étonné passait de Carla à Griff. *Aucun endroit pour se cacher. Cela ne va pas être joli.* Il sentit la sueur sur ses aisselles et sur son front. Les battements de son cœur avaient doublé. Il se balançait d'un pied sur l'autre, essayant d'avoir l'air détendu alors que Lauren l'examinait minutieusement.

"J'ai un message pour vous," appela Carla.

"Carla, arrête. Après tout ce que nous avons vécu," plaida Griff.

"Tu as raison. À cause de notre histoire, je ne vais pas le crier."

"Dieu merci. Merci mille fois," dit-il, poussant un énorme soupir.

"Je vais le lui dire doucement et lentement, directement à l'oreille." Carla se dirigea vers Lauren avant que Griff ne puisse l'arrêter. Il essaya de bloquer la voie, mais elle s'était précipitée à gauche, lui faussant compagnie. Quand elle arriva à sa destination, elle se pencha vers l'oreille de Lauren, protégeant sa bouche avec sa main et elle parla doucement.

La pièce était devenue si calme que Griff aurait pu entendre une corneille croasser sur un arbre à l'extérieur. Les clients dans le bar avaient les yeux rivés sur Carla et Lauren. Quelques-uns regardèrent Griff et pouffèrent de rire.

"Quoi?" Lauren se redressa sur son siège. "Quoi? Non. je ne le crois pas."

Carla se pencha et parla à nouveau.

Lauren rosit d'abord légèrement puis devint de plus en plus rouge. Elle fusillait Griff du regard. Lui la regardait d'un air suppliant. Elle se leva, nerveuse et bredouilla. "Je suis désolée, Marnie. Je dois aller."

"C'est offert par la maison," dit Carla, retournant au bar. Ses yeux scintillaient de malveillance en regardant Griff.

"Je ne peux pas croire que tu aies fait ça."

"Sois content que je ne l'ai pas crié dans la pièce entière." Elle retourna laver les verres.

"Je pensais que nous étions amis."

"Ah ouais? Une sensation de trahison peut-être? Maintenant tu sais comment je me suis sentie, pauvre type."

Griff jeta quelques billets sur le comptoir et partit. Il jeta un coup d'œil du haut en bas de la rue, mais Lauren n'était pas visible. La dernière chose qu'il voulait faire était de rentrer à la maison, mais il n'avait nulle part d'autre où aller. Il se mit au volant et roula, son sentiment d'angoisse s'amplifiant à mesure qu'il s'approchait de la jolie maison victorienne.

La voiture de Lauren était dans le garage, mais quand il se glissa à l'intérieur de la maison, celle-ci était calme. Le seul bruit qu'il entendit fut le *clic, clic, clic* des ongles de Spike sur le plancher de la cuisine alors qu'il trottait pour le saluer. Il se baissa pour caresser l'animal.

"Faites-vous toujours ça?" La voix le fit sursauter.

"Faire quoi?" demanda-t-il, le regard concentré sur Spike.

"Vous savez très bien quoi."

"Non, je ne sais pas. Pourquoi ne me le dites-vous pas ?" Il jeta un coup d'œil jusqu'à voir ses lèvres compressées en une ligne mince, ses sourcils furibonds.

"Vous tromper de nom quand vous faites l'amour."

"Non. Je n'avais jamais fait cela auparavant."

"Pourquoi avez-vous appelé le mien?"

Il se leva. "Comment savez-vous que c'était le vôtre?" *La meilleure défense est l'attaque.*

Elle plaça ses mains sur ses hanches. "Vous connaissez d'autres Lauren?"

"Peut-être bien."

Alors que cette idée se faisait plus vraisemblable dans sa tête, les joues de Lauren prirent une teinte rosée.

Maintenant, elle pense que j'ai des vues sur une certaine autre Lauren. Elle est sacrément naïve. "J'ai appelé votre nom, et alors?" Il haussa les épaules.

"Et alors? Il y a beaucoup plus à dire que 'et alors.'"

"Vraiment? Et si j'ai vraiment craqué sur vous? C'est fini maintenant. Un baiser. Je suis satisfait." *Mais qu'est-ce-que tu es en train de faire?*

Elle évitait son regard, mais il pouvait la voir cligner rapidement des yeux.

Que diable as-tu fait, idiot? "Écoutez, je suis désolé. Je n'avais pas du tout l'intention de vous embarrasser. Et puis, j'étais nettement plus embarrassé quand c'est arrivé, je vous le garantis. Ce n'est pas du tout contre vous."

"J'avais pensé que cela signifiait que vous m'aimiez bien. Que vous me vouliez, moi, au lieu d'elle."

"Et ça vous mettait en colère?"

"Non, mais être humiliée dans un bar plein d'étrangers l'aurait fait. Est-elle votre...régulière?"

"Ne parlons pas d'elle. C'est fini maintenant."

"À cause de moi?"

"Il vous reste un peu de ragoût?"

"Vous essayez de changer le sujet?"

Il gloussa. "Vous avez remarqué."

"Je suppose que c'est à votre tour d'être embarrassé."

"Le civet?" Il sentait le sang affluer à son visage.

"Il n'y en a plus, mais j'ai acheté quelques steaks aujourd'hui."

"Vous avez un barbecue?"

Elle indiqua la porte de derrière.

"Génial! Donnez-les moi. Je suis un maître à griller." Il lui fit signe de lui donner la nourriture.

"Du vin?" demanda-t-elle.

"Une bière, plutôt." Il saisit une bouteille du réfrigérateur tandis que Lauren mettait les steaks sur un plateau. Elle sortit une longue fourchette d'un tiroir et lui remit le tout. Il se dirigea vers la porte de derrière. "Comment aimez-vous votre steak?" cria-t-il en sortant.

"Bien cuit."

"Bien sûr, vous savez comment ruiner un bon morceau de viande," grommela-t-il juste avant que la porte ne se referme.

* * * *

Pendant que Griff grillait les steaks en écoutant de la musique country à la radio et chantant en même temps, Lauren appela Marnie. Après lui avoir expliqué exactement ce qui était arrivé, elle demanda conseil à son amie.

"Cela veut dire qu'il m'aime bien, n'est-ce pas?"

"Lauren, ne sois pas bête. Si un homme crie ton nom au moment significatif... pendant le sexe, cela signifie bien plus qu'il t'aime juste bien."

"Ça signifie qu'il veut coucher avec moi?"

"Yep. Je ne peux pas croire que tu as l'homme le plus sexy de l'état dans ton jardin, en train de griller des steaks et te voulant comme dessert...et tu es inquiète."

"Je ne veux pas m'impliquer. Tu sais pourquoi."

"Tu es ridicule."

"Tu devrais comprendre."

"Une fausse-couche ne signifie pas que ça ne marchera pas la fois suivante."

"Mais si j'en refais une, il me quittera, comme Bob. Griff veut des enfants. Il a dit que c'était une condition de rupture."

"Pourquoi vous ne sors-tu pas juste avec lui? Couche avec lui? Il se pourrait que vous ne vous aimiez pas. Tu regardes trop loin en avant."

"Il m'a raconté des choses... C'est un type bien."

"Et alors? Il y a beaucoup de types biens."

"Pas comme Griff."

"Tu peux prendre la pilule et avoir une liaison avec lui? Ça te ferait certainement du bien."

"Je ne sais pas."

"Il est vraiment super mignon. Comment pourrais-tu lui résister? Se promène-t-il torse nu enveloppé seulement d'une serviette?"

"La salle de bains est dans sa chambre, donc non. Mais il s'est risqué en caleçon."

"Et tu ne lui as pas sauté dessus?"

"Sois réaliste."

"Moi, je l'aurais fait."

"Si Sam t'entendait parler comme ça...alors que tu portes son enfant. Honte à toi."

"J'adore entendre ces mots-là. Redis-les à nouveau."

Lauren sourit. "Tu portes son enfant."

"Je suis désolée. Ai-je été insensible? Voudrais-tu porter l'enfant de Griff?"

Lauren sentit la chaleur dans ses joues. La porte de derrière s'ouvrit et Griff entra.

"Je dois y aller." Lauren raccrocha précipitamment.

"Qu'est-ce qu'il y a? Vous êtes rouge comme une tomate."

"Rien."

"Soyons francs une fois pour toute," dit-il, bien planté sur ses jambes écartées. "Vous mentez très mal. Je vous attrape chaque fois."

"Ma conversation avec mon amie était d'ordre privé."

"Celle du Savage Beast aujourd'hui?"

"Oui. Marnie."

"Bien, ne me dites rien. Avez-vous une sauce pour steak? La viande est presque prête."

Lauren fit courir son regard sur son biceps, ses épaules et sa poitrine, à peine cachée par un T-shirt sans manches. Il était très près du corps, soulignant ses abdominaux. Quelques poils sombres s'échappaient de l'encolure. Sa bouche saliva et ses doigts picotèrent, désireux de le toucher. Son jean était serré, mais pas indécent. Elle passa sa langue sur ses lèvres puis déglutit alors que l'image de lui nu se projetait dans son cerveau.

"Revenez sur terre, Lauren." Il agitait sa main sa main devant son visage. "Avez-vous une sauce de steak? J'aime la mettre dessus juste avant que la viande soit cuite."

Elle se força à se concentrer sur ses mots. "Oui ici." Elle ouvrit un placard et sortit une bouteille. Ses doigts chauds et puissants touchèrent les siens lors qu'il la prit. Elle leva les yeux et plongea dans les siens, brillants de gaieté. Un frisson la traversa.

Il sourit. "Vous n'êtes plus fâchée désormais, n'est-ce pas?"

Elle hocha la tête. "D'accord."

Quinze minutes plus tard, Griff plaçait les steaks, cuisinés à la perfection, sur la table de salle à manger. Lauren avait déjà posé une assiette d'épis de maïs et une salade. Il la resservit en vin et prit une autre bière. Ils s'assirent l'un en face de l'autre.

"Nous avons besoin de couteaux à steak. En avez-vous?"

"Dans le tiroir de l'argenterie."

Elle entendit le tintement du métal sur le métal quand Griff cherchait les couteaux aiguisés. Elle le rejoignit dans la cuisine pour l'aider.

Il retira une cuillère de bébé, la leva et demanda: "Hé, qu'est-ce que c'est?"

Lauren se figea en voyant un reste de ses jours de femme enceinte. *Bob avait juré qu'il s'était débarrassé de ce truc. Qu'est-ce-que ça fait ici?* Son souffle s'accéléra et elle commença à haleter. Elle fut prise de panique. L'émotion suscitée par le souvenir du bébé qu'elle n'avait jamais lavé déferla comme un tsunami.

"Où avez-vous trouvé ça?" Elle pouvait à peine parler.

"Là-dedans."

"Jetez-le. Jetez-le." Elle devint hystérique. "Jetez-le!" cria-t-elle.

"Oui, d'accord. Calmez-vous."

Les larmes l'aveuglaient, les sanglots envahissaient sa gorge. Elle s'enfuit de la pièce, courant en haut l'escalier. Après avoir claqué sa porte violemment, elle s'effondra sur le lit et laissa couler son désespoir. En moins d'une minute, elle était lessivée. Elle restait couchée là pleine de honte. *Quand vais-je surmonter ça? Des femmes perdent des enfants chaque jour. Je ne suis pas différente.*

Des petits coups frappés doucement sur la porte interrompirent ses pensées. "Ça va?"

"Oui, ça va."

"Vous mentez encore. Puis-je entrer?"

Il n'attendit pas sa réponse, qui de toute façon aurait été "Non". Il ouvrit la porte lentement et se glissa à l'intérieur de la chambre. Lauren ne bougea pas. Elle fermait les yeux, enterrant son visage dans le couvre-lit ancien, ne tenant pas beaucoup à lui faire face ou à s'expliquer.

"J'ai jeté la cuillère." Il s'assit sur le bord du lit pour se trouver à côté d'elle. Il se mit à lui frotter le dos de sa grande main chaude.

"Merci," dit-elle, la voix assourdie par l'édredon.

La chaleur et le mouvement de ses doigts l'aidèrent à se calmer. Elle en voulait plus et se tourna de son côté pour lui faire face. Il avança petit à petit plus près, lui facilitant l'accès à ses bras. Lauren se blottit alors contre son cou et son épaule, enroulant son bras autour de son torse. Elle inhala son parfum avec une note de savon de pin, qui la calma et la réveilla.

Il se retourna, lui permettant de poser sa joue sur ses pectoraux. Ses paupières se fermèrent à demi. Il fredonna un air qu'elle ne connaissait pas et continua à caresser son dos. La vibration de sa poitrine contre la sienne était comme un massage. En quelques minutes, elle s'endormit.

Chapitre Huit

La faim réveilla Lauren à neuf heures. Vêtue seulement de son soutien-gorge et slip, elle enfila un peignoir court et descendit, essayant de ne pas faire de bruit. Griff avait enveloppé une assiette de nourriture pour elle et l'avait laissée sur la table de la cuisine. Elle se lécha les babines quand elle découvrit le repas. Le steak avait l'air parfait. Elle prit des couverts dans le tiroir et s'assit à table. La viande était juteuse, bien qu'elle ait été bien cuite. Elle ferma les yeux pour savourer le goût de ce délicieux aloyau.

Une voix grave sortit de la nuit. "C'est parfait, n'est-ce pas?"

Lauren sursauta et écarquilla les yeux. "Vous m'avez fait peur," dit-elle, en fronçant les sourcils.

Il s'approcha d'elle. "Désolé. J'ai entendu un bruit dans la pièce. Je ne pensais pas que vous étiez levée."

"Mon estomac m'a réveillée. Je crevais de faim," murmura-t-elle entre deux grosses bouchées de son succulent steak. Elle gardait les yeux rivés sur sa nourriture, essayant d'ignorer le fait qu'il portait seulement un jean.

"M'avez-vous déshabillée?"

"Je plaide coupable. Je me suis arrêté à la décence, bien que je ne comprenne pas comment une femme peut dormir avec un soutien-gorge."

"Merci." Elle engloutit un bon morceau de steak pour cacher son embarras.

"Alors? Comment le trouvez-vous?"

"C'est délicieux." Elle lança un coup d'œil sur son magnifique torse. Griff gloussa. "Je suis doué pour les grillades."

"Pourquoi êtes-vous doué encore, en plus des grillades et des lancers de balle de foot?"

"Vous voulez la version pour tous ou celle classé X?" Il pouffa de rire. Ses yeux sombres pleins d'espièglerie dessinèrent les contours de son peignoir étriqué, et la firent frissonner.

Elle rit.

Griff glissa sa main sur la sienne. "Ou devrais-je vous montrer?" Son regard fixait ses lèvres.

Elle finit de mâcher et se détendit sur le dossier de sa chaise, le regardant de nouveau. Ses muscles étaient joliment définis et les quelques poils sombres disséminés sur sa poitrine tentaient ses doigts. Elle avait très envie de le toucher, mais elle résistait. C'*est un coureur de jupons. Il te quittera. Il te fera du mal.* "Ne pensez pas ainsi." Elle enleva sa main pour se couper un autre morceau de viande.

"Dommage. Ce soir aurait été parfait. Vous êtes déjà habillée pour cela." De nouveau, son regard balaya ses formes, s'attardant un peu trop longtemps sur ses seins qu'elle avança un bras devant eux.

"Pourquoi?"

"Parce que la lune est pleine, qu'elle brille directement sur ma fenêtre et que c'est très romantique." Il secoua la tête. "Parce que je déteste aller me coucher là seul."

"Vous détestez aller vous coucher n'importe où seul," contra-t-elle. Mais Lauren rougit en se rappelant le charme de la lune. Quand elle avait occupé cette pièce, le clair de lune l'avait raillée, la ramenant à sa propre solitude. Avec Griff dormant là, la tentation d'y retourner était énorme. L'image d'eux regardant fixement la lune, elle serrée contre lui dans son étreinte forte, lui donna la chair de poule. *Je serais rassurée.*

Se sentir en sécurité était une priorité, mais le serait-elle jamais avec un homme à femmes comme Griff Montgomery?

"C'est beau. La lune, je veux dire," chuchota-t-elle.

"Venez. Partagez-le avec moi," dit-il, de sa voix profonde et séduisante.

"Peut-être...à un autre moment." Sa volonté fondait sous la chaleur de son regard intense.

"Vous ne savez pas ce que vous ratez."

"Je pense que je le sais. Je suis sûr que vous faites l'amour aussi bien que vous grillez des steaks."

"Mieux."

Elle rit. "Vous n'avez certainement pas de problème de confiance vous, n'est-ce pas?"

"Hé, je ne sais pas cuisiner, je ne sais pas coudre, je ne suis pas très fort en orthographe...mais je brille en jouant au football, en faisant des grillades et en faisant l'amour."

"Vous êtes sûr de cela?"

"Si vous ne venez pas dans mon lit, venez au moins à un match. Vous jugerez par vous-même."

"J'adorerais. Mais vous devrez m'expliquer les principes du jeu."

"Avec plaisir. Pourquoi ne commençons-nous pas maintenant, dans mon lit?" Il se leva et lui offrit sa main.

"Eh bien, vous êtes persévérant. Pourquoi moi? Je ne suis pas particulièrement belle, ni très sexy." Elle posa son couteau et sa fourchette.

"Vous voulez rire? Vous êtes super sexy...et très jolie. Il y a quelque chose en vous. Je ne sais pas. Quelque chose de différent."

"Beau discours, mais je ne marche pas." Elle enfourna grossièrement le dernier morceau de steak dans sa bouche.

Lui s'adossa sur sa chaise. "Ce n'est pas un discours. Il y a quelque chose de triste en vous. Comme si vous aviez besoin de moi pour vous faire sourire. Vous avez un sourire magnifique."

Elle s'arrêta de mâcher et avala, en le regardant fixement. *Ça se voit tant que ça? Merde.* "J'apprécie votre préoccupation, mais...je vais bien. Je dois admettre que j'apprécie vraiment votre humour." Elle avait plongé son regard dans son assiette vide et jouait avec l'épi de maïs qui restait.

"Que vous ai-je dit au sujet du mensonge?"

Quand elle leva les yeux, elle s'aperçut qu'il voulait la taquiner. "Personne n'est heureux tout le temps."

"Vous ne devriez pas être triste tout le temps, non plus. Je parie que je peux trouver une façon de vous redonner le sourire." Il mit son bras autour d'elle, la tirant plus près de lui.

Le contact de sa main sur son épaule atténua sa volonté. Elle se pencha vers lui, reposant sa tête contre son épaule. Lauren soupira. *Je pourrais rester comme ça pour toujours.*

Ils s'enlacèrent en restant chacun sur leur chaise séparée, écoutant les battements de l'horloge murale et le doux ronflement de Spike. Ses paupières s'alourdissaient à mesure que son parfum agréable et le support physique de son épaule la consolait. Alors, elle se redressa brusquement les yeux grands ouverts. "Il est temps de retourner dormir." Elle bâilla.

"Pourquoi tant de précipitation?"

"Annette m'a envoyé un SMS. Elle pourrait avoir un projet. Je dois y aller."

"Demain c'est samedi."

"Oh, c'est vrai. De toute façon. Je suis épuisée."

Griff la libéra. Il lissa ses cheveux avec sa paume et la fixa des yeux. Lauren lui sourit. Il posa délicatement ses lèvres contre les siennes.

"Bonne nuit, jolie demoiselle."

"Bonne nuit." Elle regrettait de ne pas pouvoir surmonter ses doutes et se jeter au lit avec lui. Mais elle n'était pas prête. *J'espère qu'il sera toujours intéressé quand je le serai. Si je le suis un jour.* Elle le laissa dans la cuisine et monta à sa chambre.

* * * *

Le bruit commença faiblement, mais il s'intensifia lentement jusqu'à être très fort. Lauren se retourna dans son lit. Elle mit ses mains sur ses oreilles, mais elle pouvait toujours l'entendre. Qu'est-ce-que c'était? Un bourdonnement? Non. C'était strident. Au maximum de sa force, ce son avait pénétré son cerveau, sa peau, son abdomen. Un cri de bébé! C'était certainement un bébé.

Lauren s'assit. Elle était en nage et elle sanglotait.

"Mon bébé. Mon bébé," murmura-t-elle, confuse, étreignant son abdomen. "Où es-tu? Où es-tu?"

Elle rejeta les couvertures sur le côté. Elle entreprit d'ouvrir chaque porte dans la maison, y compris celle de Griff. Quand elle ouvrit le placard dans la cuisine, le cri s'arrêta. Elle s'effondra lourdement par terre.

Griff entra, se grattant le visage. "Qu'est-ce que? Qu'est-ce qui se passe? Il est deux heures." Il se frotta les yeux.

Essuyant ses joues d'un revers de la main, Lauren leva les yeux. Griff saisit deux ou trois mouchoirs en papier de la boîte sur le comptoir et les lui remit. Alors, il la prit dans ses bras et la porta jusqu'à sa chambre. Il la déposa doucement sur le lit et s'assit à côté d'elle. "Qu'est-ce qui s'est passé?"

"Un cauchemar," dit-elle, à voix basse.

"Un putain de cauchemar. Merde. Ça va?"

Elle hocha la tête, s'arrêta et secoua la tête pour retrouver ses esprits. Elle balança les jambes vers le sol, mais elles étaient trop chancelantes pour la tenir.

Griff lui mit la main sur la cuisse. "Holà, holà. Tu ne vas nulle part."

Elle claquait des dents et les battements de son cœur s'emballaient alors elle se glissa dans les draps et tira la couverture légère sur elle.

"Tu veux que je reste avec toi?"

"S'il te plaît. Je ne veux pas être seule."

Il entra à côté d'elle et l'amena contre sa poitrine. Elle se blottit contre lui.

"Regarde par-là," dit-il, indiquant l'extérieur. "Tu vois la lune? Elle est pleine."

Elle inclina la tête. Il était allongé derrière elle, son bras autour de sa taille, la tenant fermement. Lauren mit sa main au-dessus de la sienne.

"Je suis là. Tu es en sécurité. Ferme les yeux. Je serai juste ici si tu as besoin de moi."

"Merci," chuchota-t-elle passant ses lèvres contre son bras. Griff embrassa ses cheveux et borda ses genoux sous les siens. La chaleur de son corps la calmait. Ses muscles se détendaient alors qu'elle regardait fixement la lune un moment puis elle s'endormit.

Elle remua beaucoup pendant la nuit comme si des fragments d'un mauvais rêve dérangeaient son esprit. Quand elle s'éveilla, une voix grave et des mains douces et chaudes la calmèrent. Lauren avança petit à petit plus près de Griff. Il se tourna sur le dos, ouvrant ses bras. Elle entoura sa taille avec les siens et posa sa tête sur son torse. Elle fut de retour au pays des rêves en quelques minutes.

Le jour pointait par les rideaux blancs, éclairant la chambre de la douce lumière du soleil. Lauren se retourna et trouva Griff à plat ventre, profondément endormi. Elle enleva doucement une mèche de ses cheveux bruns de son front. Son visage était enfantin, beau et adorable quand il dormait.

Le drap avait glissé sous sa taille. Lauren se satisfaisait de le regarder sans qu'il le sache. Elle dirigea un doigt vers son visage, mais retira rapidement sa main quand il changea de position et lui battit la main comme si elle était une mouche. L'espace d'un instant, elle posa sa paume à plat contre ses pectoraux, ressentant la fermeté que rencontrait sa main.

Un coup d'œil à l'horloge lui dit qu'il était huit heures. *Il sera bientôt réveillé.* Elle se leva du lit lentement, le laissant dormir sur ses deux oreilles. Lauren se rendit dans la cuisine pour préparer quelque chose.

L'odeur de bacon grillé et de café frais envahit la maison. *Cela devrait le réveiller.* Elle mélangea la pâte à frire et graissa le gaufrier. Se versant une autre tasse de café, elle s'assit tranquillement et but à petits coups. Quand elle entendit sa porte s'ouvrir, le regard de Lauren se fixa sur l'embrasure. Griff, qui paraissait en pleine forme, entra dans la pièce. Ses cheveux étaient coiffés sur le côté et il avait passé un jean serré.

Il lui sourit puis jeta un coup d'œil au fourneau.

"Café?" demanda-t-elle. Il acquiesça de la tête. Elle lui en versa une grande tasse. "Je pensais bien que je sentais le bacon. Et Dieu merci, je ne rêvais pas."

"Bacon et ma recette secrète de gaufres."

"Bacon et gaufres? C'est ce que je préfère." Il sourit, prit la tasse qu'elle lui tendait et s'assit.

"C'est la recette spéciale de ma mère."

"Une occasion spéciale que je ne connais pas? Un jour férié?"

"Juste ma façon de dire 'merci' pour hier soir."

"Ce n'était pas la peine. Hé, à quoi serve les amis?"

Lauren ouvrit le gaufrier et versa une louche de pâte à frire. "Alors nous sommes amis?"

"Nous ne sommes pas des amants ... encore. Donc, je suppose que ça fait de nous des amis."

"Ça me plaît." Elle ferma le couvercle du gaufrier et vérifia sa montre. "Hmm, ce sera prêt dans une minute."

Griff alla dans le placard prendre des assiettes. Lauren sortit un petit bocal de sirop d'érable d'un autre placard. Elle enleva le dernier bacon et le déposa sur un essuie-tout à sécher. Tandis qu'elle attendait que la gaufre soit cuite, Griff se présenta derrière elle. Il ferma ses doigts sur ses épaules et se pencha pour lui donner un baiser dans le cou.

"Merci pour ce superbe petit-déjeuner," chuchota-t-il, ses lèvres touchant son oreille, son souffle caressant sa peau.

Un frisson parcouru la colonne vertébrale de Lauren et son petit gloussement lui laissa entendre qu'il l'avait également senti. "Je suppose que tu n'es pas totalement immunisée contre moi."

Elle rit. *Immunisée? Je suis facilement influençable.* "La gaufre est prête."

Griff se mit à la table. Lauren plaça une gaufre sur son assiette, en versa une pour elle-même puis elle apporta le bacon. Il commença directement à manger avec appétit. Le silence était interrompu uniquement par ses "um" et "ah" comme s'il dévorait un repas spécial.

"Je n'ai jamais eu de gaufres si bonnes."

"Je t'avais dit. C'est la recette spéciale de ma maman."

"Tu pourrais faire fortune en vendant ça," dit-il, en prenant une autre bouchée.

Quand ils eurent fini, Griff la chassa de la cuisine et nettoya. Lauren prit une douche. Elle avait besoin de temps pour penser. Le petit-déjeuner avec Griff avait été si agréable. Ils étaient si à l'aise ensemble. Le souvenir de la nuit dans ses bras la réveilla. Elle voulait plus, mais la peur l'arrêtait. Après s'être séchée, elle appela Marnie.

"Je veux convoquer une réunion de crise du groupe. J'ai besoin d'aide."

"D'accord. Tu l'auras. Quand?"

"Cette après-midi? Trois heures? Griff s'entraîne à cette heure-là d'habitude."

"Parfait. J'envoie un message groupé."

Lauren passa un T-shirt, mit un jean et retourna à la cuisine. Griff s'y trouvait. Sa présence emplissait la pièce.

"C'était le meilleur petit-déjeuner que j'ai jamais eu. Encore merci." Il avança vers elle, lui saisit les épaules et l'embrassa. Une étincelle électrique les traversa tous les deux. Un flux de chaleur envahit ses veines.

Elle combattit le magnétisme qui l'attirait et brisa l'étreinte. "Je t'en prie. Tu étais mon sauveteur la nuit dernière."

"Tu peux venir dans mon lit n'importe quelle nuit ou toutes les nuits, si tu veux." Ses yeux scintillaient de désir. Avant qu'elle ne puisse répondre, son portable sonna. Il le tira de sa poche et a répondu. "Ouais. Je suis partant. Donne-moi quinze minutes."

Lauren stabilisa sa respiration.

"Je dois y aller. Buddy et moi devons courir ensemble. Ensuite je vais faire quelques lancers. À plus tard. Nous pourrons reprendre là où nous nous sommes arrêtés."

Avant qu'elle ne puisse penser à dire quoi que ce soit, il avait disparu dans sa chambre. Elle toucha sa lèvre inférieure et soupira. *Il peut ajouter les super baisers à sa liste de talents.*

* * * *

Énergisé et prêt pour l'action, Griff était motivé. Après un fabuleux repas et une des meilleures nuits depuis des siècles, malgré les interruptions, il était en pleine forme. Il retrouva Buddy au stade et ils coururent sur la piste, gardant une allure moyenne, mais ne battant pas de records. Ensuite, lui et Buddy pratiquèrent ensemble. Buddy courait et Griff lançait. Griff avait une capacité particulière pour juger la courbure du vol de la balle et la vitesse du coureur.

Comme toujours, ils étaient excellents ensemble. L'instinct de Buddy le faisait se tourner au moment juste pour attraper la passe de Griff, qui avait parfaitement localisé l'emplacement du coureur.

Quand ils eurent finis, Griff observa Tony Hastings sur un banc. "Le nouveau type me traque."

"Nan. Il essaie juste d'apprendre du meilleur."

"Il me rend nerveux."

"Détends-toi. Il n'a pas ton niveau."

Griff sourit à son meilleur ami et partit prendre une douche. Ensuite, Buddy et lui déjeunèrent ensemble. Et le moment de rentrer à la maison arriva, il était trois heures trente. Il se demanda ce que faisaient toutes ces voitures dans l'allée. Mais il croisa Marnie qui sortait de la maison. "Une autre réunion de cercle de lecture?"

"Cercle de lecture?"

"Ouais. Ce n'est pas ce que vous faites?"

"Non pas exactement."

Elle essaya de s'éloigner, mais Griff bloqua son chemin. "Alors c'est quoi exactement?"

"Je suppose que Lauren devrait vous le dire."

"Pourquoi vous ne lui épargnez pas cette peine?" demanda Griff, sans s'écarter.

"Ceci est un groupe d'entraide pour les femmes qui ont perdu un enfant."

Griff resta bouche-bée. Il se déplaça sur le côté pour laisser le passage à Marnie. Les pièces commençaient à s'assembler. *La cuillère. Le cauchemar. Quelle est la place de Bob dans tout ça?* La colère d'avoir été floué l'enflamma. Il était déterminé à apprendre la vérité.

Il resta un moment à la porte d'entrée pour laisser les femmes prendre congé. Lauren était dans la salle de séjour, rangeant les tasses à café et les plats à gâteau. Griff s'appuya contre le mur.

Sentant sa présence, elle se tourna. "Salut. Tu rentres à la maison tôt."

"Ouais. Juste à temps pour voir ton cercle de lecture partir. Il semble que vous vous réunissiez souvent. Pour un cercle de lecture, je veux dire."

Lauren évitait son regard fixe. "Eh bien, parfois un nouveau livre-"

"Arrête de mentir, Lauren. Je sais que ce n'est pas un cercle de lecture. Qu'est-ce qui se passe à la fin?"

"Rien qui te concerne." Elle se détourna de lui.

Griff saisit le haut de son bras, fermement. "Je ne suis pas d'accord. Nous allons parler. Je veux la vérité. Maintenant." Il l'amena dans la cuisine et la poussa pour qu'elle s'assoit sur une chaise, il prit une bière.

"Je ne vois pas où tu-"

"Ce qui s'est passé la nuit dernière me donne le droit de connaître la vérité. Je t'écoute." Il lui tendit aussi une bière, qu'elle accepta.

"D'accord, d'accord."

Il tira à lui une autre chaise, porta sa bouteille à ses lèvres et la regarda. "Commence à parler."

Elle se tortilla un peu, baissa les yeux sur le plancher et se racla la gorge.

"Regarde-moi," dit-il, faisant signe de ses doigts.

"Ça va ..."

"Tu as perdu un enfant?"

"En quelque sorte."

"Qu'est-ce-que tu veux dire, 'en quelque sorte'?"

"Tu veux savoir?" Elle se leva de son siège. "Alors, tais-toi et écoute!"

Il se redressa.

"Il y a environ un an et demi que j'ai commencé à sortir avec Bob. J'avais décoré sa maison. Cette maison. C'est comme ça que nous nous sommes rencontrés. On s'entendait bien, mais rien spécial...d'abord. Un jour, il m'a invitée à sortir. Je ne savais pas qu'il était sous le coup d'une déception amoureuse. Sa petite amie, Linda, venait de le quitter pour quelqu'un d'autre." Elle baissa la tête parce que la rougeur lui montait aux joues. "Hum, heu...et un préservatif cassé et soudainement, j'étais enceinte."

"Tu l'aimais?"

"Non. Et ne m'interromps pas."

"Pardon."

"Je n'étais pas amoureuse de Bob, mais je l'aimais bien. On s'entendait bien, on s'amusaient ensemble."

"Ce n'était pas sérieux?"

"Tu vas la fermer?"

Il leva ses paumes. "Okay, d'accord".

"Où en étais-je? Ah, oui. Enceinte. Quand je le lui ai dit, il m'a demandé en mariage. J'ai accepté. Nous sommes allés à la mairie le jour suivant et nous étions liés pour la vie."

"Même si tu ne l'aimais pas?"

"C'est vrai. Je voulais ce bébé. Bob semblait le vouloir, aussi. Je pensais qu'il serait un bon père. Je ne voulais pas élever le bébé toute seule. Je pensais que j'apprendrais à aimer Bob, surtout après que le bébé soit né. Je lui étais reconnaissante de prendre ses responsabilités."

"Et que s'est-il passé ensuite?"

Elle lui lança un regard furibond et il mit sa main sur sa bouche puis se calma. "Avant que je ne passe les trois mois, j'ai perdu le bébé." Sa voix devint hésitante et ses yeux se remplirent de larmes. Griff se mit debout, mais elle lui fit signe de se rasseoir. Lauren saisit un mouchoir en papier.

"Je suis vraiment désolé," chuchota-t-il.

"Ouais.. Mais apparemment, Bob ne l'était pas. Il semblerait qu'après que le mariage, Linda ait décidé qu'elle voulait qu'il revienne. Il a commencé à la revoir...sur le côté."

"Le savais-tu?"

Elle secoua la tête. "Je n'en avais aucune idée. Je vivais heureuse dans ma bulle, si excitée à l'idée du bébé, préparant tout pour son arrivée. J'achetais des tonnes de truc. J'ai peint sa chambre. Tout ça. Et puis, une après-midi, c'était fini." Elle inspira.

Il lui prit la main. "Et après?"

"Après tout est allé de travers. J'ai commencé à déprimer. Bob a continué de voir Linda. Puis ils ont décidé qu'ils étaient faits l'un pour l'autre."

"Comment as-tu découvert le pot aux roses?"

"Je lui ai demandé d'essayer de nouveau. Il a dit que nous l'avions échappé belle..." Elle fit une pause pour respirer à fond. "Et que non, il n'avait aucun intérêt à ce qu'on essaie de nouveau. En fait, il n'avait aucun intérêt à continuer notre mariage."

Le silence devint pesant.

"Il a vraiment dit 'échappée belle'?"

Elle hocha la tête. "C'est comme ça que je me suis déplacée dans ta chambre." L'émotion avait formé une boule dans sa gorge, empêchant tout discours. Elle ferma les yeux pour essayer de contrôler ses larmes puis les rouvrit lentement.

Griff la regardait fixement, le visage rempli de tristesse compatissante. "C'est le pire..."

"Une fois le divorce prononcé, Bob et Linda ont pris la moitié du mobilier et sont partis habiter Los Angeles. Et me voici." Griff se leva et la prit dans une étreinte enveloppante. Une fois dans ses bras, elle s'écroula, sanglotant dans sa poitrine. Son corps était secoué de spasmes et ses larmes avaient mouillé la chemise de Griff. Lui, la balançait doucement, embrassant ses cheveux et frottant son dos. Au bout d'un moment, elle se calma, les pleurs s'arrêtèrent et elle hoqueta.

"Je ne te ferais jamais une chose pareille," chuchota-t-il.

"Jamais tu ne me mettrais en cloque et me lâcherais si je le perds?"

"Jamais."

"Mais tu veux des enfants. Si je ne peux pas avoir des enfants? Si j'échoue chaque fois? Pourquoi voudrais-tu t'impliquer avec une femme comme ça?"

"D'abord, tu ne sais pas si c'est vrai. En plus, ne te projettes-tu pas un peu loin en avant?" Son corps se raidit. Elle se dégagea, repoussant sa poitrine. "Tu as raison. Qui dit que nous aurions une relation sérieuse? Tu es occupé à dormir un peu partout et je ne suis simplement pas intéressée." Elle rit. "C'est presque drôle."

"Je t'ai dit que j'ai changé. Je veux ma propre famille."

"Justement tu l'as dit. Je ne vois pas comment une femme qui ne peut pas tenir une grossesse pourrait être bonne pour toi."

"Je prendrai cette décision moi-même." Il mit ses mains autour de son visage et déposa ses lèvres sur sa bouche.

Elle résista un instant puis entrouvrit ses lèvres. Il plongea la prenant d'assaut et demandant sa soumission. Elle se plaqua contre lui, leurs corps hanches contre hanches, poitrine contre poitrine. Le corps de Griff monta en température et la chaleur lui frappait les veines.

Il la voulait toute entière.

Chapitre Neuf

Prise par l'émotion, la force de Lauren vola en éclat. La bouche de Griff sur elle, fonctionna comme une baguette magique, abreuvant son âme, et répandant son désir dans chaque particule de son corps. Résister à Griff était hors de question. Elle souhaitait tant ce contact qu'elle en souffrait. Les semaines à observer sa grâce suave, quand il se déplaçait dans la maison portant seulement un jean ou un short, avaient capté son attention. Regardant son corps presque nu, jour après jour, l'avait exaltée. Elle l'accueillit, gémissant quand sa main glissa jusqu'à ses seins.

Elle avait posé sa paume contre sa poitrine. Les doigts de Griff passèrent sous son T-shirt, répandant de la chaleur sur sa peau nue. Il dégrafa son soutien-gorge d'une main experte puis entoura ses bras autour de sa chair nue. Il attrapa ses tétons entre ses doigts et pinça doucement. Elle reprit son souffle quand la sensation irradia son ventre.

Il glissa ses lèvres vers sa gorge en continuant à la masser. Sa respiration s'intensifia sous ses doux baisers. Elle accrocha ses doigts sur ses épaules, sentant ses muscles puissants. En une légère poussée, il la fit reculer. Il souleva sa chemise pour dégager son torse puis la passa au-dessus de sa tête pour l'ôter et la jeta sur une chaise. Lauren ne pouvait plus attendre de passer ses doigts dans ses cheveux bruns couvrant légèrement ses pectoraux.

"Tu es magnifique," murmura-t-il, détaillant sa peau de son regard brûlant.

"Toi aussi," dit-elle.

Il gloussa. "Rien que tu n'aies déjà vu."

Elle passa ses doigts derrière son cou et attira sa bouche à la sienne. Elle glissa sa langue sur la sienne. C'était comme si elle avait allumé un interrupteur. Il lui rendit la pareille, ses deux mains massant ses seins. Puis il recula, la prit dans ses bras et la porta dans sa chambre.

"J'ai attendu assez longtemps," annonça-t-il, la main sur le bouton du jean de Lauren. En une seconde, son pantalon glissa de ses jambes. Elle l'ôta et dézippa la fermeture éclair du jean de Griff. Il se défit de son jean et de son boxer.

Alors qu'elle se tenait debout devant lui vêtue uniquement de son tanga rouge, la timidité s'insinua en elle. Elle replia ses bras devant sa poitrine. Il inspira.

"Ouah. Tu es splendide." Son regard intense balayait son corps.

"Toi, aussi," dit-elle, fixant des yeux son érection.

"Ne te couvre pas." Il replaça ses bras sur ses côtés. "Laisse-moi te regarder."

Elle sentit la chaleur lui monter aux joues alors qu'il se penchait, accrochant un doigt dans chaque côté de son slip et le faisant tomber au plancher. Elle recula pour l'abandonner là. Il la regarda intensément.

"Mieux. Beaucoup mieux," dit-il, en se rapprochant. "Sublime." Il glissa ses mains en bas ses hanches et autour de sa croupe. Elle plaça les siennes sur son estomac et les remonta lentement. Un picotement sillonna du bout de ses doigts à son sexe. Elle monta sur la pointe des pieds pour embrasser sa gorge et sucer ensuite le lobe de son oreille. Le sifflement que laissa échapper Griff la fit sourire.

Il descendit ses grandes mains jusqu'à ses fesses, et avança petit à petit entre ses cuisses. Comme si ses doigts jetaient une balle de football, il poussa sa touche de façon experte sur le centre, elle sauta.

"Oh mon Dieu," murmura-t-elle, fermant ses yeux, figée par l'envie.

Griff la caressa et porta sa bouche sur son épaule. Lauren était incapable de bouger, elle ne pouvait que ressentir.

"Griff," murmura-t-elle.

Il releva la tête. Les picotements à l'intérieur d'elle étaient devenus une myriade de flammes, la combustion de son corps lui donnait des convulsions. Sa main allait et venait autour de l'avant de son entrecuisses. Elle haletait car son orgasme commençait à monter. Il la brossait maintenant plus rapidement et plus durement. Elle s'accrochait à sa poitrine, murmurant son nom. Ses genoux vacillèrent mais il enroula son bras autour de sa taille, la stabilisant. Elle ne pouvait plus le contenir plus longtemps. Ses muscles se tendirent à l'extrême puis flottèrent, quand le relâchement envahit son corps.

"Oh, Dieu," chuchota-t-elle, en mettant sa tête dans son épaule.

Son petit rire lui fit ouvrir les yeux. Il l'embrassa, la poussant gentiment vers le lit. Elle s'allongea dès qu'elle sentit le matelas à l'arrière de ses genoux. Il se mit à genoux devant elle. Sa bouche suçait tout autour de son pubis alors que sa paume glissait sur son ventre plat.

"Tu es magnifique," dit-il, avant de revenir à ses seins.

Elle s'étendit parfaitement et ferma bras autour de lui. Il était dur comme de l'acier. "Ouah. Impressionnant."

Elle le vit rougir pour la première fois. Il monta jusqu'à elle, atteignant son portefeuille et en extrayant un petit paquet d'aluminium.

Lauren se raidit. "Préservatifs?"

"À moins que tu ne prennes la pilule?"

"Je n'y avais pas bien réfléchi."

"Je n'en ai jamais eu un qui se déchire sur moi auparavant."

"Il y a toujours une première fois."

"Pas nécessairement. Ne t'inquiète pas. Ce sera bon." Il laissa tomber le préservatif sur l'oreiller, sépara ses genoux et avança petit à petit en bas le lit. Quand sa langue toucha sa chair sensible, elle arqua ses hanches. "Je ne vais pas pouvoir faire grand-chose si tu continues à bouger de cette façon," dit-il, ses yeux étincelants d'espièglerie.

Elle rit sottement et s'arrêta.

"Beaucoup mieux," marmonna-t-il, continuant son assaut.

Lauren fourra ses doigts dans ses épais cheveux bruns. Les mains puissantes de Griff saisirent ses cuisses et sa langue envoya Lauren vers la lune. Le feu se rallumait en elle, elle commença à se cambrer.

Griff remonta en un éclair, se couvrant le sexe. "Je veux être là pour celui-ci," expliqua-t-il. Étincelant de sensualité, il la fit baisser les yeux, avant d'entrer en elle lentement.

Elle s'agita. "Dépêche-toi."

"Hors de question. j'ai attendu ça trop longtemps." Il lui envoya un sourire sexy alors qu'il se poussait plus loin en elle.

Elle arqua son dos. "Oh, mon Dieu. Griff!" Cela faisait des mois qu'elle n'avait pas fait l'amour. Le léger échauffement tournait en plaisir et la remplissait. Elle ramena ses genoux à sa poitrine pour lui permettre d'ascensionner au plus profond d'elle. Il était plus grand que Bob, mais il lui convenait parfaitement.

Griff gémit et ferma les yeux. "Lauren, bébé. C'est si bon. C'est si bon." Il laissa tomber son front sur son épaule pour y planter un baiser.

Il fit des va-et-vient. Se pressant à l'intérieur d'elle, les poils de son torse effleurant ses seins dans le balancement de son corps, la sensation de son sexe et sa peau sous ses doigts la firent culminer jusqu'à son point de rupture. Un puissant orgasme déchira son corps, apportant du plaisir à chaque terminaison nerveuse. Ses hanches ondulaient tandis qu'il continuait se pousser en elle. Quelques secondes après il poussa une dernière fois plus fort puis s'arrêta et enfin il jouit. Il murmura son nom en se pliant sur ses coudes et toucha son visage.

Lauren examina ses yeux. *Est-ce de l'amour, de la pitié, ou de la satisfaction sexuelle? Peut-être les trois?* Elle tourna sa joue et brossa ses lèvres avec les siennes. Le bonheur coulait dans ses veines comme l'adrénaline. La sueur perlait sur le front et le torse de Griff. Ses yeux, comme deux bassins de chocolat noir fondu, entrèrent fixement dans les siens, questionnant.

"Quoi?" demanda-t-elle.

"C'était fantastique."

"Oui. Bien au-delà des espérances," admit-elle.

"Oh?" Il haussa les sourcils. "Et à quelle chose horrible t'attendais-tu?"

"Je m'attendais à un amant égocentrique qui ne se soucierait pas de moi."

"Vraiment? Je te donnais cette impression?"

Elle fit oui de la tête.

"Et alors?"

"J'avais tort."

Il s'avança et l'embrassa. "Alors, comment suis-je?"

Elle enroula ses bras autour de sa poitrine, l'étreignant. "Tu es juste ce que tu as dit. Le meilleur amant."

"Et ton expérience est si large? Tu as couché avec tant d'hommes?" Il se remonta, sortit d'elle et se reposa sur son côté.

"J'ai eu ma part."

Il gloussa. "Bien éludé."

Elle lui sourit. "Contrairement à un homme, une femme ne dit jamais ce genre de chose."

Riant, Griff se dirigea vers la salle de bains. Lauren l'observait. Son dos était large et musclé. Sa taille était nette et son derrière, adorable. Il était soutenu par des jambes longues et fortes avec des cuisses athlétiques et des mollets effilés. Elle désirait toucher chaque centimètre carré de son corps. Quand il revint, elle tenta le coup, dirigeant sa paume le long de sa poitrine et plus bas sur ses abdos. Il se coucha alors qu'elle explorait son corps. Quand elle arriva à ses bras, elle demanda, "Avec quel bras lances-tu?"

"Le droit." Il glissa sa main jusqu'en bas de son dos pendant qu'elle continuait son exploration.

Lauren examina les muscles dans son bras droit. "Est-il plus développé que l'autre?"

"Je ne sais pas. Je ne les ai jamais comparés."

Elle passa de l'un à l'autre, essayant de les mesurer. "Je pense qu'il l'est, peut-être un peu."

Il la saisit et la retourna d'un coup sur son dos et embrassa son ventre, la chatouillant. Lauren se perdit dans le rire, criant et donnant des coups de pied. Il serra ses jambes avec les siennes, déplaçant ses cuisses entre les siennes. Il glissa un peu plus haut contre elle. Ses yeux scintillaient.

"Tu en veux encore?"

"Oh que oui." Il attrapa un autre préservatif. "Au fait, le premier a tenu parfaitement."

Elle expira. En un battement de cil, il se couvrit et entra en elle. Il lui leva une jambe, l'accrochant sur son épaule. Elle haletait alors qu'il plongeait au plus profond d'elle. La puissance de son invasion la transportait, envoyant des étincelles en bas sa colonne. Il allait et venait vigoureusement et rapidement, la faisant jouir en même temps que lui. Sa bouche captura la sienne, leurs langues dansaient.

Lauren cambra son dos et frottait ses mamelons contre son torse. Ils durcirent immédiatement. Elle fredonna un air, comme un ronronnement.

"Tu es une femme unique, Lauren."

"Ah bon?"

"Sexy. Je pourrais te faire l'amour toute la nuit."

Elle rit de contentement. "Tu m'épuises."

"Déjà?"

"Humm hum."

Il la tira à lui, très proche. Elle se blottit en lui et ferma les yeux. Griff retira la capote. En quelques minutes, sa tête fut envahie de rêves heureux.

* * * *

À neuf heures du soir, Griff se réveilla, affamé. *On a sauté le dîner*. Il essaya de glisser hors du lit sans réveiller Lauren, mais dès qu'il bougea, elle leva la tête.

"Tu as faim?"

"Ouais."

Elle s'assit. "Il y a des restes de pain de viande dans le réfrigérateur."

"Pain de viande froid? Génial!" Il se lécha les lèvres. "Dois-je t'en garder?"

"J'aurai un peu de bœuf salé.

Il remit son boxer et lui offrit son peignoir. Il touchait le sol et il dut lui rouler les manches trois fois. Elle sourit quand il jeta son bras autour de son épaule.

Après leur festin tardif, ils se pelotonnèrent ensemble dans son lit pour le reste de la nuit.

Le matin suivant, Griff sifflait quand il entra dans le vestiaire. Buddy était prêt pour sa séance d'entraînement.

"Un nouvel air?"

"Non."

"Ah, ouais? Je pense que quelqu'un a eu sa chance, hein?"

Griff se détourna pour cacher la rougeur de ses joues, mais Buddy ne se découragea pas. Il suivit son ami.

"Eh mon gars, tu es rouge. Est-ce que tu l'as fait avec cette petite?"

"Ne t'en mêle pas, Buddy."

"Vous l'avez fait! Merde, tu te l'es tapée, n'est-ce pas?"

"Je t'ai dit, la ferme." Griff fourra son sac dans son casier.

"Vraiment? Combien de fois?"

"Tu vas la fermer."

Buddy pouffa de rire. "Finalement! Cela valait-il la peine d'attendre?"

"Je te jure que je te fous dehors si tu ne la fermes pas." Griff haussa un poing.

Buddy leva ses paumes. "Pas de violence, s'il te plaît. N'abîme pas ce joli visage." Il rit.

Le froncement de sourcils de Griff se transforma en sourire. "Allez, trou du cul. Au boulot."

Les deux hommes continuèrent de se taquiner en allant jusqu'au terrain. Ils firent leurs exercices d'échauffement et coururent sur la piste. Les souvenirs de Lauren dans son lit envahirent son esprit. Buddy continuait de parler, mais Griff n'écoutait pas.

"Alors, comment était-elle?"

"Lauren n'est pas une conquête. Ni un coup d'un soir, Buddy."

"Ouais, et alors? Dis-moi. Allez."

"La ferme." Griff poussa sa course, augmentant sa vitesse pour éviter les questions de son ami. Le souvenir des sensations de sa peau douce fit picoter les doigts de Griff. Il était impatient de la toucher de nouveau. Elle était douce, aimante et en retenue. Mais quand il avait gagné sa confiance, elle s'était ragaillardie, répondant à sa chaque caresse. Un coup sec entre ses jambes lui dit qu'il ferait mieux de diriger son esprit dans une autre direction, ou il aurait bientôt une érection forte.

Les deux hommes s'arrêtèrent et vidèrent deux bouteilles d'eau. Griff fit quelques passes courtes pour s'échauffer. Ensuite, les hommes devinrent sérieux. Buddy courut et Griff fit des lancers pendant les quarante-cinq minutes qui suivirent. Enfin, ils s'arrêtèrent, burent plus d'eau et se dirigèrent vers la salle de musculation. Griff mit de la glace sur son bras puis prit sa douche au stade. Il se peigna avec attention, se rasa et se gifla gentiment avec de l'après-rasage sur les mains dans l'attente de la nuit à venir.

En rentrant à la maison, il passa rapidement en ville pour faire quelques commissions. Quand il plaça la clé dans la serrure, l'aboiement familier de Spike le salua. À peine Griff entrait dans la maison que le carlin sauta sur lui, essayant de lécher son visage. Un arôme terriblement tentant arriva jusqu'à ses narines et fit gronder son estomac.

Lauren sortit de la cuisine d'un pas léger, vêtue d'une stupéfiante robe bain de soleil pêche. Le corsage ajusté à sa poitrine, attira son regard, le tentant terriblement. Il lécha ses lèvres. Ses cheveux sombres et brillants se déroulaient autour de ses épaules, se finissant en une ou deux boucles libres. Son sourire était large et ses yeux brillaient. *Une femme bien aimée.*

"Pour toi," dit-il, lui offrant une douzaine de roses rouges.

Ses yeux s'élargirent. "Oh ouah. Vraiment? Ce n'était pas nécessaire."

"Je le voulais."

"Elles sont superbes. Je vais les mettre dans l'eau. Que veux-tu boire?"

"Bière? Quelque chose sent bon. Qu'est-ce qui est sur le feu?"

Lauren lui remit une bouteille ouverte avant d'arranger les rose à longues tiges dans un vase. "Des lasagnes. La recette de ma grand-mère."

"J'adore." Il mit sa main sur le bas de son dos pour l'accompagner dans la cuisine. Griff mit la table tandis que Lauren préparait une salade. "Vin?" demanda-t-il.

"Parfait."

Griff ouvrit une bouteille de Cabernet sauvignon tandis qu'elle composait une vinaigrette maison et assaisonnait la salade. La table était prête. Il ramena les chandeliers de la salle à manger, les posa sur la table et fit craquer une allumette.

"C'est plus romantique," dit-elle.

Il prit le plat chaud du four, le plaça sur un dessous-de-plat ensuite il se courba dans un salut puis retira la chaise pour qu'elle prenne place. Elle déposa la salade et prit sa place. La lueur des bougies caressait son visage d'un rougeoiement chaud qui faisait miroiter ses yeux. Il s'assit face à elle. Griff n'avait pas vu une si belle femme ailleurs que sur un écran de cinéma.

Alors que Lauren servait le repas, il s'adossa, attendant les pâtes fumantes se refroidissent. "Passeras-tu la nuit avec moi ce soir?"

Elle lui lança un regard espiègle et sourit. "Devine où j'étais aujourd'hui?"

Il secoua la tête et leva les sourcils, interrogateurs.

"Chez le médecin. Devine qui s'est fait remplir une nouvelle ordonnance pour la pilule?"

Il rit et prit sa main dans la sienne.

Le lendemain matin, Griff commença le camp d'entraînement avec une attitude positive. Avec une femme sexy dans son lit et un repas chaud l'attendant chaque soir, ses appétits étaient assouvis. Il travailla dur et rentra à la maison en voiture, fatigué. Lauren se rappela ce qu'il lui avait dit de Kathy et que chaque soir un bain chaud aux herbes l'attendait.

Il attendait avec impatience la fin de la journée pour retrouver Lauren. Il était étonné comme la vie était devenu simple avec elle et Spike. Parfois dans la voiture, quand il rentrait à toute vitesse vers la maison victorienne, il s'émerveillait du fait que peut-être il avait trouvé une femme qui avait les talents de Kathy dans la cuisine et surpassait ceux de Carla au lit.

La vie était belle, à part le dimanche, quand il appelait la Californie. La plupart du temps, Joe et Missy étaient heureux de lui parler. Ils lui racontaient leurs réussites scolaires et leurs accomplissements sportifs, se vantant sans honte, cherchant son éloge et son approbation. Les dimanches où ils n'étaient pas là, il bavardait avec sa sœur, puis essayait d'oublier le vide de sa vie lorsqu'il avait raccroché. Alors il fermait la porte, s'échappant pour une course, une virée en voiture, ou même pour une longue promenade avec Spike.

La solitude montait dans sa poitrine, créant un vide à l'intérieur.

Quand il rentrait, se sentant coupable de s'être échappé brusquement, Lauren lui pardonnait. Elle ne lui en parlait pas, mais lui demandait plutôt son avis sur quelque chose d'insignifiant ou lui offrait un en-cas spécial. Il avait de la gratitude pour elle qui savait quand être discrète. Était-ce possible qu'il tombe amoureux de la femme qu'il avait accusée, en plein tribunal publique, d'être auteur de sévices envers son chien?

Il repoussa cette idée et se concentra sur le camp d'entraînement et profitant de son temps avec Lauren, ignorant du fait elle s'immisçait chaque jour un peu plus près de son cœur bien protégé. Bien qu'il avait décidé qu'il devait se marier, il n'était pas encore habitué à l'idée de renoncer au célibat et de s'installer. Il se demandait s'il pourrait échanger l'homme à putain contre le mari responsable.

Une partie de lui se demandait si elle était agréable avec lui parce qu'il payait ses trois mille cinq cents dollars chaque mois. *Elle pourrait me tromper dans la cuisine et la salle de séjour, mais jamais dans la chambre à coucher.* Il sourit à l'idée stupide que l'affection de Lauren pourrait être achetée.

Quand le calendrier des matchs fut distribué, il le cloua sur le réfrigérateur et décida qu'à l'extérieur de la ville les aventures d'un soir devaient être reléguées au passé. Quand il serait sur la route, aurait-il assez de volonté pour s'éloigner de femmes séduisantes et complaisantes? Le temps le lui dirait.

* * * *

Lauren déposa Spike dans la voiture, attachant sa laisse avec la ceinture de sécurité arrière avant de se glisser au volant. Elle était regonflée par sa nouvelle mission; décorer une maison entière pour un homme qui était en Europe. Elle soupira de soulagement qu'il ne soit pas présent, car elle craignait qu'il se passe la même chose qu'avec Bob. *Décorer la maison d'un homme vous fait apparaître sexy à ces yeux.*

Elle gloussa. Nul besoin de chasser pour un homme. Elle en avait un disponible vingt-quatre heures sur vingt-quatre et sept jours sur sept, directement dans sa propre maison.

Elle pensa à Griff et un sourire naquit sur ses lèvres. Ses mamelons pointèrent au souvenir de leurs ébats amoureux de la nuit précédente. Elle admettait qu'il était un amant magistral. Bob n'avait pas été aussi inspiré ni inspirant, que le beau "quarterback". Après qu'elle et Bob se soient mariés, le sexe commençait quelques secondes après l'entrée au lit, deux minutes de préliminaires et *vlan* c'était fini. Elle s'en était contentée parce qu'il allait être le père de son enfant.

Maintenant, sa vie était complètement différente. La brise entrait par la fenêtre ouverte, caressant son cou pendant qu'elle conduisait, lui rappelant les doux baisers et chuchotements de Griff. Un tiraillement d'endolorissement se fit sentir entre ses jambes alors qu'elle était en train de mettre de l'essence; cela lui rappela l'étonnante endurance de Griff. Un coup d'œil dans le rétroviseur lui renvoya un visage heureux. Sa ride du lion apparue pendant ses périodes de stress s'était effacée. Les rides d'expression de sa bouche, aussi.

L'anxiété s'était volatilisée de son corps, comme la tension de ses muscles avait fait place à la détente. Ses crampes d'estomac occasionnelles étaient parties. Ses épaules, auparavant montées de deux centimètres, s'étaient maintenant posées là où elles devaient.

Lauren gara la voiture et détacha Spike. Il se soulagea puis trotta à côté de sa jolie maîtresse dans le bureau. Elle salua Annette tandis que Spike tournait sur son petit lit et s'installait pour un petit somme. La décoratrice se mit au travail, ouvrant des dessins sur son ordinateur et prenant un livre d'échantillons de papier peint dans son tiroir. Elle soupira d'aise et sourit en feuilletant son livre évaluant design après design. La création d'un beau cadre de vie pour les gens la rendait heureuse.

Elle fredonnait une chanson d'amour en prenant des notes. Son portable sonna. C'était Marnie.

"J'ai envie de sortir déjeuner."

"Je ne peux pas aujourd'hui. J'ai un nouveau projet. Peut-être demain?"

"Ça marche pour moi. Comment est ton nouveau petit ami?"

"Griff? Bien."

"Est-ce que tu es follement amoureuse?"

"Amoureuse? Impossible. C'est juste une liaison. C'est tout. Je suis sûre que ça se terminera dès que sa maison sera à nouveau habitable."

"Haha! Je te connais. C'est l'amour. Je peux l'entendre à ta voix."

"N'importe quoi. Je ne changerai pas. Je suis en plein milieu d'un truc ici. Peut-on se rappeler demain matin pour l'horaire et lieu?"

"Bien sûr. Juste ne te mens pas à toi-même, Lauren."

Elle raccrocha et essaya de se concentrer sur l'écran de son ordinateur, mais son esprit divaguait. *Ce n'est pas de l'amour. Je ne serais jamais amoureuse d'un homme qui veut des enfants. C'est une liaison. C'est merveilleux et ça durera le temps cela durera.*

La rêverie captura son attention. À quoi cela ressemblerait-il exactement d'être mariée avec Griff Montgomery? Elle les imagina dans sa maison, cuisinant ensemble, regardant les chaînes sportives à la télévision et dans le lit. Elle posa son menton sur une main, pencha la tête dans l'autre et ferma les yeux.

Elle visualisa Griff la tirant avec lui dans la douche puis une poursuite à travers la maison. Elle s'échappait dans la chambre à coucher, où il la rattrapait, la jetait sur le lit et lui faisait l'amour. Elle soupirait quand il l'appelait "Mme Montgomery."

"Il doit être assez spécial," dit une voix, interrompant son rêve.

Lauren écarquilla les yeux. "Qui?"

"Celui qui peux te faire soupirer comme ça," dit Annette, en posant quelques croquis sur le bureau.

Lauren sentit ses joues s'échauffer. "Rien. C'est personne."

"C'est ça." gloussa Annette. "Un beau mec? Un nouveau mec?" demanda-t-elle en s'asseyant sur le coin du bureau.

"Ce n'est pas important. Merci de prendre ceux-ci." Lauren prit les papiers un par un et les empila.

Annette lui décocha sur un sourire entendu. "Bien. Si c'est ainsi que tu veux le jouer."

"Je dois parler à Harry." Lauren prit son portable et fouilla dans les contacts.

"Je peux me contenter d'une allusion. Mais quand tu voudras parler, j'aimerais tout savoir de lui." Annette se mit debout et se dirigea vers son bureau.

Lauren regarda par la fenêtre. *Il est à moi maintenant. Mais pour combien de temps encore? Est-ce que je peux rester sereine avec cette idée? Il est déjà trop tard pour ça.*

Chapitre Dix

Griff vêtu d'un maillot de couleur entra sur le terrain avec reste de l'équipe. La moitié portaient des jerseys verts et l'autre moitié des blancs. Ils se divisèrent en groupes et s'alignèrent. Mac Jenkins remonta la balle et la passa à Griff, qui repéra Buddy, et fit sa passe sur son ami. Tony Hastings était le "quarterback" opposé.

Quand l'équipe défensive prit la relève, Griff observa Tony et analysa chaque mouvement du jeune homme. Il avait son propre style. Quand l'équipe de Tony perdit possession de la balle, Griff recula en trottant avec confiance. Avec la protection serrée de la ligne offensive, il connecta avec les receveurs les uns après les autres. Il était au meilleur de sa forme et son corps lui répondait parfaitement, frappant cible après cible. Il sourit et sa satisfaction grandit. *Pas question que ce gamin me remplace.*

Il aimait le football, particulièrement les jours où rien ne pouvait l'arrêter.

Griff avait travaillé dur, de la même manière qu'il le faisait chaque année. Toujours le premier sur le terrain pour la pratique et le dernier à quitter la station de poids, il avait gagné la réputation de drogué du travail. Il s'en moquait parce qu'il récoltait les bénéfices de toutes les heures passées. L'enregistrement de ses performances parlaient pour lui; deux victoires de Super Bowl et deux pertes, ces derniers seulement par un touch-down à chaque fois. Même sa sélection au Super Bowl était une victoire en soi. C'est ce que Kathy avait dit et il était d'accord.

Par-dessus le marché il avait été déclaré meilleur "quarterback" de la ligue nationale de football quatre ans de suite par le Sports News Digest, le plus grand journal sportif du pays. Il avait la fidélité de l'équipe qu'il dirigeait vers la victoire et rapportait de gros bonus financiers chaque année. La gloire n'était pas la seule récompense. Le propriétaire de l'équipe augmenta la prime de fin d'année de dix pour cent pour chaque jeu gagné en finale de coupe. Et Griff Montgomery régnait sur les finales de coupe, motivé par la pression et la responsabilité.

La pratique se termina à cinq heures trente. Les hommes prirent leurs douches. Griff savait qu'il payerait par des muscles courbaturés les quelques semaines d'inaction et ne pensait qu'à tremper son cul sexy dans un bain chaud. Il rinça sa sueur et s'habilla rapidement puis il appela Lauren la prévenir de son heure d'arrivée.

Il souriait manœuvrant sa voiture de luxe par les rues sinueuses jusqu'à la maison. Une vie sexuelle satisfaisante et régulière l'aidait à maintenir sa concentration, à se détendre et ne pas se crisper sur le terrain. Il devait remercier Lauren pour cela. Il poussa au-delà de la limitation de vitesse en prévision d'une nouvelle délicieuse nuit dans la chambre à coucher, s'il n'était pas trop fatigué.

Il gara la voiture dans l'allée et sauta presque jusqu'à la porte. Un arôme épicé et un chien aboyant l'accueillirent. Son regard attrapa Lauren se penchant pour prendre quelque chose dans la salle de séjour. Il décocha une œillade sur ses fesses joliment arrondies. *Elle pourrait vouloir l'essayer en levrette.* Il imagina la saisir par les hanches et plonger en elle. L'idée causa un enflement dans son aine.

"Tu es à la maison," dit-elle, en se redressant. "Juste à l'heure. Le bain est prêt."

"Qu'est-ce qui sent si bon?" Il ferma la porte derrière lui. "Une nouvelle recette de Jambalaya."

Sa bouche saliva. "Je ferai vite."

Elle leva la main. "Prends ton temps. Je dois encore mettre le riz à cuire."

Il l'embrassa rapidement avant de monter les marches deux à deux vers la grande baignoire de la salle de bain de Lauren au premier étage. Enlevant son short de course et son T-shirt, il plongea dans l'eau fumante. L'air était lourd et moite avec un parfum de vanille et de menthe. La chaleur pénétrait dans ses muscles douloureux.

Tandis qu'il frottait ses jambes avec le gant de toilette, il revoyait le jeu de Tony dans son esprit. *Le gamin est assez bon. Bien sûr, pas contre une ligne complète de défenseurs résistants. Néanmoins. Il est assez précis.* Il s'immergea pour laisser l'eau relaxante couvrir sa poitrine. *Il n'est pas aussi bon que moi. Et de loin.* La paix submergea Griff comme les herbes aspiraient son épuisement.

"Dîner dans cinq minutes," appela Lauren dans l'escalier.

Griff sortit et entoura une serviette autour de sa taille. *Un bon dîner. Et puis Lauren.* Il pouffa de rire. *Suis-je trop fatigué?* Une image d'elle, nue, passa par son esprit. Un gloussement, un reniflement et la réaction de son corps le persuadèrent qu'il serait en bonne forme pour agir aussi bien dans la chambre à coucher qu'il l'avait fait sur le terrain. Il se sécha, enfila un short et un T-shirt et descendit ensuite les escaliers, humant l'alléchante odeur de la nourriture.

Lorsqu'il entra dans la cuisine, il déshabilla mentalement Lauren alors qu'elle plaçait les plats sur la table.

Après le dîner, Griff nettoya la cuisine. Ils s'installèrent ensuite sur le canapé pour regarder un film. Quand le film finit, Lauren disparut dans sa chambre à coucher en haut. Il était fatigué. Les entraînements à huit heures du matin l'obligeaient à aller se coucher tôt. *Dix heures. Il est temps d'aller au plumard.* Il l'appela, "Lauren, c'est l'heure de se coucher!"

Elle sortit sa tête du coin du mur. "Vas-y. Je dors en haut ce soir."

"Pour quelle raison? Tu es fâchée ou quoi?"

Il observa que ses joues rougissaient. "Non, c'est juste que... bien ... pas ce soir. Demain, non plus."

Il pencha la tête sur le côté. "Je ne comprends pas."

"Je pensais que tu avais une sœur," dit-elle, avec de l'exaspération dans sa voix. "Pas de sexe ce soir."

"Qu'est-ce que je ne comprends pas ici?" Il gratta son visage fripé de fatigue. "Tu veux que je me rase?"

"Parfois tu es vraiment bouché à l'émeri. C'est le moment délicat du mois."

"Oh! Ouais. J'ai compris. D'accord." Il finit le nettoyage et rejoignit sa chambre. Mais il ne se sentait pas à l'aise dans le lit vide. Il se retourna, allongeant son bras, s'étendant pour trouver Lauren, mais entrant en contact avec un drap froid, au lieu d'un corps chaud.

Griff sortit ses jambes sur le côté, remonta son boxer sur lui et marcha sur la pointe des pieds jusqu'en haut. Elle était immobile. Il ne pouvait pas dire si elle était endormie ou éveillée. Lentement, il dégagea la couette.

Elle se retourna et haleta. "Que fais-tu?" Elle se frottait les yeux.

"Le lit, en bas, est vide."

"Je te manquais?"

"Ouais."

"Mais j'ai dit non-" Il mit son doigt sur ses lèvres. "Je sais. Ça n'a rien à voir avec le sexe." Il se glissa à côté d'elle.

Elle le regardait fixement. "Alors, quoi?"

"J'aime t'avoir à côté de moi. Ce n'est pas comme si tu avais une maladie mortelle et contagieuse. Quand nous étions des enfants, Kathy avait l'habitude d'utiliser ce prétexte pour sortir de tâches ménagères. Ça m'énervait, moi."

Elle gloussa. "Pas moi. Je n'ai jamais eu de problème avec ça."

"Alors, c'est bien si je reste avec toi?"

"Bien sûr." Elle sourit avant de lui tourner le dos.

Griff se colla contre elle, enveloppant sa taille de son bras. Il frotta le coton doux de sa chemise de nuit entre ses doigts. Lauren ramena ses genoux un peu plus haut et il emboîta les siennes derrière.

"C'est bien?"

"Très bien."

"Tu n'as pas de crampes ou quoi que ce soit, n'est-ce pas? As-tu besoin que je te frotte l'estomac?"

Elle rit. "Je vais bien. Cette position est parfaite."

Il embrassa son cou. "Bonne nuit, bébé."

"Bonne nuit."

La fatigue de son corps l'envahit et il s'endormit en quelques secondes.

* * * *

Comme d'habitude, Griff se dirigeait vers le camp d'entraînement avant les autres. Ses muscles étaient toujours un peu fatigués du jour d'avant. Cela l'inquiétait qu'il ne récupérait pas aussi vite que dans le passé. Il y a seulement deux ans, il pouvait faire le camp d'entraînement, s'en jeter quelques-uns au Savage Beast et après seulement cinq heures de sommeil, avoir d'aussi bons résultats le jour suivant. Maintenant, il avait besoin de huit heures de sommeil et il avait coupé totalement l'alcool. Et malgré tout, il sentait ses jambes pendant les échauffements.

Arriver tôt lui donna le temps de s'étirer. Il entra dans la salle de musculation, pour faire des exercices d'abdominaux, des pompes et des squats jusqu'à ce que ses muscles soient chauds. Il rejoignit le reste de l'équipe pour courir à neuf heures. Après, c'était le temps des échauffements sur le champ terrain. Griff aimait le côté physique du football. Même les exercices le faisaient se sentir bien, une fois passé à travers sa rigidité initiale.

À la pause-déjeuner, Buddy le retrouva. Ils se bourrèrent de sandwichs et se réhydratèrent avec du Gatorade. Griff massa son mollet et s'étira pendant qu'il digérait.

"Blessé?"

Griff nia. "Je n'ai pas l'habitude de l'être."

"Tu commences à te faire vieux?"

"Nan. Juste tendu." Il n'était pas prêt à admettre quoi que ce soit, même à son meilleur ami.

"Ne t'inquiète pas. Tu restes toujours le meilleur," dit Buddy, en mordant dans son deuxième énorme sandwich au rosbif.

"J'ai intérêt de l'être. Sinon Tony est là pour prendre la relève."

"Allez, arrête. C'est un bizut. Il a beaucoup à apprendre. Tu es à des années lumières devant lui."

"Je l'espère." Griff essuya sa bouche après avoir fini le reste de sa nourriture.

Les hommes s'alignèrent à la mêlée.

"Tu as une grande gueule, Montgomery," dit Trunk Mahoney, s'accroupissant en position.

"Souviens-toi, Trunk, c'est juste une mêlée."

"Aucun tacle. Touche seulement," brailla l'assistant de l'entraîneur.

"Ouais, si tu es mis sur la touche... maintenant tu as un remplaçant." Trunk adressa un sourire mauvais à Griff.

En jetant un coup d'œil plus haut, Griff espionna Coach Bass là-haut dans la loge avec le propriétaire. *J'espère qu'ils n'observent uniquement pas Tony.*

La balle fut lancée et l'action commença.

Du coin de l'œil, Griff vit Trunk fonçant sur lui. Il plongea, glissa, et étreignit la balle.

"Tu es chanceux," dit le malabar.

"Si tu me mets hors-jeu, Coach Bass virera tes fesses très vite."

"Je ne veux pas te mettre hors-jeu, juste que tu aies un peu de fil à retordre."

"Va te faire foutre, Mahoney."

"Comme je l'ai fait à ta mère hier soir?"

"Suce ma bite, trou du cul."

"Pourquoi? Personne ne te le fais?" Trunk sourit d'un air satisfait. Griff jeta la balle dans les parties de Trunk.

Le défenseur s'avança nez à nez avec Griff. "Je t'aurai, connard," murmura-t-il, le visage fâché.

"Oups. Désolé. C'était normalement pour Carruthers," dit Griff, sans une note de regret dans la voix.

Ils s'alignèrent de nouveau. Cette fois, le Trunk se débrouilla pour atteindre Griff. Il saisit le "quarterback" par le casque et le tirant vers le bas, il lui donna un coup de pied dans l'estomac.

Griff, au sol, ne pouvait plus respirer. Il se mit les mains sur le ventre, cherchant de l'air.

"Vraiment désolé," dit Mahoney, se penchant pour chuchoter, "Ne viens plus me faire chier, trou du cul."

Buddy courut vers eux et prit le visage de Mahoney. "Tu l'as fait exprès. Espèce de merdeux!"

Trunk poussa Buddy aux épaules et celui-ci vola, tombant en arrière sur Griff, qui était toujours face contre terre. L'assistant de l'entraîneur siffla et courut vers son "quarterback", qui avait réussi à se mettre sur ses genoux. L'équipe de soin arriva pour s'occuper de Griff, qui avait retrouvé sa voix.

"Ça va aller. Mais si ce type me touche à nouveau, je le déchiquette en morceaux."

L'assistant de l'entraîneur mâchait son stylo. "Ne fais pas ça. Il est beaucoup plus grand que toi, Griff."

"Et alors?" dit le "quarterback" en se redressant.

"Tu ferais mieux de rentrer à la maison pour te reposer," dit l'entraîneur. "Prends l'après-midi. Tu joues bien. Ton absence ne comptera pas."

Griff se dirigea vers le vestiaire. Jetant un regard derrière lui, il vit Tony Hastings mettre son casque. *Putain! Le bizut joue à ma place.*

Trunk Mahoney adressa à Griff un bras d'honneur, leva son majeur puis retourna à la mêlée.

Griff se changea rapidement. Son ventre lui faisait mal, donc il roula plus lentement que d'habitude. Quand il arriva à la maison, elle était vide à part Spike, qui le salua par un aboiement dès qu'il arriva à la porte. Il est allé directement vers la baignoire et alluma le robinet. Un petit paquet d'herbes de bain attendait sur le comptoir. Il en déposa le contenu dans son bain. Après, il trouva Spike et le porta jusqu'à la salle de bains.

Le carlin tourna un peu puis se roula en boule sur le tapis de bain, ses grands yeux dévisageaient Griff alors qu'il se glissait dans l'eau chaude. Il reposa sa tête à l'arrière de la baignoire ancienne et ferma les yeux.

"Je déteste Trunk Mahoney," dit-il.

La pointe renifla.

Griff frotta son ventre doucement. "C'est un trou du cul."

Aucune réponse de Spike.

"Qui préfères-tu de nous deux, Lauren ou moi?" Le "quarterback" ouvrit un œil pour regarder le tapis de bain.

Le carlin bâilla et changea de position.

"Ouais, Lauren.. Mais tu as été avec elle beaucoup plus longtemps. Tu m'apprécieras de plus en plus. Fais-moi confiance. Elle m'apprécie déjà beaucoup, n'est-ce pas?" Il gloussa, laissant apparaître sur ses lèvres un petit sourire rusé.

Spike ronflait.

"Tu dois l'admettre. Elle m'aime presque autant qu'elle t'aime toi." Il trempa un loofa puis laissa tomber de fines gouttelettes relaxantes sur le biceps de son bras de lancement.

La seule réponse du cabot dormant était un doux ronflement.

"D'accord, d'accord, peut-être pas tout à fait autant. Mais j'y arrive."

Silence.

"Je comprends pourquoi tu la préfères. Elle est géniale, n'est-ce pas?"

Le doux ronron de Spike répondit à la question.

"Ouais. Je sais. Elle a le plus mignon petit-"

Un coup sur la porte le fit sursauter et une flaque d'eau se répandit sur le plancher. Il jura.

"Griff ? C'est toi ?" appela une voix féminine.

"Ouais. Tu rentres à la maison tôt."

"Je suis rentrée pour commencer à préparer le dîner. À qui parlais-tu ? Tu es dans la baignoire avec une femme ?" Son ton était tendu. Il pouvait visualiser le rouge dans son cou, ses poings posés sur ses hanches.

"Tu es folle ? Non. Viens le vérifier par toi-même."

Elle ouvrit la porte d'un coup sec avec tant d'énergie qu'elle frappa contre le mur, réveillant Spike, qui aboya.

"Tout va bien, petit gars. Elle me surveille simplement." Griff gloussa, lui lançant un coup d'œil dragueur.

"Tu parlais à Spike ?" s'étonna-t-elle.

"J'invoque le cinquième amendement. Et il ne parlera pas, non plus." Griff se leva.

Elle éclata de rire. Il suivi son regard fixé sur son aine. Quand elle se rendit compte que Griff avait suivi son regard, une belle rougeur illumina ses joues et elle lui jeta une serviette.

"Cache-moi ça," murmura-t-elle, battant des cils.

"Tu es sûre ?"

Elle lui lança un regard faussement outré et gêné qui le fit rire puis il enroula la serviette autour de sa taille et sortit du bain.

"Toi aussi, tu es à la maison tôt," remarqua t elle.

"C'est une longue histoire." Il pressa sur son ventre du bout des doigts précautionneusement et stoppa. La zone était sensible.

"Tu t'es fait mal ?"

"Ce n'est rien."

"Selon moi, cela ne ressemble pas à rien."

"Ce sera fini demain."

"Accident ?"

"Accidentellement exprès."

Elle dirigea sa main doucement sur son ventre alors elle se pencha et l'embrassa. "Cela devrait lui faire du bien."

Griff enroula son bras autour de sa taille et la tira à lui.

"Maintenant, quelque chose d'autre a besoin de l'attention."

* * * *

Les deux semaines de camp d'entraînement passèrent rapidement. Après un match d'avant-saison, les Kings se préparèrent à se mettre en route pour une semaine. Griff avait une valise spéciale remplie d'articles de toilette et de sous-vêtements qui étaient toujours prête. Il emmena Lauren dehors pour le dîner, prépara ses affaires et alla se coucher à dix heures.

Le lendemain matin, il partit tôt. Lorsqu'elle se réveilla, elle trouva sur la table de la cuisine une enveloppe à son nom. *Sa maison est-elle prête? Est-il prêt à partir?* Son pouls s'accéléra alors qu'elle ouvrait l'enveloppe. À l'intérieur, il y avait une note de Griff enroulée autour de quelque chose de rigide.

Je voulais te donner ça. Amène Don et un de ses enfants.

Griff

Elle glissa ses doigts sous le volet et trouva trois billets pour la saison situés dans les tribunes d'honneur. Elle se demanda si c'était les billets de Kathy et s'ils étaient dans la tribune familiale. Un sourire s'étendit au travers de son visage. *Don adorera.* Elle prit son téléphone.

"Devine!"

"Papa est décédé?"

"Non! Quelle chose horrible à deviner! C'est une bonne nouvelle."

"Ah? Quoi?"

"Griff m'a donné trois billets pour la saison dans les tribunes d'honneur."

"Tu plaisantes, n'est-ce pas?"

"Non c'est totalement vraie. Tu choisis un de tes enfants et vous ramenez vos fesses ici pour le jeu de dimanche dans une semaine ."

"Génial! Je serai là. J'amènerai Vinnie. Merci, merci, merci."

Souriant, Lauren fonça vers son placard à vêtements. Elle parcourut à toute vitesse sa garde-robe, cherchant la tenue juste. *Je ne veux pas que Griff soit embarrassé.* L'idée de rencontrer ses coéquipiers envoya un frisson en haut de sa colonne vertébrale et de l'anxiété à son estomac en même temps.

Elle recula, secouant la tête. Aucun de ses vieux vêtements n'allait. *Je n'ai pas fait de courses depuis des lustres. Pas depuis le temps où j'achetais des vêtements de grossesse.* Un pic de douleur lui transperça le cœur. *Arrête d'y penser tout de suite. Rappelle-toi ce que le groupe a dit. Ressasser n'est pas sain.*

Elle prit Spike pour une promenade rapide puis sauta dans sa voiture et se dirigea vers "The Cottage", la boutique chic sur Main Street. Maintenant qu'elle avait un peu d'argent à dépenser et traînait avec un athlète star, elle devait s'habiller un peu mieux.

Lauren redressa ses épaules et entra dans le magasin, où elle fut saluée par une vendeuse souriante.

"En quoi puis-je vous aider aujourd'hui?"

"J'ai besoin d'une tenue spéciale à porter pour assister à un match de football."

"Lycée? Université?" demanda la femme d'un certain âge.

"Professionnel," dit Lauren, une note de fierté dans la voix.

"Les Kings?"

"Qui d'autre."

"Maintenant, je comprends que c'est quelque chose pour lequel il faut s'habiller. Venez par ici. Nous avons une grande sélection de pantalons en velours côtelé et les vestes assorties. Et nous les avons même en vert olive. Avec vos yeux, ce serait parfait."

Lauren la suivit à un support sur le mur et commença à inspecter les vêtements.

"Permettez-moi de vous demander? Allez-vous avec un ami?"

"Mon frère, en réalité."

"Oh." Le ton de la vendeuse baissa, attirant l'attention de Lauren.

"Mais j'ai obtenu les billets de mon petit ami, Griff Montgomery."

Les yeux de la femme s'élargirent instantanément. "Vous êtes la petite amie de Griff Montgomery? Oh, mon dieu. Une célébrité. Martha, Martha! La propriétaire du magasin va vouloir s'occuper de vous personnellement."

La panique saisit Lauren. *Pourquoi ai-je dit ça? Si Griff ne veut que personne ne sache? Maintenant, il sera dans les journaux et tout.* De la sueur commença à perler sur son front.

La responsable du magasin, *Martha, apparemment* les rejoignit.

"Cette jeune femme est la petite amie de Griff Montgomery. Elle va au prochain match."

"Non, vraiment, Non. Nous sommes juste amis." Lauren se mordit la lèvre.

"Amis? Avec une femme comme vous?" Martha haussa les sourcils. "Vous sortez avec lui, n'est-ce pas?"

"Eh bien, cette relation pourrait être éphémère. Vous voyez, nous vivons dans la même maison."

"Oh mon Dieu! Vous vivez avec Griff Montgomery?" Le visage de la directrice s'alluma.

"Non, non, ce n'est pas exactement ça. Nous sommes colocataires. Nous partageons le chien et le tribunal a dit-"

"Êtes-vous fiancés? Allons, vous pouvez me dire. Vous allez être Mme Montgomery, n'est-ce pas?" Martha s'approcha d'elle et la prit par le coude.

La rougeur avait inondé le visage de Lauren. "S'il vous plaît, s'il vous plaît, ne dites rien. Nous ne sommes pas fiancés. Honnêtement. Et si cela apparaissait dans les journaux, Griff péterait un câble."

"Bien sûr, ma chère. Bien sûr. Votre secret sera bien gardé avec moi. Maintenant, trouvons la meilleure tenue pour ce match. Si - et je dis bien seulement 'si '- vous êtes sa petite amie, vous devriez apparaître au meilleur de vous-même. J'ai quelques pull-overs en cachemire dans le coin là. Et je pense que j'ai la couleur parfaite pour vous." La femme tapota Lauren sur le bras et la mena à une table dans le fond du magasin.

Lauren enroula ses doigts autour de la matière la plus douce qu'elle avait jamais sentie. Elle se demanda ce que Griff dirait s'il la touchait alors qu'elle portait un de ces pulls là. Un fou rire éclata dans ses pensées tandis que le supplice grandissait entre ses jambes.

"Très sexy, n'est-ce pas?" chuchota la femme plus âgée.

"Tout à fait. Je vais en prendre un. Quelle est la meilleure couleur pour moi?"

Martha recula, fronça les yeux et choisit le turquoise. "Ce sera parfait avec ce tailleur-pantalon vert olive."

"Je le prends."

"Excellent choix , ma chère. Si vous n'êtes pas encore fiancés, vous le serez bientôt." Le sourire entendu sur ses lèvres leva la question que Lauren avait tentée d'éviter. *Il n'est pas sérieux. C'est juste l'idée de cette femme. Cela n'arrivera jamais.* Quand elle eut réussi à s'en convaincre, elle prit son paquet et sortit du magasin.

Chapitre Onze

Los Angeles, Californie

Quand ils étaient sur la route, Griff et Buddy avaient leur propre chambre. Ils étaient également sous le coup d'un couvre-feu, ce qui rendait les opportunités de tirer un coup assez délicates à trouver.

Dans le bus qui les menait vers l'aéroport, Buddy se tourna vers son camarade de chambre. "Tu as un rendez-vous avec Cheryl?"

"Non, je ne l'ai pas appelé."

"Comment ça se fait?" demanda Buddy surpris.

"Je ne suis pas intéressé."

"Cheryl Charles la chose la plus chaude après le soleil."

"Peut-être." À ce moment-là, le téléphone de Griff bipa.

Vous jouez contre les Tigers ce week-end. Je réserve mon samedi soir. Où descends-tu?

Cheryl

"Merde." Griff envoya le nom de l'hôtel.

"Mauvaise nouvelle?"

"En quelque sorte. Cheryl."

"Ça ressemble plutôt à une bonne nouvelle pour moi. Quelqu'un va pouvoir tirer son coup."

"Pas moi."

"Et pourquoi pas?"

"Cheryl est trop possessive. Quand elle a découvert que Kathy déménageait, elle me harcelait pour qu'on se marie."

"Et ce n'est pas bien?"

"Ah, non. Je ne veux pas l'épouser. Je ne l'ai jamais voulu. Elle est ennuyeuse comme la pluie. Tout dont elle peut parler est les commérages sur les célébrités et les vêtements."

"Je ne suis pas sûr que vous ayez pris le temps de converser beaucoup tous les deux," pouffa Buddy.

Griff donna un coup de poing dans le bras de son ami. "C'est justement de cela qu'il s'agit. Parler avec elle était une perte de temps."

"Ta nouvelle nana te rend nerveux, hein?"

"La ferme, Buddy."

Le receveur rit et retourna à la lecture de son journal. Griff regardait fixement part la fenêtre. *Comment diable vais-je gérer ça? Je ne veux pas la blesser.*

Quand ils se présentèrent à l'hôtel pour l'enregistrement, il y avait un message pour lui. Cheryl l'attendait au bar. Griff déballa ses affaires et rejoignit Buddy.

"Je ne peux pas croire qu'elle soit en bas." Griff secouait la tête lentement.

"Comment vas-tu contourner Coach? Tu sais que nous ne sommes pas censés entrer au bar de l'hôtel."

"Le mieux serait de parler là-haut. Je ne veux pas faire une scène."

"Oh oh. Ça va faire des étincelles? Tu veux que je te protège?" Buddy avait du mal à contenir son rire.

"Très drôle, trou du cul." Griff retourna à sa chambre, sortit brusquement son téléphone et envoya un SMS à Cheryl avec son numéro de chambre. Dix minutes plus tard, il entendit des coups à sa porte. Il regarda à travers le judas. Cheryl portait une robe avec un profond décolleté. *Toujours une robe. Moins à enlever.* Il sentit la chaleur lui monter aux joues repensant à ce que leur relation avait été. *Partenaires occasionnels.* Il jeta son regard un moment sur le plancher, avala sa salive et ouvrit la porte.

"Hé, là, beau gosse. Ça fait longtemps qu'on ne s'est pas vus." Elle inclina son visage pour recevoir un baiser.

Il esquiva les lèvres et lui bécota la joue.

Ses yeux s'écarquillèrent. "Qu'est-ce qui se passe?"

"Assieds-toi," dit-il, lui désignant une chaise et pas le lit. "Veux-tu que je te fasse monter quelque chose par le service de chambre?"

Elle secoua la tête. "Tu as quelque chose en tête?"

"En quelque sorte." Il marchait à pas mesurés.

"Eh bien, crache-le."

Il sortit une bouteille d'eau du mini-réfrigérateur, l'ouvrit et en prit une longue lampée. "C'est fini entre nous." Il avait planifié de lui dire cela moins brutalement, mais les mots s'étaient échappés avant qu'il ne puisse les arrêter.

"Quoi?"

"C'est fini."

"Mais je pensais...je veux dire que, maintenant que Kathy a déménagé... je pensais que peut-être j'aurais pu emménager chez toi."

"Je ne le pense pas." Il prit une autre gorgée d'eau.

Le visage de Cheryl s'obscurcit. "Tu ne peux pas juste me repousser comme ça."

"Je ne peux pas? Pourquoi ça?" Il haussa les sourcils. Griff savait qu'il était dur, mais il ne pouvait pas s'arrêter.

Les yeux de Cheryl se remplirent de crainte. "Pourquoi ne nous mettons pas plus à l'aise?" Elle se déchaussa.

"Je ne le pense pas, Cheryl."

"Pourquoi pas?"

"J'ai changé."

"Depuis que Kathy est partie?"

"Oui, c'est ça."

Ils étaient silencieux. Cheryl chercha à attraper sa main, mais il recula. L'effroi monta dans sa poitrine car il s'attendait à une crise de colère. Elle regarda le plancher avant de relever le regard et de rencontrer le sien. Elle avait les larmes aux yeux. "Tu es tout pour moi, Griff."

Il bascula son poids sur l'autre jambe. Cheryl se leva et se déplaça vers lui. Elle dirigea ses mains sur son torse et le regarda dans les yeux. Son expression douce et son décolleté exposé devant lui étaient un appel. Il fondit un peu au regard plaintif de son visage. Il dut mettre de la distance entre eux avant que la biologie ne prenne la relève. "Écoute, Cheryl. Ce n'est pas toi. Ce n'est pas personnel ..."

"Pas personnel? Cela ne peut pas être plus personnel."

"Je suis dans une autre phase de ma vie maintenant."

"Et alors? J'irai là avec toi. Je t'aime."

"Vraiment?" Il recula. "Qu'est-ce-que tu fais pour...euh, t'amuser, quand je suis de retour dans l'est? Je doute sérieusement que tu restes à la maison pour tricoter des pull-overs pour les soldats."

Son commentaire colora ses joues en rouge profond. "La même chose que toi, je parie."

"Comment le sais-tu? Aimer? Non. Commode? Oui. Nous partageons un bon dîner et un lit quand je suis ici. Cela a été amusant. Tu es super au lit, Cheryl. Mais je ne fais plus ça, désormais."

"Oh?" Elle sourcilla. "Tu as déjà quelqu'un à la maison, n'est-ce-pas?"

Maintenant, c'était son tour d'être embarrassé. Il baissa les yeux sur le plancher.

"Ah, maintenant je comprends. Je vois. Tu as trouvé quelqu'un avec qui tu es sérieux."

"Pas sérieux. Non. Non."

"Une copine de baise?"

Ses joues commencèrent à chauffer.

"Ainsi, tu me sors avec les poubelles. Remplacée, comme ça," dit-elle, en claquant ses doigts.

"Ce n'est pas comme ça. Je ne l'avais pas planifié. Je t'aime bien, Cheryl. Je le ferai toujours."

"Ouais? C'est parfait comme ça. Tu m'aimes bien? Mais pas assez pour me donner une chance. Je pourrais sous-louer mon appartement et quitter mon travail. Je te ferai l'amour chaque nuit, Griff. S'il te plaît. Laisse-moi venir. Essayez pour...disons, trois mois?" Les larmes coulaient sur ses joues.

Son cœur à lui était serré. Il se détestait de la blesser ainsi et il la détestait de le supplier comme ça. Comment pourrait-il la rejeter? Il secoua la tête, néanmoins.

"Allez Griff. Elle ne peut pas être si extraordinaire que ça. Qu'est-ce qu'elle a de plus que moi?"

"Je suis désolé, Cheryl. Ça ne marchera pas."

Elle s'avança plus près et le gifla, durement. Il tressaillit, sa main volant instinctivement à sa joue.

"Tu es un profiteur. Un type qui baise et qui jette aussi sec. Tu as eu ce que tu voulais. Sexe sur commande. Maintenant, tu te fais la malle. Tu es un sale type superficiel et égoïste. Je ne sais pas ce que j'avais vu en toi au départ." Elle prit son sac, essuya les larmes sur ses joues et marcha vers la porte, ses hanches joliment rondes dansaient, le tentant de revenir en arrière.

"Je suis désolé, Cheryl. Je n'ai jamais voulu te blesser. Si j'avais vu que tu t'impliquais de plus en plus..."

"Que croyais-tu? Que je couchais avec toi et que cela ne signifiait rien?"

"Nous ne nous sommes pas vus souvent. Je n'en avais aucune idée."

"Alors, tu es aussi bête que tu es méchant. Va te faire foutre, Griffin Montgomery. Et pourris en enfer." Elle claqua la porte en sortant.

Griff vérifia son visage dans le miroir. Il avait une tache rouge, mais elle s'effacerait. Une lourdeur frappa son cœur. Elle l'avait traité comme un voyou et peut-être qu'il l'était. *Fais-je une erreur? Est-ce que j'étais un pauvre type?*

Son estomac gronda. Griff décrocha le téléphone et demanda à ce qu'on lui monte le repas élaboré par Coach. Buddy arriva avec la nourriture de Griff. Il fainéanta sur une chaise tapissée tandis que Griff était assis à la petite table et mangeait.

"C'était rapide. Un petit coup rapide," dit Buddy.

"Une déception facile qui n'était pas si facile." Griff coupa un morceau de steak.

"Vous vous êtes vraiment séparés?"

Griff inclina la tête tandis qu'il mâchait sa viande.

"Tu es sûr?" questionna Buddy.

"Non, mais c'est fait."

Son ami secoua la tête. "Je ne sais pas si tu es un homme de grande volonté, ou un idiot."

"Moi non plus," répondit le "quarterback."

Griff n'était pas prêt à reconnaître qu'il renonçait à l'invariable mais plaisant sexe en voyage pour une femme qui ne voulait pas se marier.

"Comment ça a été?"

"Pas bien," répondit Griff.

"Tu as survécu."

"À peine. La bonne chose, c'est qu'elle n'était pas armée." Griff se pencha en arrière et plongea sa fourchette dans sa purée.

"Tu peux me donner son numéro?"

Griff jeta directement sa cuillère à son ami. "Retourne dans ta propre chambre, connard."

"Hé, ça ne coûte rien de demander."

"Oh si, ça coûte."

Buddy se traîna jusqu'à la porte. "Bonne nuit, Casanova," dit-il, avant de se défiler.

* * * *

La bière à la main, Griff poussa de côté le rideau de salle de séjour et regarda par la fenêtre. Lauren ouvrit un paquet de petites boîtes et les renversa dans un grand bol. Il lança un œil désapprobateur vers elle, le visage orageux.

"Raisins secs?"

"C'est très sain."

"Les enfants ne veulent pas de choses saines pour Halloween. Du sucre. Beaucoup de sucre." Il jeta un coup d'œil autour de la pièce tandis qu'elle ajoutait un autre sac. Ses sourcils s'agitèrent quand son regard se posa sur le potiron. "Tu appelles ça un potiron?"

"Comment tu appelles ça, toi?"

"J'appelle ça un déshonneur. Tu devrais en avoir au moins deux de plus. Un avec un visage vraiment effrayant. Peut-être deux comme ça. Celui-ci est si heureux, il est ridicule. Débile. Avec un air idiot."

Sa poitrine se serra et ses yeux piquèrent à sa critique franche. Après une respiration profonde, elle le regarda fixement. "Qu'est-ce qui te dérange?"

"Ton potiron. Et le fait qu'il n'y ait aucune décoration. Tu ne sais pas acheter de la confiserie, non plus. Aucun enfant ne veut une boîte de raisins secs. Tu ne connais rien aux enfants, n'est-ce pas?"

Elle reprit de l'air. "Comment le pourrais-je? Je n'en ai aucun." Sa lèvre inférieure trembla.

"Je suis désolé, Lauren, je voulais pas dire ..." Il étendit sa main jusqu'à elle, mais elle se retira brusquement, renversant le bol et les petites boîtes se dispersant partout sur le plancher.

Elle se déroba à sa prise et se précipita hors de son chemin et jusqu'à sa chambre, faisant claquer la porte. Elle se jeta sur le lit, elle laissa couler deux ou trois larmes puis s'arrêta. *Il n'avait pas l'intention de te blesser.* Elle donna un petit coup pour ôter ses mules et s'assit, en tailleur.

Il y eut quelques coups doux sur la porte. "Puis-je entrer?"

"Je suppose," râla-t-elle, essuyant rapidement l'humidité sur ses joues.

Il entra lentement, presque comme s'il s'attendait à ce qu'elle lui jette quelque chose. "Je ne voulais pas dire-"

"Je sais, je sais. Je suis désolée. J'ai réagi de manière excessive."

"Je suis grincheux aujourd'hui. Je crois que je regrette les enfants."

"Tu étais avec eux pour Halloween?"

"La plupart des temps. S'il n'y avait pas de jeu. Parfois, nous étions sur la route. Je détestais ça. Halloween est le meilleur jour de congé pour les enfants. Kathy s'occupait des costumes et je faisais tout le reste."

"Comme quoi? Que faisais-tu?" Elle s'allongea.

Il la rejoignit. "Tailler les potirons. Les enfants faisaient des dessins. Alors, nous votions sur nos deux favoris."

"Cela ne causait pas de friction?"

Il rit. "Si. Ils pouvaient être très compétitifs. Missy était une meilleure artiste que Joey. Uh, Joe. Ainsi, nous avions la règle que nous ne pouvions pas voter pour deux dessins de la même personne."

"Quoi d'autre?"

"J'achetais la confiserie. Les enfants m'aidaient, aussi."

"Et?"

"Je décorais la maison. Nous avions un petit Jack O'Lantern en céramique, des vampires et des sorcières." Ses yeux partirent dans le vague. "Des fausses toiles d'araignée. Parfois même, je me déguisais. Je cherchais le masque le plus effrayant que je pourrais trouver. Si vous dites ça à quelqu'un, je le nierai."

"Je parie que tu faisais une peur bleue aux enfants."

"Kathy m'a fait s'arrêter après deux ans. Certains d'entre eux avaient pleuré." Il rit. "C'était amusant."

"Tu t'es déguisé en autre chose après ça?"

"L'année suivante, je me suis habillé en clown, pensant que ça ferait rire les enfants. Mais ils en ont eu plus peur que de mon masque de monstre!" Il pouffa. "Après cela, je me suis contenté d'un pirate. J'avais déjà la barbe de trois jours."

"Je parie que tu es un pirate sexy."

"Mmm." Il souleva un sourcil, pensif. "Je n'avais jamais pensé à ça. Nous devons l'essayer dans la chambre à coucher."

"Avec un pantalon court, une épée et un perroquet?" dit-elle en souriant.

"Que dirais-tu de ne pas mettre de pantalon et j'apporte ma propre épée? Oubliez le perroquet."

"Polly veut un biscuit?" dit-elle avec une voix de perroquet.

"Peut-être Polly veut quelque chose d'autre." Il s'allongea sur elle et captura sa bouche avec la sienne.

Sa langue glissa sur la sienne, son bras fort passa autour d'elle. Lauren ferma les yeux et aspira son parfum de savon au citron vert frais mélangé avec son odeur d'homme. Il l'attira plus près et ses paumes appuyées contre son torse, sentirent la dureté de ses pectoraux. Ses mamelons picotèrent quand ses doigts saisirent sa cage thoracique. Elle désirait qu'il la touche.

Comme s'il pouvait lire dans ses pensées, sa main glissa vers ses seins, en pinçant le sommet doucement entre ses doigts. La sensation fulgurante vola vers son cœur. Elle se cambra, éprouvant une envie irrésistible de l'avoir à l'intérieur d'elle.

Alors qu'elle commençait à déboutonner sa chemise, la sonnette retentit. Elle soupira. "Halloween, mince," murmura-t-elle, en se penchant en arrière.

Il gloussa. "Retiens cette pensée. Je reviens tout de suite." Il embrassa sa joue avant de se mettre debout. Elle le suivit en bas et dans la cuisine, où il retira un sac du placard.

"Où as-tu eu ça?" demanda-t-elle, jetant un coup d'œil à l'intérieur et découvrant le sac débordant de barres chocolatées.

"J'avais le sentiment que tu ne saurais pas quoi acheter," dit-il, transportant son butin vers la porte d'entrée.

"Donc, j'ai acheté ça, il y a deux ou trois jours." La sonnette retentit de nouveau.

Lauren rit et secoua la tête. La sonnette résonna une troisième fois. À ce moment là, Spike devint dingue, aboyant jusqu'à ce que sa voix devienne rauque.

Ce fut le dernier moment de paix pour des heures, parce que les enfants de Monroe avaient localisé Griff Montgomery, leur héros, dans sa nouvelle maison. Elle était assise sur le sofa et le regardait distribuer presque autant d'autographes que de barres Hershey. Il parlait avec eux, faisant des remarques sur leurs costumes et répondant à leurs questions sur le football. Elle s'émerveilla de sa patience.

Il apparaissait détendu et heureux. *Il ferait un bon père.* Un poids remplit sa poitrine à la pensée de ce que serait de porter son enfant et de le perdre ensuite. Elle soupira. *Il serait aussi anéanti que moi. Comment pourrais-je lui faire ça? Il mérite d'avoir des enfants.*

À dix heures, la sonnette tintait toujours. Lauren bâilla et se dirigea vers la chambre à coucher de Griff. Elle se lava, se déshabilla et se glissa nue entre les draps. Même quand ils n'avaient pas fait l'amour, ce qui n'était pas souvent, elle aimait dormir nue, particulièrement avec lui à côté d'elle.

Le bruit de la porte qui s'ouvrait la réveilla. Le lit grinça et baissa sous le poids du "quarterback". La pièce resta sombre.

"Argh," grogna Griff dans son oreille.

Lauren sursauta et rit sottement en même temps. Elle se retourna.

"J'ai laissé mi cache-œil dans mes aut' culottes court' et mi perroquet à bord d'mon navire. Imaginez-vous, belle dame une lutte avec le vieux pirate?"

Lauren ne pouvait pas arrêter de rire. Il mit sa main sur sa taille et l'attira contre son corps nu. Lauren ferma ses doigts autour de ses épaules, l'inclinant pour diriger son baiser. Il glissa sa paume sur son corps dans un mouvement de haut en bas, créant la chaleur.

"Où est votre jambe de bois?"

"Juste là, chérie," dit-il, plaçant sa main sur son sexe en érection.

Lauren éclata de rire, saisissant son épaule et y enterrant son visage. "Sacrebleu, vous êtes excité."

"C'est vous qui me faites cet effet-là."

Lauren ceintura sa taille avec une de ses jambes et il l'aguicha, d'abord de ses doigts puis avec sa langue.

"Laissez c' vieux loup de mer galeux goûter une petite lampée d'vous, gamine." Il sépara ses jambes et descendit glissant sur son corps.

"Oh mon Dieu." Lauren serra le draps dans ses poings.

Ils naviguèrent loin ensemble sur un bateau nommé "plaisir".

* * * *

Le lendemain d'Halloween, Griff se mit en route. Lauren travailla pour la mission de décoration d'Annette, cuisina des lasagnes et un chili et les mit ensuite à congeler. *Il est temps de commencer à planifier Thanksgiving.* Elle vérifia le calendrier de Griff sur le réfrigérateur. Son équipe jouait le jour de Thanksgiving. Le match de quatre heures.

"Situation déprimante." Elle soupira, et fit la moue. *Son premier Thanksgiving sans sa famille. Merde. Pas de dinde pour Griff.* Son portable bipa. C'était un message de Don.

Tu viens le jour de la dinde?

Elle se versa une autre tasse de café et vérifia sa montre. *J'ai une heure avant ma réunion.* Elle saisit une feuille de brouillon d'un tiroir et commença à prendre des notes. Quand elle eut fini, elle envoya un texte à Don, mit Spike dans son sac et se dirigea vers son bureau.

Après le dîner ce soir-là, elle reçut un appel de Griff. "Nous sommes à Cincinnati. Rien à faire ici. Je pensais que ce serait bien de savoir ce qui se passe à la maison."

"Pas grand-chose. Je regarde un film avec Spike."

"Buddy et moi avons joué aux cartes. Mais le strip-poker sans toi, ce n'est pas drôle."

Elle pouffa. "C'est des conneries. Tu regardes probablement un quelconque film d'épouvante ou un porno."

"Comment tu as deviné? Je crois que c'est "Cindy Does Cincinnati"."

Elle rit de nouveau. "Bonne chance pour demain."

"Merci. Je me sens bien. Mon bras est détendu."

Ils bavardèrent pendant un certain temps, jouèrent à qui dirait bonne nuit et finirent la conversation. Il l'appela chaque soir pendant son voyage, il disait toujours "la maison" en faisant référence à la maison victorienne de Lauren. Quand il parlait comme ça, cela lui donnait des frissons. Bien qu'elle savait que sa relation avec lui était sans lendemain, elle n'avait jamais été plus heureuse. Parfois ils se querellaient, mais la plupart du temps ils s'entendaient.

Et le sexe était fantastique. Elle avait dû simuler de temps en temps avec Bob. De plus en plus, quand leur relation s'était détériorée. Mais jamais avec Griff. Il s'assurait toujours que ses besoins soient satisfaits avant les siens.

Parfois, il l'allumait rien qu'en étant assis à la table du dîner, en l'observant manger, ou la frôlant en passant pour prendre quelque chose dans l'office étroit. N'importe quel contact de sa part l'enflammait instantanément.

Le jour où il devait rentrer, Lauren fit son ragoût d'agneau préféré. Alors qu'il mijotait sur le fourneau, elle passa quelques appels importants. Elle sursauta quand deux grandes mains encerclèrent sa taille et des lèvres chatouillèrent son cou. L'onéreux après-rasage de Griff, qui était son parfum préféré avec l'odeur de son corps, porta jusqu'à son nez, se mélangeant avec l'arôme de son appétissant civet.

Elle finit sa conversation brusquement et se retourna. Il l'embrassa avec force, pressant son torse contre elle.

"Y-a-t-il quelque chose sur le fourneau qui ne puisse pas attendre?" chuchota-t-il dans son oreille, en dénouant son tablier et déboutonnant son pantalon dans la foulée.

"Non." D'une main tendue, elle éteignit le brûleur.

Il recula, le désir rougeoyait dans ses yeux et lui prit la main. Elle le regarda tirer sa chemise de son pantalon et desserra sa cravate. Au moment où ils atteignaient la chambre à coucher, Griff était déjà sans chemise. Il déshabilla Lauren rapidement la souleva et la jeta sur le lit.

"Aucun pirate aujourd'hui. Homme des cavernes." Nu, il rampa jusqu'à elle.

"Cela fait seulement deux semaines," dit-elle.

"Cela ressemble à un éternité." Il pencha sa tête pour l'embrasser tandis qu'il caressait ses seins de sa main.

Lauren ne voulait pas qu'il sache que l'attente de son retour l'avait mise sur des charbons ardents. Un long bain plein de mousse parfumée tandis que le ragoût mijotait lui avait permis de patienter.

"Tu sens bon," dit-il, flairant son cou.

Il avança son genou pour séparer ses jambes puis le remonta pour presser son entre-cuisse. Elle déplaça ses lèvres vers son cou et l'embrassa en descendant. Quand elle arriva à sa poitrine, elle s'arrêta, dirigea un instant ses mains vers ses doux cheveux bruns puis continua. Elle ferma ses doigts autour de son érection et la prit dans sa bouche. Un fort gémissement de sa part la fit sourire. Il passa ses doigts dans ses cheveux pendant qu'elle le caressait de haut et en bas avec sa langue.

Soudainement, il saisit ses bras et la tira vers le haut, sa bouche sur la sienne, ses mains englobant ses fesses. Il inséra un, puis deux doigts à l'intérieur d'elle. Un gémissement s'échappa du tréfonds de sa gorge quand il pompa. Son pouce encerclait sa chair chaude.

Juste avant qu'elle ne jouisse, il la souleva et l'enfila sur son pénis dur.

"Oh, oui," murmura-t-elle, quand il entra dans elle.

"Lauren." Il ferma les yeux pendant une seconde, maintenant ses hanches pour qu'elle reste immobile.

Lauren mit son poids sur ses mains, se reposant sur les épaules de Griff. Il glissa une main en coupe jusqu'à un de ses seins, leva la tête pour en embrasser le sommet. Sa langue était sortie pour lui lécher le téton et Lauren pensait qu'elle perdait la tête.

"Allez. Allez," dit-elle, le chevauchant et le serrant un peu.

Il gloussa, ses yeux regardant fixement les siens dans l'obscurité. "Je ne suis pas un cheval."

"Oh, désolée." Elle sentit des picotements dans ses joues.

Il saisit ses hanches et la fit aller et venir de haut et en bas sur lui. Lauren se stabilisa sur ses mains, avant de s'abaisser pour poser sa bouche sur la sienne. Il augmenta l'allure et elle rejeta sa tête en arrière sentant le jaillissement du feu à l'intérieur d'elle, envoyant le plaisir à chaque nerf, faisant exploser chaque centimètre de son corps.

Il leva les deux mains vers sa poitrine et pinça les mamelons, mais pas trop durement. Une étincelle électrique lui remonta la colonne vertébrale alors que ses muscles continuaient à se contracter autour de lui.

"Oh, bébé." chuchota-t-il.

Lauren appuya sur son torse et donna à ses hanches un mouvement de haut en bas, augmentant l'allure jusqu'à ce qu'il commence à gémir. Elle observait la pression de ses paupières sur ses yeux fermés, ses lèvres s'entrouvrant, montrant l'éclat de ses dents blanches. Elle se déplaçait plus durement et plus rapidement maintenant puis d'un coup il lui saisit les hanches, afin de la maintenir contre lui et la tint là. Elle aima l'observer dans le plaisir sexuel, son visage et son cou avaient rougi, ses yeux restaient clos. Il expira un souffle d'aise et lui caressa les cheveux. Elle effleura sa joue rugueuse d'un doigt puis l'embrassa.

Il lui sourit. "Comme ça m'a manqué."

"La colocation avec Buddy ce n'est pas la même chose?"

"Purée, non. Il n'aurait jamais...enfin, en plus, nous ne partageons pas la même chambre."

Elle sourit, enchantée de le voir embarrassé. Il restèrent comme ça un bon moment avant qu'il ne soit mal à l'aise. "J'ai oublié," dit-elle, descendant de son corps.

"Viens ici," ordonna-t-il, la faisant glisser sur le draps jusqu'à ses bras.

"Je pensais que les hommes n'aimaient pas les câlins?"

"Qui t'a dit ça ?" Il l'entoura de ses bras.

"Un lieu commun."

"Mensonge. La chose la plus difficile est d'ôter mes mains de ton corps et pas de les poser sur toi."

Elle déposa sa tête sur son torse. C'était le premier homme aussi grand et musclé avec lequel elle était et elle aimait cela, la façon dont il la protégeait. Sa peau sur la sienne la réchauffait, quand l'air du soir fraîchissait. *Mon chauffage personnel.*

Il s'enroula autour d'elle, ses mains caressant au hasard là où elles atterrissaient. "Bonne nuit, mon cœur," murmura-t-il dans un chuchotement fatigué.

"Bonne nuit, beau prince." Mais il s'était déjà endormi.

Chapitre Douze

Le matin de Thanksgiving

Lauren quitta le lit sur la pointe des pieds, laissant Griff qui dormait profondément. Il ne devait pas être au stade avant midi. Tremblant, elle saisit sa robe de chambre en maille chenille et l'enveloppa autour de son corps mince. Elle vérifia le thermomètre à l'extérieur, et fronça les sourcils lorsqu'elle lut trois degrés.

Il va faire froid pour le match de Griff aujourd'hui. Elle se sentit soulagée de savoir qu'elle ne serait pas assise dans les gradins à observer le jeu, se gelant pendant des heures. Alors, la compassion pour lui entra dans son cœur. Le froid pouvait faire des ravages sur les muscles d'un "quarterback", diminuant parfois drastiquement sa capacité à lancer, aussi bien d'ailleurs que la capacité du receveur à attraper et à s'accrocher à la balle.

Elle prépara du café et s'assit à la fenêtre, observant les écureuils rassembler ce qu'ils trouvaient avant que les neiges de l'hiver leur rendent la tâche plus difficile. Il était huit heures et elle se sentait bien.

Le claquement de pieds nus sur le carrelage attira son attention. Griff entra, bâillant, grattant son torse et se passant les doigts dans ses cheveux indisciplinés. Il portait un boxer à carreau et enfilant un T-shirt alors qu'il s'approchait d'elle.

"Tu es debout tôt." Elle sortit une autre tasse.

"Toi aussi. Je dois absolument manger avant de partir."

"Pancakes?"

"Et saucisse, bacon, œufs. Tout cela."

Lauren posa son café et lui en versa avant de nouer son tablier autour de sa taille.

"À quelle heure au plus tard dois-tu être à la maison de ton frère?"

"Je ne sais pas. Pas trop tard. Nous commençons d'habitude Thanksgiving assez tôt."

Il grogna, fronça les sourcils et ses épaules s'effondrèrent un peu.

"Je suis désolée que tu doives manquer celui-là," dit-elle.

"Tu es désolée? Désolée n'est pas le bon mot pour cela." Il prit une petite gorgée et se pencha sur le plan de travail.

Elle mit sa main sur son bras. "Les enfants doivent te manquer."

"Tu peux le dire." Il baissa la tête, se concentrant sur son mug.

"Cela interfère-t-il avec ton jeu?" Il redressa la tête les sourcils furibonds.

"Rien n'interfère avec mon jeu. J'aime le football. Je serai dans la zone. Totalement concentré."

Elle expira un souffle. "Bon."

"C'est après le jeu que les choses ... euh, partent en vrille." Il tourna le regard vers la fenêtre et la fixa un moment, espionnant plusieurs oiseaux se rassasiant dans la mangeoire du jardin.

"Je parie que vous gagnerez." Elle préféra éviter son commentaire.

"Je n'en ai aucun doute. Tant que la ligne offensive fait son travail et que Buddy reste sur ses pieds, je suis bon."

Lauren mélangea la pâte à frire et sortit le bacon. Griff mit la table puis s'échappa sous la douche. Il se douchait toujours avant un match. Cela semblait stimuler sa confiance. Quand il eut fini, la table était prête.

Il sourit en s'asseyant sur une chaise. "Ça a l'air bon."

"Profite."

"Tu ne manges pas?"

Elle détourna le regard, embarrassée.

"Oh, ouais. J'ai oublié. Tu as un grand repas plus tard." Il baissa les yeux vers sa nourriture.

Lauren voulait toucher son épaule, le réconforter, mais elle s'en abstint. Au lieu de cela, elle se tint occupée avec le nettoyage.

Il leva les yeux. "Hé laisse, je le ferai."

"C'est le moins je puisse faire aujourd'hui."

Il soupira et se servit un autre morceau de bacon. "Merci. J'apprécie."

Elle lava les bols puis le rejoignit à table.

"Prends un pancake. Cette pile est trop grande, même pour moi."

Ils mangèrent en silence. Peu de temps après, il l'embrassait pour lui dire au revoir, caressait Spike et sortait.

De la fenêtre, elle le regarda partir. Son cœur était lourd, connaissant la tristesse qu'il ressentait lui aussi.

Elle soupira et se mit au travail. Elle sortit plusieurs jattes, elle rassembla la farine, le potiron en conserve, une poignée d'épices et deux moules à tarte. Elle s'assit et découpa du pain rassis, des champignons et des oignons. Elle les mit dans une casserole avec une tonne de beurre et mit le tout à mijoter à feu doux sur le fourneau tandis qu'elle préparait le fond pour la tarte et puis la garniture.

Avec une pression d'un doigt, elle lança une musique rock 'n' roll dans la pièce. Lauren chantait sur ses chansons préférées tandis qu'elle tourbillonnait autour de la cuisine comme une tornade. Elle agrémenta la farce, monta la tarte et mit des ignames dans le four.

Le bonheur pétillait dans sa poitrine quand elle préparait un de ses repas préférés. D'un petit coup, elle alluma la télévision et valsa entre la cuisine et la salle de séjour, pour pouvoir suivre le match de Griff pendant qu'elle cuisinait. La maison s'était réchauffée grâce au four et les délicieux arômes de cuisson des ignames et de la tarte à la citrouille se mélangeaient au parfum acidulé des oignons et à la riche odeur de champignons. Son estomac gronda en prévision de l'excellente nourriture à venir.

* * * *

L'après-midi de Thanksgiving

Griff endossa son uniforme. Un discours d'encouragement de dernière minute de Coach Bass l'aida à entrer dans la zone. Il concentra ses énergies sur la visualisation de passes complétées et sur les atterrissages. Buddy le rejoignit quand leur équipe entra sur le terrain. Comme le match avait lieu à Monroe, l'acclamation fut assourdissante. Les matchs à domicile soutenait l'état d'esprit de Griff. Il leva son casque, sourit aux fans, ce qui les fit se déchaîner.

Il mit sa main sur son cœur et chanta avec son équipe l'hymne national. Ses parents avaient été inflexibles pour qu'il chante aux matchs. Ils avaient dit que les gens comme lui devaient montrer du respect pour le jeu et leur pays. La chanson s'était enracinée dans son cerveau et était intimement liée au football. Cela le mettait dans l'humeur du match.

Quand l'hymne fut fini, une acclamation s'éleva dans la foule et il alla se placer pour le lancement. Le sol était doux et glissant de la pluie des trois jours précédent. Il détestait jouer dans des conditions boueuses, mais cela faisait partie du jeu. Il gagna au tirage au sort et choisit donner le coup d'envoi maintenant et de recevoir dans la deuxième moitié du match. Il arpenta et observa la zone autour du banc.

Ils jouaient contre les Delaware Demons et il voulait voir s'il pourrait apprendre quoi que ce soit sur leur "quarterback", Mark Davis. Davis était bon. Il avait gagné le Super Bowl dès sa première saison en ligue nationale.

La défense des Kings était en pleine forme et Griff était sur le terrain depuis peu. Il commença à opérer. Buddy était libre et Griff lança la balle droit sur son receveur préféré, qui l'attrapa et la garda pendant treize mètres et un premier arrêt.

Le jeu suivant, la ligne offensive des Kings mollit. Griff courut quelques mètres mais il dut glisser pour éviter un tacle Un mauvais contrôle de la balle récupéré par les Demons retourna la situation et les Kings perdirent la balle. Davis revint avec une longue passe qui leur permit de marquer des points.

Les Kings rebondirent avec un blocage impressionnant de la ligne offensive. Griff acheva une passe à Homer Calloway, qui la dirigea pour un "touch-down". Le score oscillait dans les deux sens. Les scores étaient à égalité mais alors les Demons avancèrent petit à petit avec un placement. Griff et les Kings remontèrent sur ce score avec un atterrissage.

C'était presque la mi-temps. Coach Bass essaya d'activer ses hommes dans le vestiaire, pendant que les Kings étaient derrière par trois. Quand ils revinrent sur le terrain, ils redoublèrent leurs efforts et repassèrent devant. La défense se battait pour retenir les Demons, mais ceux-ci gagnèrent de justesse un placement pour lier le sort du match.

Un tacle grossier envoya Homer aux douches. La pression était sur Griff. Encore un placement pour les Demons signifiait que seul un atterrissage pourrait leur faire gagner le match. Griff inclina la tête. C'était un signal qui indiquait que le "quarterback" était sur le point de feindre un lancer vers un autre receveur et de tirer la passe à Buddy.

Jenkins remonta la balle. Les défenseurs firent leur travail, tandis que Griff esquiva vers la droite. La défense changea, suivant le "quarterback" et enlevant la protection de Buddy. Il démolit la ligne. Griff recula et, tournant à la dernière minute, jeta la balle à Buddy, qui était ouvert à gauche. Celui-ci saisit la peau de porc en l'air et courut comme un dératé pour marquer des points.

La défense des Demons réussit à bloquer le point supplémentaire, mais leur équipe ne pouvait pas revenir, même avec un autre placement. Les Kings gagnèrent le match. Après avoir serré la main à l'équipe du Delaware, ils rentrèrent au vestiaire, radieux de leur victoire.

Un joueur mit ses genoux à terre et remercia Dieu. Les hommes, boueux de la tête aux pieds, arrachèrent leurs uniformes et se nettoyèrent à fond aussi vite qu'ils le pouvaient.

Homer Calloway, qui avait fait un changement lors d'un jeu, passa sa veste. "Rien que la dinde de ma femme ne puisse guérir," dit-il.

Trunk Mahoney se lécha les lèvres. "Antoinette fait une super tarte à la citrouille. On se voit plus tard."

Même Buddy devait aller quelque part. "Peut-être que la femme de mon cousin a une amie. Alors, ce sera un vrai Thanksgiving." Il pouffa de rire, en se dirigeant vers la porte.

Griff prit son temps, laissant ses coéquipiers se doucher d'abord. Ils avaient quelque part où aller et pas lui. Son cœur devint lourd. La tristesse s'imprégna dans ses os. Son esprit imagina la célébration sur la côte ouest dans la maison de Kathy. Il se demandait si les enfants avaient regardé son match. Probablement pas. Ils avaient leur propre vie maintenant et l'oncle Griff était à des millions de kilomètres de distance.

Le vestiaire se vida. Même Coach Bass partit avant Griff. *Aucune raison de se dépêcher.* Il marcha tranquillement jusqu'à sa voiture, remontant le col de sa veste contre le vent d'hiver. Il accéléra l'allure, pressé d'arriver à son véhicule et de mettre le chauffage à fond.

En quelques minutes, l'intérieur était chauffé et Griff dégelé. *Même Spike sera parti.* Quand il se rappela sa victoire, un petit sourire embellit ses lèvres. *Au moins, nous avons gagné.* Il tourna dans Eve Lane, où de nombreuses voitures étaient alignées.

Un coup d'œil aux maisons voisines montrait des lumières brillantes et les silhouettes de gens célébrant, mangeant, buvant en présence des personnes qu'ils aimaient. Il leva son regard vers la maison de Lauren, qui semblait sombre et vide. Il soupira profondément et frissonna.

Il se gara et entendit un aboiement de chien. *On dirait presque que ça ressemble à Spike.* Peut-être avait-elle eu pitié de lui et avait laissé le chien. Il s'était approvisionné en pop-corn et en bière et avait planifié de regarder des films classés X jusqu'au retour de Lauren. Ses épaules s'affaissèrent alors qu'il se dirigeait vers la porte.

Quand il ouvrit, il fit presque une crise cardiaque en entendant un groupe de personnes crier, "Surprise!"

Les lumières s'allumèrent d'un coup. Une odeur merveilleuse flottait dans l'air. Il regarda autour de lui mais il ne reconnut que Lauren et son frère, Don.

"Qu'est-ce qu'il se passe?" demanda Griff en reculant.

Lauren s'avança vers lui et lui prit le bras. "Nous voulions que tu aies un Thanksgiving. Donc, nous avons fait un dîner surprise ici pour toi. Tu te souviens de Don? Voici sa femme, Connie et leurs enfants, Vinnie, Carl, Marissa et Teeny."

Griff leva sa main en guise de salutation. "Vous m'avez attendu?"

"Bien sûr," dit Lauren. "C'est vrai que tu as pris assez longtemps."

Les larmes lui piquèrent l'arrière des yeux. *Les "quarterback" ne pleurent pas à moins qu'ils ne se fassent des fractures.* "Je reviens tout de suite," dit-il. Comme il perdait le contrôle, il s'échappa dans la cuisine, s'appuya contre le plan de travail et respira profondément.

Lauren le suivit. "Il y a quelque chose qui ne va pas? Tu vas bien? Tu es fâché? Nous avons regardé le match et tu semblais être bien, mais cela t'a pris longtemps pour rentrer à la maison. Est-ce que j'ai mal fait la chose?"

"Bien. je vais bien." Il haletait, respirant à fond, il cligna rapidement des yeux. Alors, il se tourna vers elle et sourit.

"Tu l'avais planifié?"

"Je plaide coupable."

"Et tu l'avais gardé pour toi?" Il se rapprocha.

"Ça n'aurait pas été une surprise si je te l'avais dit." Elle essayait de reculer, mais elle était bloquée par un mur.

Il s'avança plus près. "Tu m'as laissé penser que j'allais être seul?"

"Comme j'ai dit c'était la surprise de ...?" Elle haussa les épaules.

Il était quasiment contre elle, glissa ses mains autour de sa taille, la tirant contre lui. "Je peux t'embrasser." Et il le fit sans attendre de réponse. "Merci, Lauren. Merci vraiment. Comment le savais-tu?"

"La tête que tu as fait toute la semaine était un indice révélateur." Elle gloussa en attachant ses bras autour de son cou.

"Hé! Pas de démonstration publique. Il y a des mineurs ici. En plus, je crève de faim et la dinde va être trop cuite," dit Don, envahissant la cuisine et rompant leur petite session de baisers.

"Elle doit reposer quelques minutes de plus. Mais nous pouvons sortir les autres trucs sur la table." Lauren se sépara de Griff.

"Qu'est-ce que je peux faire?"

"Parlez aux enfants du match. Ils ont quelques questions. Lauren et moi avons les choses ici sous contrôle. Filez maintenant." Don poussa gentiment le "quarterback" hors de la pièce.

* * * *

Lauren soupira dès que Griff eut quitté la cuisine. Don éteignit le feu sous les pommes de terre bouillantes. "Elles sont cuites."

"Je ne peux pas croire que nous ayons réussi."

"Bonne planification, ma sœur." Il vida l'eau chaude dans le lavabo.

"Il a aimé, n'est-ce pas?" Elle sortit une salade du réfrigérateur.

"Carrément, ouais. Il n'est pas bête."

"Merci, Don. Je n'aurais pas pu le faire sans toi."

Son frère prit l'écrase pommes de terre et commença son travail sur les patates cuites. "Lait. Beurre. Allons ici."

Lauren s'activa autour de la cuisine, donnant à Don ce dont il avait besoin, tirant le plat de patates douces du four et finissant la cocotte de haricots verts. Elle emmena les plats sur la table. Les voix d'enfants, mélangés avec le ton profond de Griff, se faisaient entendre de la salle à manger. Elle sourit parce que le bonheur la remplissait toute entière.

Entendre le bavardage de la salle de séjour, accompagnée de rires, lui rappelait son enfance. À l'époque, avant que son père ne tombe malade et quand ses parents s'aimaient toujours, les fêtes étaient des moments de bonheur. Avec quatre frères et sœurs, la famille avait créé une chaude atmosphère d'amour et de soutient. Maintenant que son papa était malade, sa mère avait continué sa vie et deux de ses frères et sœurs vivaient de l'autre côté du continent, les jours fériés étaient alors devenus des moments trop calmes remplis de souvenirs mélancoliques.

Don avait incorporé Lauren à sa famille, avec l'accord de sa femme. Bien qu'elle était toujours bien accueillie dans leur maison, elle se languissait d'avoir sa propre famille, ses propres enfants, ses propres traditions. Il lui semblait que cette année elle arrivait au plus près de ce qu'elle avait toujours voulu en les ayant tous. Rendre Griff heureux la rendait heureuse. Elle repoussa de son esprit les questions pour savoir combien de temps cela durerait. *Je vais profiter de ce jour férié. Et remercier pour tout ce que j'ai.*

Quand elle retourna à la cuisine, Don taillait la dinde. Le visage de Griff s'éclaira quand il vit l'oiseau et ses accompagnements. Après assaisonnement, la purée de pommes de terre était prête. Elle l'apporta dans la salle à manger et appela la famille à la table. Les enfants arrivèrent en courant. Après tout, il était huit heures trente et tout le monde étaient affamés.

Don plaça la farce avec les autres plats et s'assit en bout de table pour présider le repas. Griff s'effaça gracieusement et s'assit à côté de Lauren. Tout le monde se donna la main et Don récita une bénédiction. Griff pressa la main de Lauren. Quand elle se tourna vers lui, il la regardait fixement, il lui sourit et articulé silencieusement le mot "merci."

Aussitôt la prière finie, ils firent circuler la nourriture.

"Combien mangez-vous après un match?" demanda Carl, en faisant tomber lourdement une grande cuillerée de purée de pommes de terre sur son assiette.

"Beaucoup."

"Comme cinq steaks ou quelque chose comme ça?" demanda l'adolescent, le plus jeune.

Il rit. "Pas exactement. Peut-être un steak, ou quelques morceaux de dinde." Il lécha ses lèvres.

"Ma sœur en a fait une bonne ici," dit Don, enfournant une fourchetée de farce dans sa bouche.

Griff prit une bouchée et regarda tout autour de la pièce. "Je suis d'accord."

"Étiez-vous inquiet quand votre receveur s'est fait mal?" demanda Vinnie.

"Un peu, ouais. Vous ne voulez jamais que quelqu'un se fasse mal."

"Je veux dire, par rapport au match," continua Vinnie.

"Non, non. Nous l'avions sous contrôle," répondit Griff en se servant une belle portion de haricots verts.

"Vous avez emporté la victoire de justesse. Vous n'étiez pas inquiets?" siffla Lauren.

"Quand vous avez une équipe comme la mienne, vous savez qu'ils peuvent remporter de grands jeux et emporter la victoire avant la fin du match."

Lauren était assise tranquillement et mangeait, écoutant la conversation et acceptant les compliments sur la nourriture. Elle s'émerveilla de la quantité que Griff mangea. Il devait évidemment récupérer sa force. Entre deux bouchées, il posa des questions à chacun des enfants de Don sur leur école, quelles classes étaient leurs favorites et s'ils pratiquaient un sport. Il déplora le fait qu'il faisait trop sombre dehors pour jouer au football après le repas.

Connie avait préparé sa spécialité pour le dessert, le gâteau de couches au chocolat nappé de beurre de cacahuètes. Et il y avait les deux tartes à la citrouille que Lauren avait faites le matin. On demanda aux enfants de débarrasser la table. Lauren laissa Connie préparer le café et servir les desserts.

Griff se passa la main sur l'estomac. "Je ne sais pas s'il me reste une petite place pour le gâteau."

"Il le faut. Connie est une fantastique pâtissière."

Il tapota son ventre. "Eh bien, dans ce cas. Je ne veux faire de mal à personne." Griff lui caressa la joue et approcha son visage. "Tu es quelqu'un toi," chuchota-t-il.

"Uh, oh. Papa, le "quarterback" est sur le point de l'embrasser de nouveau," Marissa appelait son père à travers la table. "Vous vivez ensemble, tante Lauren?"

Griff rougit alors que Lauren repoussa sa main et rit. "Non. Nous sommes des colocataires."

"Des colocataires avec certains avantages," pouffa Vinnie, le plus vieux.

"Rien n'échappe à cette famille," dit-elle.

"Je vois." Une lueur qu'elle n'avait jamais vu auparavant brilla dans ses yeux.

Peut-être c'est plus que du désir pour moi?

Connie prit les commandes de dessert. Même après un si grand repas, tout le monde fit de la place pour une part de tarte ou un morceau de gâteau. Quand le café fut servi, les enfants se retirèrent dans le salon, chacun revendiquant le droit de décider que regarder sur l'énorme télévision à écran plat de Griff.

"Vous avez regardé "Miracle sur la 34ème rue" l'année dernière."

"Le spectacle de chien, il est enregistré."

Lauren faisait la sourde oreille aux voix des enfants et dégusta son café à petits gorgées.

"Connie, Lauren, vous pouvez être fière de ce repas. Il était fantastique. Merci mille fois."

"Je t'en prie, Griff. C'est un plaisir de finalement te rencontrer. J'ai entendu tellement parler de toi," dit Connie, fixant les yeux du "quarterback".

Le regard de Griff dériva sur Lauren.

"Je veux dire de la part de Don," ajouta Connie.

"Lauren est incroyable." Griff essuya ses lèvres avec une serviette. "J'ai de la chance qu'elle m'ait ouvert sa porte."

Lauren se leva et se dirigea vers la cuisine avant que l'interrogatoire ne commence. Griff la rejoignit pour le nettoyage. Ils restèrent comme cela, partageant la nourriture, en emballant pour Don et Connie et rangeant les délicieux plats qui restaient. Vers onze heures trente, les Farraday montaient dans leur voiture et rentraient vers Rhode Island. Griff posa sa main sur l'épaule de Lauren alors qu'ils faisaient tous les deux des signes d'adieu de la porte. Spike bâilla.

"Je vais l'emmener," dit l'athlète, attachant le harnais autour du carlin.

Lauren se déshabilla passant une confortable nuisette en chenille rose et s'installa devant le feu mourant. Griff revint avec une bouteille de bon cognac qu'il avait achetée. Il ôta deux petits verres d'un placard et la retrouva.

Juste au moment où il s'asseyait, son téléphone sonna. C'était Kathy. Il se leva et s'éloigna pour parler. Lauren observait son expression. Elle la vit changer et supposa qu'il parlait à sa nièce ou à son neveu parce que ses traits s'étaient adoucis et une apparence de joie s'était installée dans son sourire.

Cela rend son jour parfait. Elle fit glisser le liquide lisse et brun clair sur sa langue et se détendit contre le sofa.

Un soupir doux et son sourire somnolent retinrent l'attention de Griff quand il raccrocha. "Tu sombres déjà?"

"J'ai eu une longue journée."

"Moi, aussi."

Il lui prit la main et la mena à la chambre à coucher. Elle se glissa entre les draps tandis qu'il se déshabillait. Après avoir éteint la lumière, il s'insinua dans le lit, glissant de son côté. Il l'entoura de ses bras puissants et enfonça son nez dans son cou.

"Merci pour ce jour merveilleux qui restera une de mes meilleurs moments."

"Je pense que c'est ta victoire qui te rend heureux."

"Oui mais cette surprise de Thanksgiving...wow. Tu n'as pas idée."

"Peut-être que si."

"Je suis trop fatigué pour te faire l'amour, j'espère que tu ne m'en veux pas."

Elle rit. "Moi aussi. Rester dans les bras l'un de l'autre c'est ce qu'il y a de mieux."

Elle blottit son dos contre sa poitrine, sentant le léger chatouillement de ses poils contre sa peau. Son bras entourait sa fine taille. Il enroula ses doigts autour de son sein et soupira. Un baiser sur le lobe de son oreille la fit réagir.

"Tu es fantastique," chuchota-t-il, avant que sa respiration ne devienne régulière et qu'un léger ronflement s'accorde avec celui de Spike plus fort qui dormait en bas du lit.

Confort et protection l'englobaient alors qu'elle s'endormait dans les bras de son amant.

Chapitre Treize

Lauren enroula une écharpe de laine autour de son cou. Emmitouflée dans une doudoune, ses nouveaux pantalons en velours côtelé, une écharpe et un chapeau, elle se préparait à assister au match de Griff. Don et Vinnie la retrouveraient au stade. Chantant avec la radio, elle conduisait par les routes annexes où les arbres étaient nus et l'air glacé. Confortablement installée dans sa petite voiture avec le chauffage, elle se sentait heureuse et en paix.

Sa vie avait été particulièrement agréable ces derniers temps. Son nouveau travail apportait de l'argent qu'elle économisait en prévision du départ de Griff vers sa maison rénovée. Le loyer de ce dernier payait les factures, et il en restait même un peu après ça. Elle avait Spike pour se pelotonner contre elle quand elle lisait. Et enfin, il y avait Griff.

Était-elle amoureuse? Lauren avait contourné la question pendant des mois. Trouver un homme était une idée qu'elle avait mise si bas sur sa liste qu'elle l'avait oubliée. Mais la vie avec Griff était géniale. Aucun embêtement, aucun engagement, aucun souci – amusement aujourd'hui et pas d'attente pour demain. *C'est ce que je voulais, n'est-ce pas?*

Don étala une couverture à l'effigie des Kings qu'il avait achetée et ils s'assirent. Lauren garda les yeux concentrés sur Griff quand son équipe avait la balle. Elle remarqua sa confiance, sa grâce et ses passes parfaitement ciblées.

"Son rapport de passes complétées est étonnant," dit Don.

"Je ne le savais pas. Mais il semble lancer la balle à un type qui peut l'attraper souvent."

"C'est ça le rapport de passes complétées." Don haussa les sourcils.

"Qui le savait?" Elle haussa les épaules.

"Il est le leader dans la division. Probablement de toute la NFL."

Lauren observa Buddy d'abord, puis Homer Calloway fut le suivant, il cueillit la balle qui filait en l'air et courut sur le terrain. Les Kings jouaient contre les Coyotes du Nebraska et gagnèrent facilement. Elle bondit quand le coup de sifflet final retentit et acclama l'équipe avec Don.

La vie était meilleure quand Griff gagnait. Ils célébraient chaque victoire. Il apparaissait détendu et heureux, c'était le contraire quand l'équipe perdait. Alors, il ruminait et passait des heures devant son grand écran, observant le jeu à maintes reprises pour comprendre ce qui s'était mal passé. Il était coléreux, orageux et partait tout seul. Elle détestait quand les Kings perdaient.

Don et Lauren traînèrent un peu après le match pour féliciter le stratège. Ils attendirent à la porte par laquelle sortait l'équipe. Lauren frotta ses mains gantées ensemble pour les empêcher de s'engourdir. C'était le dernier jour de novembre et le froid avait pénétré ses vêtements.

Avec un frisson, elle se tourna vers Don. "J'espère que Griff va se dépêcher."

"Moi aussi." Au bruit de pas derrière elle, Lauren se détourna. "Vous attendez Griff Montgomery?"

"Ouaip. Vous êtes une fan?" demanda l'étrangère.

"Vous pourriez dire cela. Et vous êtes?"

"Cheryl Charles. La fiancée de Griff."

Lauren s'étrangla sur sa salive. "Quoi?"

"Ouais. Ça n'a aucun sens d'attendre dans le froid pour un autographe ou lui demander un rendez-vous galant."

"Je vis avec lui," se défendit Lauren, relevant un peu son menton.

"Oh?" Les sourcils de la rousse se soulevèrent. "Peut-être feriez-vous mieux de faire d'autres plans. Je vais emménager avec lui. Nous sommes ensemble depuis deux ou trois ans."

Lauren mit ses poings sur ses hanches. "Vous n'emménagerez pas dans ma maison en tout cas."

"Bien sûr que non. Dans *sa* maison." Cheryl raide, regardait Lauren droit dans les yeux.

"Ceci est une nouvelle pour moi. Quand avez-vous fait ces plans?"

"Quand il était à L.A. J'ai pris l'avion pour être avec lui."

"Il ne me l'a jamais mentionné."

"Pourquoi l'aurait-il fait? Si vous aviez quelqu'un sur le côté, le lui diriez-vous? Je ne le pense pas."

"Si j'étais engagée dans une relation, je n'aurais personne sur le côté."

"Ni Griff non plus. Ainsi, je suppose que cela veut dire qu'il n'est pas engagé avec vous." Un sourire cruel ourla les lèvres de Cheryl.

Aucun engagement. Tu te souviens. Ne lui as-tu pas dit ça? Ainsi qu'à toi-même?

Lauren était silencieuse. Avant qu'elle ne puisse répondre, Don tira sur sa veste et fit un signe de tête. Lauren leva son regard et vit Griff marcher à grands pas vers eux.

Il s'arrêta interloqué. Son regard sauta de Lauren à Cheryl et puis revint sur Lauren.

Cheryl fut la première à parler. "Griff!" Elle se mit à courir, jetant ses bras autour de lui.

La fréquence cardiaque de Lauren doubla et sa bouche s'assécha d'un coup. Son pouls tambourinait dans son oreille.

Il mit ses mains sur les bras de Cheryl et la repoussa. Il lui dit quelque chose, mais Lauren ne pouvait pas entendre. Directement après la conversation, il la fixa, les sourcils furibonds, sa bouche fermée en une ligne droite.

"Merde. Je reste en dehors de ça moi." Don se tourna pour partir.

Lauren lui empoigna l'avant-bras et serra comme un étau. "Toi, tu ne vas nulle part."

* * * *

"Mais qu'est-ce-que tu fous là?" Griff gardait sa voix basse, mais sa prise sur les bras de Cheryl était serrée.

"Nous ne nous sommes pas séparés en bons termes. J'ai dit des choses... que je regrette."

Griff jeta un coup d'œil vers Lauren. Leurs regards étaient fermés. Sa lèvre inférieure tremblait. "Merde. Tu as tout fait foirer," dit-il à Cheryl, sans la regarder.

La main de Lauren couvrit sa bouche alors qu'elle reculait. Elle serrait la manche de Don de l'autre main et le tira avec elle.

"Attends, Lauren!" Griff appela, mais ses jambes étaient trop fatiguées pour courir.

C'était trop tard. Elle se tourna vers le parking et courut à sa voiture. Griff trouva la force de la suivre, mais avant qu'il ne puisse l'arrêter, elle était déjà à l'intérieur avec les portes fermées. Il martela sur la fenêtre. Son visage barbouillé de larmes était seulement à quelques centimètres du sien, pourtant elle tourna la clé et alluma le moteur.

"Je peux tout t'expliquer," pria-t-il, frappant de nouveau.

Elle détourna les yeux droits devant elle et lança le véhicule. Celui-ci rugit et était déjà loin avant qu'il ne puisse l'arrêter.

"Merde!" hurla-t-il au vent glacé.

Don qui le regardait, haussa les épaules.

"Ce n'est pas ce que tu penses, Don."

"Ça se présente mal, mec." Il leva ses épaules.

"Je sais. J'expliquerai tout à la maison."

Cheryl le rattrapa enfin. Elle sourit à Griff, posant sa main sur sa manche.

Il la repoussa. "Que lui as-tu dit?" Il bascula son poids sur l'autre pied.

"Rien...je ..."

"Vous avez dit que vous étiez sa fiancée," siffla Don.

Les sourcils de Griff montèrent en flèche. "Tu lui as menti?"

"Ce n'est pas vraiment un mensonge-"

"Si c'en est un. Nous ne sommes pas fiancés. Je ne te l'ai jamais proposé. Et même, je me suis séparé de toi quand j'étais à L.A."

"Nous n'avons pas eu beaucoup de temps ensemble. Je sais que si j'avais eu plus de temps seule avec toi, j'aurais pu te faire changer d'avis."

"Tu ne pourras pas, Cheryl. C'est fini entre nous. J'ai essayé de te le dire de la façon la plus agréable possible. Peut-être n'y suis-je pas arrivé. Et j'en suis désolé. Mais toi et moi, c'est de l'histoire ancienne et aucun temps seuls et aussi long soit-il ne pourra changer cela."

Ses yeux s'embrumèrent.

"Ne va pas par là. Tu as déjà essayé les larmes avec moi. Je suis désolé si cela fait mal. Mais si tu pensais que nous étions quoi que ce soit de plus qu'une relation occasionnelle, tu dois laisser tomber cette idée."

"Mais, Griff, je sais que je pourrais te rendre heureux."

"Je suis heureux. Et maintenant, tu as contrarié ce bonheur."

"Si tu me donnais trois mois-"

"Nous en avons déjà parlé. Toi et moi, nous ne sommes pas fait pour vivre ensemble. Accepte-le s'il te plaît. Passe à autre chose. Trouve un type sympa qui veut s'engager avec toi. Mais ce n'est pas moi." Il s'éloigna, avec Don traînant derrière.

"Tu t'attends à ce que je parle à ma sœur de cette petite scène?"

"Ce serait utile."

"Je crois que je n'arriverai qu'à embrouiller la chose. C'est entre vous deux. Je pensais que vous étiez seulement colocataires...avec le sexe en plus."

"Peut-être que nous avons commencé comme ça. Mais ça a changé."

"Merde. Bonne chance pour expliquer ça à Lauren. Merci pour les billets. Si vous voulez les récupérer, je comprends."

"Garde-les. Je dois rentrer à la maison." Griff leva sa main en signe d'au revoir pour Don et se dirigea vers sa voiture.

Il caressait son menton avec sa barbe de trois jours sur le trajet du retour à la maison. *Je lui dirai la vérité. Je ne suis pas coupable cette fois.* Quand il arriva, la maison était calme. La mijoteuse marchait et il entendait un aboiement lointain de Spike. *Elle est en haut.* Griff monta les marches lentement, son cœur martelait dans sa poitrine. Il frappa.

Pas de réponse.

"S'il te plaît, Lauren. Parle-moi."

Pas de réponse.

"Laisse-moi t'expliquer."

Pas de réponse.

Il soupira. "Elle mentait. Ce n'est pas ma fiancée. Oui, je suis sorti avec elle en Californie. Mais j'ai cassé avec elle lors de ma dernière visite."

Pas de réponse.

Il frappa de nouveau. *Les Kings du Connecticut ne renoncent jamais.* "Allons, bébé. Sors. Parle-moi. Frappe-moi. Mais fais quelque chose."

Pas de réponse.

Il passa ses doigts dans ses cheveux et arpenta le hall. "Je ne pars pas. Ouvre donc cette satanée porte!" Il martela durement cette fois.

Il perçu le froissement de la parure de lit à l'intérieur. Un glissement faible de pieds sur le plancher apporta un sourire à ses lèvres. Alors que la poignée de la porte commençait à tourner, il recula au cas où elle l'aurait pris au sérieux du coup. La porte s'ouvrit de quelques centimètres.

Les paupières de Lauren étaient gonflées et son nez était rouge. Elle tordait un mouchoir en papier dans sa main, elle s'appuya contre le montant de porte. "Qu'est-ce que tu veux?" Sa voix était graveleuse.

"Je veux te parler," dit-il, poussant la porte ouverte et saisissant son bras.

Elle le dévisagea d'un regard d'acier. "Et bien parle."

"En bas."

"Non. Ici." Elle s'assit, en tailleur, sur le plancher moquetté.

"Bien, bien." Il l'imita.

"Êtes-vous fiancés?" Elle lui lança un regard suspect.

"Non. Pas du tout. Pas fiancés. On n'a même jamais été stable avec Cheryl Charles."

"Alors, pourquoi l'a-t-elle dit? Sortais-tu avec elle?"

"Je ne sais pas pourquoi elle l'a dit. Non, nous ne sortions plus ensemble. J'ai cassé avec elle quand j'étais à L.A."

Lauren prit sa lèvre entre ses dents et jeta son regard par terre. "Que faisait-elle ici?"

"Elle a été assez vexée. Elle m'a dit des choses dures. Je suppose qu'elle a pensé qu'en venant ici, elle pourrait corriger le tir avec moi."

"Et tu as...elle...tu...peu importe?"

"Non. J'ai probablement été un con dans ma façon de la quitter."

"Probablement?"

"D'accord. Certainement. Je n'ai pas été sympa sur ce sujet."

"As-tu couché avec elle?"

"La dernière fois que j'étais à L.A.? Non."

"Et tu as été méchant?"

"J'aurais pu être un peu plus...sensible ou quelque chose comme ça."

"Et quand allais-tu me parler d'elle?" Lauren sourcilla.

"C'était fini. Il n'y avait rien à dire."

"Je constate là qu'il y avait quelque chose à dire, non?"

"Hé, regarde qui parle maintenant. Tu ne voulais pas d'engagement. Tu me l'as dit mille fois. Pourquoi devrais-je faire place nette – particulièrement sur la route - pour toi? Comment puis-je savoir avec qui tu dors quand je suis loin?"

À cela, elle éclata de rire. "Moi, coucher un peu partout? Quelle plaisanterie. C'est toi le gigolo dans la pièce."

"Agréable."

"Je ne suis pas celle qui est dans le livre des Records pour avoir la plus longue liste de partenaires sexuelles dans la plupart des villes. Je suis la femme d'un seul homme."

"Ah oui?"

"Oui. Et après toi, je pense devenir la femme sans homme." Elle se releva.

"Je n'ai pas couché avec tant de femmes que ça. Tout ça, c'est dans ta tête."

"Conneries."

"Juste parce que tu dis que tu n'es pas avec quelqu'un d'autre-" Son regard glacial gela les mots dans sa gorge.

"Avec Cheryl, c'est fini," parvint-il à articuler.

"Pourquoi, tout à coup, donnes-tu cette pouliche en pâture?"

"Parce que je n'ai pas besoin d'elle. Je t'ai toi."

La bouche de Lauren s'entrouvrit, mais rien n'en sortit. Elle pencha légèrement la tête. "Quoi?"

"Tu m'as entendu," dit-il, sur un ton plus doux.

"Que veux-tu dire, tu m'as moi?"

"Je veux dire que j'ai la panoplie complète avec toi. Alors, pourquoi aurais-je besoin de quelqu'un d'autre?"

"Parce que tu es seul sur la route?"

"Seul? Nan. J'ai Buddy pour parler. Je peux supporter une semaine ou deux sans sexe. Ça ne me tuera pas."

"Est-ce-que ça veut dire tu t'engages dans cette relation?"

Il prit son coude. "Hum, n'allons pas là jusque-là. Il y a quelque chose qui sent bon. Ne veux-tu pas vérifier le dîner?"

* * * *

Lauren ne savait pas que penser. *Était-ce un compliment ou une insulte?* Elle descendit l'escalier lentement. Quand elle arriva, il tenait le couvercle de la mijoteuse en main et était penché dessus, reniflant.

"Civet?"

"Le civet d'agneau," dit-elle, en lui prenant le couvercle des mains et prenant sa place.

Il saisit ses bras et l'embrassa. "J'aime ta cuisine." Il la libéra et marcha vers le placard. Alors qu'il sortait des assiettes, Lauren vola derrière lui, l'entoura de ses bras et ferma la porte. Il ne se détourna pas.

"Suis-je un remplacement?"

"Pas exactement." Il ne se tournait toujours pas.

"Que suis-je alors, exactement?"

"Tu es toi. Merveilleuse, intelligente, sexy et cordon bleu." Il posa ses mains sur les siennes qui reposaient sur son ventre.

"Et tu racontes des conneries."

Alors seulement, il se tourna, lui prit la taille et avança petit à petit plus près d'elle. "Nous avons quelque chose de beau, Lauren. Ne le détruisons pas."

"Le détruire?"

"Tu réfléchis trop. Ne pouvons-nous pas juste nous aimer ... comme nous le faisions jusqu'à présent?"

Son regard fixe fouillait son visage.

"J'aime vivre ici. C'est la meilleure chose que j'ai faite. Merci de m'avoir invité."

"Je te loue. Tu es un client payant."

"Peut-être. Et alors. Oublie-le. Nous sommes une équipe, une paire ..."

"Tu veux dire 'un couple'?"

"J'imagine. C'est si formel."

"Tu ne veux pas d'engagement et moi non plus."

"Et c'est pour ça que ça marche entre nous."

"Tu veux dire que si nous changions ça, tout tomberait en morceaux?"

"Je ne sais pas. Et je ne veux pas le savoir."

"D'une façon ou d'une autre, tu m'as insultée là quelque part."

"Ce n'est pas ce que je voulais. Je voulais dire que tu es parfaite. Pourquoi aurais-je besoin de quelqu'un d'autre?"

Le cœur sauta. *Parfaite? Moi? Un échec parfait peut-être.* Mais elle garda ses pensées pour elle. "Illusionne-toi avec tout ce que tu veux. Je ne te donne pas ma part de ragoût ... ni du crumble aux pommes que j'ai fait pour aller avec ça."

"Crumble aux pommes?" Elle pouvait presque le voir saliver.

"Ouais." Elle l'enleva du réfrigérateur et le glissa dans le four.

"Je ne sais pas ce qui est le meilleur – le sexe ou ta cuisine."

Elle haussa les sourcils à son encontre. "D'accord, d'accord, mais ta cuisine est deuxième presque ex-æquo."

Le dîner commença tranquillement. Griff apparaissait satisfait de manger tandis que Lauren expliquait comment elle décorait la nouvelle maison qu'elle avait en charge.

"Annette m'a dit que le type est à Londres et ne sera pas de retour avant un mois ou plus."

"Ah ouais?"

"Ouais. Mais elle m'a dit ce qu'il aime bien. Le bois de Lotta. Brun. Les tons chauds. Il aime l'automne, m'a-t-elle dit. Donc, je fais sa maison avec pas mal de bois et je vais faire une vraie maison de mec."

"Comme une caverne?"

"Nan. Plus chic."

"Comment?"

Lauren récupéra sa mallette de travail sur la table du hall d'entrée. Elle en sortit des échantillons de peinture et de papier peint. Elle avait aussi quelques échantillons de tissu. Griff posa des questions et elle était heureuse de répondre.

"J'aime le vert pour les murs du bureau."

"Tu es si intéressé. On dirait que c'est pour ta maison."

Griff toussa. "C'est que je m'intéresse à ce que tu fais. À propos, aucun type n'aime le jaune." Il fronça les yeux, étira la bouche en signe de dégoût et secoua la tête.

"Dis, quand ta maison sera-t-elle être prête?" Elle mit un morceau d'agneau dans sa bouche.

"Hâte de te débarrasser de moi?"

"Je pensais juste que peut-être je pourrais décorer aussi ta maison."

"Ça me semble une bonne idée." Il lui envoya une œillade sexy à sa façon en repoussant son assiette vide.

"Tu aimes bien ici?" Elle se leva.

Il se glissa vers elle et la prit sa taille. "Tu veux rire? Avec toi dans mon lit et moi dans ta cuisine…c'est le paradis." Il se pencha pour poser ses lèvres en haut son cou.

Lauren trembla. "Bien, M. Sexy. Il est temps de faire la vaisselle." Elle tendit son bras, attrapa l'éponge et la déposa dans sa paume.

Griff rit. "C'est le moins que je puisse faire après ce fantastique repas."

Lauren monta dans sa chambre et se changea pour mettre une robe d'intérieur décontractée en velours de couleur rose. Elle se pelotonna sur le canapé, étendit une petite couverture sur ses genoux et alluma sa liseuse. *Si je lis, je ne pense pas. Je ne veux pas penser. Laisse-le tranquille. Profites-en tant que cela dure.*

Vingt minutes plus tard, Griff entrait nonchalamment dans le salon, déroulant ses manches.

"C'est fait?"

"Ouaip. Tu lis?"

"Ouaip." Lauren laissa tomber son regard sur son livre.

"Moi, aussi." Griff arracha un roman sur la pile qui se tenaient sur le manteau de la cheminée.

"Toi?"

"Tu penses que je suis illettré ou quoi? Je lis."

"Tu aurais pu me faire marcher," marmonna-t-elle. "Qu'est-ce-que tu lis?"

Il prit le livre, inspecta la tranche puis se tourna vers elle. "Football de Vince Lombardi."

Elle inclina la tête, réprimant un sourire. "Football. Comme c'est étrange."

Griff fronça les sourcils. "Tu as quelque chose contre les livres sur le football?"

"Je pensais juste que tu pourrais avoir des aspirations littéraires plus hautes."

"Oh, comme ton cercle de lecture, qui n'est pas un cercle de lecture? C'est un groupe d'entraide."

Lauren resta bouche bée.

"Ouais. Une des femmes me l'a dit. Donc, ne me prends pas de si haut." Il s'affala de l'autre côté du sofa.

"J'ai besoin de ce groupe."

"Jamais dit que tu n'en n'avais pas besoin," dit-il, se penchant pour prendre sa main. "Juste ne fais pas ta snob littéraire ou je ne sais quoi. Lire c'est lire."

"Oui." Elle lui sourit.

Il ouvrit le livre et essaya de trouver une position confortable.

Elle lui jeta un coup d'œil au-dessus de sa liseuse. "Un problème?"

"Si tu te mettais plus bas," dit-il. "Et installe-toi directement dessous ici, je serais à l'aise."

Lauren se laissa glisser dans son étreinte. Elle reposa sa tête sur sa poitrine et leva un peu sa liseuse. Griff ferma son bras autour d'elle, changea sa position, soupira et sourit. Spike bondit et s'intercala entre eux deux. Il renifla, ferma les yeux avant qu'un ronflement calme ne lui échappe.

"C'est ainsi que j'aime lire."

"Tu marques un point."

Alors que ces deux-là tournaient leur attention sur leur livre, une atmosphère silencieuse et calme envahit la pièce.

Chapitre Quatorze

Lauren murmurait un chant de Noël dans sa voiture. Juste quelques semaines avant la célébration qui signifiait un grand repas avec Don et sa
famille. Elle avait invité le père de Griff à venir pendant le jour de noël
réservant une surprise à Griff. Un petit frisson parcouru son échine à la
pensée du bonheur de celui-ci de voir son papa.

Après un déjeuner rapide dans un café, Lauren rentrait à la maison.
Ses lasagnes étaient prêtes à être mise au four. Griff serait à la maison
après sa pratique dans une demi-heure, affamé comme un ogre pour
un dîner solide, avec elle pour dessert. Elle fit couler l'eau du bain qui
calmerait ses muscles endoloris.

En retournant à la cuisine, elle inséra les pâtes dans le four. Elle
effeuillait la laitue pour une salade, soudain elle tressauta quand deux
mains fortes la saisirent de derrière.

"Tu aimes?" Il flaira son cou.

"J'aime." Elle ferma ses yeux et laissa aller sa tête en arrière pour qu'il
puisse embrasser sa gorge.

Il s'éloigna d'elle pour mettre la table. "Je reprends la route."

"Quoi?" dit-elle d'un ton sec, les yeux écarquillés.

"Ouais. Voyage en voiture."

"Mais c'est Noël." Elle sortit des ustensiles pour deux d'un tiroir.

"Pas encore. En plus, nous jouons pendant le mois de décembre." Griff posa les plats.

"Vous n'avez pas de congés de Noël?"

"Le jour de Noël, si. Il y a des chances que je te manque."

Elle fit une grimace et prit un couteau pour couper les lasagnes.

"Qu'est-ce que c'est?" demanda-t-il, tournant une enveloppe dans sa main.

"J'en ai eu une, aussi. Ouvre la."

"Mince! Ça vient du juge."

"Tu dois comparaître et lui dire si je suis une bonne ou mauvaise mère pour Spike."

"Tu y vas?"

"Si je veux garder Spike, il le faut."

Griff avança la chaise pour Lauren puis s'assit lui-même. "Ce qu'il y a de bien c'est que c'est un mercredi. Je ne dois pas manquer un match."

"Peux-tu juste le faire? Manquer un match?"

"Non. Tu es condamné à une amende. Je ne veux pas que tu perdes Spike."

"C'est toi qui a causé ce malentendu stupide en premier lieu." Elle le regardait fixement.

"Moi? Je ne suis pas celui qui a laissé le chien dehors dans le froid." Il mangea une fourchettée de pâtes.

"Il ne faisait pas froid. Et je ne l'ai pas laissé n'importe où. Merde. Ne repartons pas de nouveau la dessus." Elle prit un peu de salade.

"Ton attitude ruine ces magnifiques lasagnes. Je jurerais que tu es italienne."

"Connie m'a donnée la recette. Elle est italienne."

"Ah! On ne peut pas me tromper. Je sais ce qui est authentique."

"Quelle attitude?"

"Oublie ça."

Ils finirent le repas, échangeant des petites choses sur leur journée.

"Lisons dans ma chambre ce soir."

Lauren arqua un sourcil.

"Comment ça?" Ses doigts jouaient avec les siens.

Elle inclina la tête, saisit sa liseuse sur le comptoir et mit sa main dans la sienne. Il la mena à la chambre à coucher.

"Qu'en est-il de ton livre?" demanda-t-elle.

"Je n'en ai pas besoin. Je lirai ton corps, au lieu de cela."

Lauren rit, arrêta de l'interroger et le suivit.

Le lendemain matin, elle se réveilla débordante de l'énergie et de l'esprit de Noël. En tant que fan des jours fériés, elle attendait avec impatience de décorer sa maison victorienne pour les fêtes. Elle pesait le pour et le contre entre les vraies guirlandes et les fausses et opta finalement pour les vraies parce qu'elle aimait leurs parfums. Une couronne fraîche pour la porte d'entrée et un sapin était dans sa liste. Debout dans les rayons saisonniers du "Beloved Knickknack" en ville, Lauren mâchait sa lèvre, essayant de décider s'il fallait mettre des bougies électriques dans chaque fenêtre ou juste dans celles de devant.

Griff voudra-t-il décorer avec moi? Célébrerons-nous la Noël ensemble? C'est un truc familial et nous sommes justes...je ne sais pas ce que nous sommes au juste. Repoussant les pensées négatives de sa tête, elle examinait un petit père Noël en céramique et le renne pour le manteau de la cheminée et le gui pour la porte d'entrée. *Du gui? Il n'a pas besoin d'aide.* Elle rit sous cape en désignant du doigt les feuilles vertes.

Une vendeuse passa par là. "M. Montgomery a-t-il besoin d'encouragement?"

Lauren se retourna fixant la dame de ses yeux élargis.

"Eh bien, vous êtes sa petite amie, n'est-ce pas?"

Lauren bafouilla.

La femme tapota son bras. "Ne vous inquiétez pas, ma belle. Votre secret est bien gardé avec moi." Elle continua son tour pour aider un autre client. *Personne ne peut garder un secret dans cette ville?*

Dix jours plus tard, à deux heures, la sonnerie du téléphone de Lauren brisa le silence de la nuit. Elle le saisit et glissa du lit.

Griff ouvrit un œil somnolent. "Hein? Qu'est-ce-qu'il se passe?"

"Désolée. Je le prends dans le hall."

"Qui est-ce?"

Elle posa sa main sur son épaule, embrassa sa joue et marcha rapidement hors de la pièce, fermant la porte derrière elle.

* * * *

À force de se retourner dans tous les sens pour trouver le lit vide Griff se réveilla tôt. Il allongea le bras, mais il n'entra en contact avec aucune chair chaude, douce et nue. Ouvrant un œil, il regarda le réveil. Il lut six heures trente. Pas de Lauren. Il sourit à la pensée qu'elle était dans la cuisine, préparant le café et peut-être en vitesse du bacon et des œufs. Il se couvrit le corps avec le couvre-lit et se rendormit.

Quand le réveil sonna, il s'extirpa pesamment du lit, saisit sa robe de chambre et se dirigea vers la cuisine. Le manque d'un bon arôme saisit son attention. *Pas de café. Pas de bacon.* Il fronça les sourcils, l'air fâché et grognon. *Où est cette femme?*

Bien qu'il ait examiné le reste du rez-de-chaussée, il ne la trouva pas. Spike le suivit en haut l'escalier. Après avoir vérifié toutes les pièces au premier étage, Griff ne pouvait toujours pas localiser sa petite amie. Il renonça finalement, haussa les épaules et retourna à la cuisine. Il mit le café à couler et, sans mettre de sous-vêtements, il passa un jogging et un sweat-shirt pour emmener Spike pour sa promenade du matin. Le carlin tourna autour par la porte d'entrée et gémit jusqu'à ce que Griff ait attaché le harnais sur lui. Tandis qu'il promenait le chien, un vague souvenir de quelque chose la nuit avant ressurgir dans son cerveau.

"C'est ça!" Il claqua ses doigts. "Son portable," dit-il pour Spike. Le carlin qui reniflait un arbre leva les yeux vers lui. Il se rappela que le téléphone avait sonné et qu'elle était sortie du lit, mais rien en plus. Il s'était rendormi et n'avait aucune idée de ce qui avait pu se produire. Il renonça, espérant qu'il le saurait assez tôt et se dirigea vers la salle de gymnastique.

Il laissait toujours son portable dans son casier quand il pratiquait ou était en formation. À la fin de la journée, il le vérifia pour la première fois avant de passer à la douche. Mais cette fois, il n'y avait aucun appel manqué et aucun message de Lauren. Il vérifia sa montre. Pas le temps de chercher plus loin, il devait être au tribunal dans une heure. Griff se doucha, s'habilla et se dirigea vers sa voiture.

Il remonta son col contre un vent à glacer les os qui fouettait le long du trottoir. Il donna un coup d'œil rapide au parking mais ne vit pas le véhicule de Lauren. *Elle est en retard. Cela ne lui ressemble pas.* Ses sourcils se fronçaient d'inquiétude.

Il vérifia l'heure à nouveau puis retrouva son avocat dans le lobby. "Lauren n'est toujours pas ici?"

"Entrons. Peut-être s'est-elle glissée quand je ne regardais pas."

Les deux hommes entrèrent dans la grande salle où un procès était en cours. Ils trouvèrent des sièges à l'arrière et s'assirent tranquillement pendant que les avocats opposés discutaient leurs cas. Le regard de Griff fouillait dans l'assemblée, mais il n'y avait aucun signe de Lauren. Il trouva son avocate, qui le reconnut d'un bref signe de tête.

Gigotant dans son siège, le "quarterback" regardait par la fenêtre. Un pli se forma entre ses sourcils au fur et à mesure que son inquiétude pour Lauren grandissait dans son cœur. *J'espère qu'il ne lui est rien arrivé.* Il sourit à son anxiété ridicule. *Rien n'arrive jamais aux gens. C'est probablement un nouveau contrat, et elle est occupée.* L'huissier interrompit ses préoccupations en appelant son cas.

"Où est votre client, Mme Chase?" demanda le juge.

"Son frère a appelé. Il semble qu'il y ait eu une mort dans la famille."

Le souffle de Griff enserra sa gorge. "Son père?"

"Je pense," dit Marcy.

"Eh bien, nous pouvons passer, de toute façon. La cour voudrait une déclaration de vous, M. Montgomery, sur la possibilité de Mme Farraday à garder Spike."

Griff déclara qu'il pensait que Lauren traitait le carlin extrêmement bien et devait garder Spike. Le juge adjugea en sa faveur. Après une poignée de main rapide avec son avocat et quelques autographes, le "quarterback" se dirigea vers sa voiture. Il roula à toute vitesse sur l'autoroute prenant la direction du nord.

Une fois arrivé à Providence, il prit son portable pour envoyer un texte à Don. Il eut une réponse tout de suite avec l'adresse dont il avait besoin. Il conduisit lentement vers la colline herbeuse, où une femme dans des vêtements sombres était assise sur une chaise pliante. Deux hommes robustes avec des pelles, recouvrait de terre une tombe ouverte tandis qu'elle les observait. Elle était seule. Griff s'avança plus près, tranquillement. Il entendit ses doux pleurs et l'observa tordre un mouchoir dans ses mains sans gants.

"Lauren?" demanda-t-il, doucement.

Elle se tourna brusquement et le regarda.

"Tu vas bien?"

Elle secoua la tête.

En une seconde, Griff était à ses côtés, la tirant dans son étreinte. Il la serra fort, la tenant tout contre lui. Un sanglot passa. Son corps trembla contre le sien alors qu'elle pleurait dans son manteau. Il caressa ses cheveux.

"Je suis vraiment désolé. Vraiment désolé. Je n'ai pas su. Tu ne m'a pas envoyé de texto ou laissé une note ou quoi que ce soit."

Elle essuya ses yeux et se moucha. "Il n'y avait pas de temps."

"L'appel hier soir?"

"Ouais. Don m'a dit de venir tout de suite. Papa s'en allait rapidement."

"As-tu pu le voir?"

"Pas beaucoup. Peut-être cinq ou dix minutes avant qu'il ne s'éteigne."

"Bébé, comment te sens-tu?"

Pour toute réponse, elle se blottit simplement dans sa poitrine.

Il lui caressait l'arrière de la tête et embrassait ses cheveux. "Le juge s'est décidé en ta faveur."

"Oh mon Dieu. J'avais totalement oublié. Est-ce qu'il était fâché que je ne sois pas là?"

"Ton avocat a expliqué la situation. C'est comme ça que j'ai su. Alors, j'ai donné mon accord."

"Merci." Elle s'accrocha à lui. "Et merci d'être venu."

"Bien sûr. Dis-moi ce que je peux faire?"

"Ce que tu fais."

* * * *

Griff rencontra Buddy samedi matin. Ils firent une course autour de la piste du lycée de Monroe puis se dirigèrent vers Main Street pour faire quelques achats. Noël était dans l'air. La rue, parcourant la ville, avait été décorée de guirlandes et de petites lumières blanches. Les magasins avaient leurs vitrines décorées certaines de villes miniatures, certaines avec le père Noël et d'autres encore avec des scènes de saison.

Le magasin préféré de Griff, "The Beloved Knickknack", avait monté une maquette de train comme il le faisait chaque année, avec des petites villes, des gens, des maisons et le son d'un sifflement de train toutes les deux ou trois minutes.

"Je dois trouver quelque chose pour ma maman," dit Buddy, s'arrêtant pour regarder dans la vitrine de "The Cottage".

"Ouais? Quel genre?"

Buddy haussa les épaules.

"Achètes-tu quelque chose pour Christy?"

"Il le faut. Elle m'offrira probablement quelque chose. Allons là-dedans. Je prendrai un de ces pull-overs," dit Buddy, indiquant un présentoir.

Les hommes entrèrent dans le magasin. Une femme d'âge moyen vint à leur rencontre et dirigea Buddy vers les pull-overs angora qu'il avait vus.

"Quelle taille vous faudrait-il?" demanda la vendeuse.

Buddy fit un geste vers sa poitrine les deux mains en forme de coupe et rougit. Griff éclata de rire.

"Oh, d'accord. Je vois," dit la femme, prenant elle aussi une attrayante nuance rose. "Peut-être large, alors?"

Buddy inclina la tête. "J'aime le noir."

"Dois-je faire un paquet-cadeau?"

"S'il vous plaît." Buddy sortit son portefeuille et lui remit sa carte de crédit.

"Rappelle-moi de ne plus jamais faire de courses avec toi," murmura Griff, prétendant regarder quelques chemises de nuit sur un support.

"Eh bien, comment diable puis-je connaître sa taille? Ils sont gros. Je suppose que 'large' est le mot juste."

La femme se retourna avec le paquet enveloppé l'introduisit dans un sac coloré. "Si la taille n'est pas bonne, elle peut l'échanger, M. Carruthers."

"Merci. Je le lui dirai." Il prit son achat et se dirigea vers la porte. Griff suivait derrière. "Tu n'achètes rien pour Lauren?" Buddy se tourna vers son ami.

"Si, mais pas là."

Ils continuèrent à marcher, s'arrêtant pour regarder les vitrines et conversant au sujet des cadeaux. Griff acheta à son père un livre sur l'histoire du football au Beloved Knickknack. Ils flânèrent le long des rues, discutant où déjeuner. Griff s'arrêta soudain devant la bijouterie Solomon. Directement dans la vitrine, il vit le cadeau parfait pour Lauren. Ils entrèrent à l'intérieur.

"Eh bien, M. Montgomery. Griff. Comment c'est agréable de vous voir dans notre magasin," dit Hal Solomon.

"Vous avez mis ça en vitrine juste pour moi, n'est-ce pas?"

Le bijoutier rit.

"Je vais le prendre, mais je veux quelque chose en plus."

"Bien sûr."

Tandis qu'ils parlaient, Buddy errait. "Hé, Griff! Regarde-ça. La pierre porte-bonheur de ma maman, émeraude, dans des boucles d'oreille, collier et bracelet assortis."

Griff finit sa conversation et rejoignit son ami. "Prends-les."

"D'accord. Ça va la faire flipper. Elle gère mon argent. Quand elle verra ceci sur ma carte, elle pensera que je me fiance."

"Sera-t-elle très déçue quand elle découvrira que tu ne l'es pas?"

"Nan. Ce présent compensera. Je prendrai l'ensemble," dit Buddy, se tournant vers M. Solomon.

"Enveloppé séparément ou ensemble?"

"Séparément, s'il vous plaît." Buddy jeta sa carte de crédit sur le comptoir.

"Le graveur travaille sur le vôtre, Griff. Ce sera prêt dans une minute."

Quinze minutes plus tard, les hommes quittaient le magasin, leurs achats terminés.

"Allons au Sauvage Beast."

"Il est seulement deux heures," répondit Griff.

"Allez. J'ai besoin d'une bière. Je ne dépense pas autant d'argent en une journée d'habitude."

"Tu es un putain de cul serré, Buddy. Tu sais ça?"

"Ouais. Et alors? J'aurai beaucoup d'argent pour ma retraite quand mon genou sera foutu."

Griff acquiesça de la tête puis glissa au volant.

Quand ils se garèrent, le signe "Fermé" était placé sur la porte. Griff ouvrit sa portière.

"C'est fermé," dit Buddy, plaçant sa main sur l'avant-bras de son ami. "Mais je vois Carla à l'intérieur. Elle ouvre toujours pour moi."

"Ouais, je comprends. Mais le bar est fermé." Buddy pouffa de rire.

"Esprit mal placé," lança Griff, sortant de son siège.

"Comme le tien!"

Ils marchèrent tranquillement jusqu'à la porte d'entrée. Griff frappa.

"Vous ne savez pas lire? Nous sommes fermés!" fut la réponse.

"C'est moi, Carla."

Après un moment de silence, le son de pieds qui traînent vint dans leur direction et fit sourire Griff.

Elle ouvrit la porte, une expression inamicale sur le visage. "Que voulez-vous?"

"Penses-tu qu'on peut avoir deux de tes grands hamburgers et une bière?"

"Une bière? Deux pailles?"

Griff sourit. "Ça, c'est ma copine."

"Je ne suis pas ta copine et ne l'ai jamais été. Je ne peux pas renvoyer des footballeurs affamés. Entrez." Elle recula et se déplaça vers le bar. Les hommes suivirent, Buddy fermant la porte derrière lui. Elle fit tomber lourdement deux menus sur une table proche. "Que je n'ai pas à marcher trop loin."

"Nuit difficile?" demanda Griff haussant les sourcils.

"Ça t'intéresse? Assez difficile, play-boy. Qu'est-ce que ce sera?"

Ils commandèrent des hamburgers au bleu, des frites et la bière.

Quand elle s'éloigna, Buddy parla à voix basse. "Je pensais qu'elle avait l'habitude d'être ta poule ici à la maison?"

"Avait."

"Oh, ouais. Ce truc de prénom. Ça ne t'arrivera plus jamais. Lauren est plutôt bonne."

"Lauren est une personne agréable. Elle est douce."

"Et bonne."

"Je n'ai pas besoin de toi pour le savoir."

Carla déposa deux bières sur la table et retourna à la cuisine.

Buddy prit sa boisson. "Carla est bonne, aussi. Comment as-tu choisi?"

"Le choix ne m'appartient pas toujours, idiot."

Elle revint avec deux assiettes remplies de la nourriture chaude.

Buddy se lécha les babines. "Ça a l'air bon, Carla."

"Merci."

"Toi aussi." Son regard parcouru son corps. Elle arqua un sourcil. "Occupé demain soir?"

"Je travaille. En plus, j'ai juré de m'abstenir de footballeur."

"Qui est ton nouveau mec?" demanda Griff, enfournant son hamburger dans sa bouche.

"Ça ne te regarde pas. Il est directeur, dans un grand magasin. Énorme. Fini les athlètes."

Griff rit. "Je ne t'en blâmerais pas. J'espère que ça marche."

"Ça marche parfaitement bien." Elle lui fit un clin d'œil et quitta la table d'un pas léger.

Le regard de Buddy suivit l'oscillation de ses hanches.

"Arrête de la fixer comme ça," dit Griff.

"C'est une plus belle vue que ton horrible chope."

"Trou du cul."

"Pauvre type."

Le silence s'imposa et les hommes se concentrèrent sur leur nourriture. Le seul son audible était un rire faible s'infiltrant de la cuisine.

Le téléphone de Griff sonna. C'était son agent Keen Barstow.

"Hé, Keen. Quoi de neuf?" Griff se détendit à l'arrière de sa chaise.

"Tu as fait une super année."

"Merci."

"Aussi, j'ai pensé que je pourrais commencer la négociation de ton contrat plus tôt."

"Mais ce n'est pas avant juin."

"Il faut battre le fer tant qu'il est chaud."

Griff sourit. "Et?"

"Ils veulent parler. Il semblerait que ce soit trois années de plus et une augmentation de vingt-cinq pour cent."

Griff siffla. "C'est fantastique."

"Continue comme ça, mec. Tout dépendra de comment tu finis la saison. Concentre-toi donc et achève les tous."

"C'est une super nouvelle. Merci."

"Je dois garder mes grands garçons heureux. Les négociations ne sont pas encore finies. Mais c'est bien parti."

"Très bien."

"Donc ne merde pas."

Griff rit et finit l'appel.

"Tu l'aimes bien ?" demanda Buddy, mordant dans son burger.

"Ouais. Il est partenaire avec Faith Brecken à Brecken et Magic."

"Ils sont bons ?"

"Je pense bien. Il a déjà commencé à négocier mon nouveau contrat. L'ancien court jusqu'en juin."

"C'est plutôt bien."

"Il m'obtient toujours un bon deal."

"Cette fois, aussi ?"

"Ouais." Griff étendit ses longues jambes. "Ça change tout. Encore trois ans. Garanties."

Chapitre Quinze

"Le Sweet Magnolia? On a quelque chose à fêter?" Lauren attacha une boucle d'oreille de diamant à son oreille.

"En quelque sorte. Mon agent a commencé les négociations de mon contrat. Ça se présente bien. Plus d'argent et encore trois ans."

"Félicitations." Elle rafraîchit son rouge à lèvres corail, enfila une veste noire de velours assortie à la jupe qu'elle portait et leva les yeux.

"Merci. Tu es très belle." Le regard de Griff la balaya attentivement, s'attardant un peu trop longtemps sur sa poitrine masquée par la camisole or qu'elle portait. Ce regard fixe amorça un petit frisson en haut sa colonne. Sa peau se mit à picoter et ses mamelons durcirent.

"Magnifique", murmura-t-il, en lui ouvrant la porte et ils se dirigèrent vers la voiture.

Le maître d'hôtel leur montra une table calme dans un coin. Griff tint la chaise de Lauren et l'approcha pour elle puis commanda son champagne préféré; un Moët et Chandon. Ils étaient assis tranquillement tandis que le serveur les servait puis mit la bouteille dans un seau à glace.

Griff leva son verre. "À encore trois ans de football en pleine forme avec les Kings."

Lauren fit sonner son verre en touchant le sien puis but. Le champagne pétillant à souhait avait un goût exquis. "Peut-être plus de trois ans."

"Un contrat à la fois. Parlons de nous."

Lauren s'étrangla sur sa boisson. Le serveur s'arrêta à leur table avec des verres d'eau et les menus. Ils commandèrent et ensuite Lauren s'appuya contre le dossier de sa chaise. "Nous? Il y a un nous?"

"C'est ce de quoi je veux parler. J'aime ce que nous avons. Mais, eh bien, je suis prêt pour plus."

Ses yeux s'écarquillèrent. "Plus?"

"Un engagement. Je veux être sûr quand je suis à l'extérieur de la ville, que tu ne sors avec personne d'autre."

Elle le regarda, osant espérer qu'elle l'avait entendu correctement.

Griff prit sa main. "Lauren, nous sommes si bien ensemble."

"Et de ton côté?"

"Je suis enclin à faire cet engagement, aussi. Quand je suis à l'extérieur de la ville, je serai un bon garçon. Qu'en dis-tu?"

"Je ne sais pas quoi dire."

"Allez. Nous nous entendons si bien. Toi et moi." Il se pencha et l'embrassa.

Aimer. Je n'entends pas le mot "aimer". "Je ne sais pas, Griff. Je t'ai dit que je n'ai aucune intention de me marier."

"Ce n'est pas une demande en mariage ..."

Elle s'éloigna quelques centimètres. "Nous nous entendons vraiment bien?"

"Oui. Tu n'es pas d'accord avec ça?"

"Tu le fais ressembler à un arrangement d'affaires."

"Hé, bien, je ne suis pas très doué avec les mots." Il regarda ses mains.

"Tu oublies une chose importante."

Ils gardèrent le silence tandis que le serveur plaçait devant eux les assiettes garnies de tranches de filet de bœuf astucieusement montées avec des minuscules de pommes de terre et des haricots verts. L'arôme tenta l'estomac de Lauren qui gronda. *Cet homme magnifique demande un engagement de ma part et je pense à la nourriture? Vraiment?*

"Que voudrais-tu que je dise?" Il prit ses couverts.

"Rien. Si tu ne le ressens pas." Elle transperça un haricot avec sa fourchette.

"Oh, je vois. Ce que je peux être bête parfois. Tu veux que je te dise que je t'aime?"

Ses yeux se remplirent de larmes. "Et ben, c'est romantique ça? Je ne veux pas que tu dises quoi que ce soit qui n'est pas vrai."

"Je pensais que c'était évident." Il mit un morceau de bœuf dans sa bouche.

"C'est faux. Ce n'est pas de l'amour pour toi, c'est pratique. Je suis là. Je suis d'accord..." Sa gorge se bloqua un instant. Elle cligna rapidement des yeux, respira à fond et la libéra lentement.

"Je voulais que ceci soit un dîner spécial. Romantique. Et maintenant, tu es déçue et tu pleures et je ne sais pas ce que j'ai fait." Il haussa les épaules.

"Tu n'as rien fait. C'est justement de cela qu'il s'agit."

Griff posa ses couverts et glissa sa chaise, pour la placer contre le sienne. Il se pencha et l'embrassa, fortement. "Je t'aime," chuchota-t-il.

Lauren reprit son souffle.

"Je suppose que je devais le dire. Je pensais que tu l'avais compris."

"Personne ne comprend ça. Ça doit être dit."

"Bien, donc maintenant c'est ton tour."

"Veux-tu que je le dise parce que c'est mon tour?" Elle déplaça sa chaise un peu en arrière et reprit son repas.

"Bien sûr que non. Je veux que tu le dises parce que tu veux le dire."

Elle mangea dans le silence.

"Alors, tu ne le fais pas?"

Elle leva le regard juste à temps pour voir un éclair de douleur passer à travers les traits de son visage. Elle mit sa main sur la sienne. "Bien sûr, je t'aime."

"Vraiment? Pourquoi?" Il plissa les yeux.

"Parce que tu es drôle, sexy, beau, intelligent, bon pour moi...dois-je continuer?"

Il sourit. "Carrément, oui. J'adore ça."

Elle gloussa. "Okay, parce que tu me respectes ainsi que ma maison. Et, finalement, parce que tu aimes mon chien."

"Cette dernière chose est totalement vraie. J'aime vraiment Spike."

Ils mangèrent dans le silence pendant un certain temps. Le serveur apporta une bougie allumée à leur table, il remplit à nouveau leurs flûtes puis ensuite disparut. Une musique douce se fit entendre et les lumières se tamisèrent.

"C'est beau ici. C'est romantique." *Est-ce le champagne, la musique, ou Griff? Peut-être tous les trois?*

Il prit sa main entre les siennes. "C'est ce que je veux. Être romantique. Avec toi. Dis-moi que tu me laisseras l'exclusivité."

Elle rit. "Je suis déjà exclusive."

"Tu l'es?" Il souleva ses sourcils.

Lauren se pencha vers lui, l'embrassa et lui chuchota à l'oreille, "Je t'aime veut dire que je ne veux personne d'autre." Elle leva les yeux sur lui et le regarda intensément.

Ses yeux rougeoyaient dans la lumière tamisée. Son sourire devint plus brillant, alors qu'il étreignait ses mains. "Bébé, tu me rends très heureux." Il embrassa ses paumes.

Le serveur se rappela à leur attention d'un grattement de gorge. "Désirez-vous un dessert?"

"On partage?" dit Griff sans quitter Lauren des yeux. Elle accepta d'un signe de tête. "Tu choisis."

"Un fondant au chocolat, bien sûr."

Le serveur inclina la tête, les salua puis disparut. Cinq minutes plus tard, il revenait avec le succulent dessert.

Griff coupa un peu de gâteau chaud, le chocolat liquide remplissant sa cuillère. Il l'imprégna de crème fouettée et la tendit à Lauren. Elle glissa la cuillère à travers ses lèvres, la lécha, les yeux plongés, pendant tout ce temps, dans les yeux sombres de Griff. Sa pulsation s'accéléra alors que le désir balayait son corps.

Ils se relayèrent chacun nourrissant l'autre. Et chaque bouchée, chaque lichette, prenait une autre signification car leurs regards fixes liés l'un à l'autre avec le chocolat inspirait leur passion. Les gens des autres tables les regardaient fixement, mais Griff et Lauren n'avaient d'yeux que l'un pour l'autre. Quand le dessert fut fini, Griff laissa tomber une liasse de gros billets sur la table et ils quittèrent le restaurant. Il conduisit à toute allure vers la maison, surpassant la limitation de vitesse. Ils coururent dans la maison, lâchant leurs chaussures à la porte.

Griff la saisit. Avec leurs lèvres collées, il poussa son dos contre la porte d'entrée, la faisant claquer, tandis qu'il ôtait sa veste et enlevait sa camisole.

Lauren cafouilla avec les boutons de sa chemise, finissant par l'ouvrir finalement, mettant son torse nu à son contact. Elle l'entendit souffler quand elle posa ses paumes sur sa peau. Il caressa ses seins en prenant un dans chaque main, se courbant pour embrasser son cou. La chaleur envahit son cœur quand ses pouces en trouvèrent les sommets. Elle poussait ses hanches contre les siennes au fur et à mesure que son envie de lui grandissait. Il saisit son derrière et pressa son érection contre elle.

"Tu me vas parfaitement, de haut en bas," dit-il.

Sentir le désir de Griff augmentait celui de Lauren. Levant son menton, elle accepta son baiser dur et fougueux. Quand il exigea sa soumission complète avec sa bouche, l'intérieur de Lauren se liquéfia.

L'humidité entre ses jambes et le désir qu'elle le remplisse, la fit pousser de petits gémissements.

"Tu as envie?" marmonna-t-il bécotant son cou.

"Oh, Griff. Oui, oui...je veux-"

Avant qu'elle ne puisse finir, il infiltra sa main sous sa jupe et arracha son slip. Spike aboya, mais ils l'ignorèrent. Griff remonta son vêtement. Lauren saisit ses épaules alors qu'il la soulevait, et la plaquait contre la porte. Elle glissa sa main entre eux, ouvrit la fermeture éclair de son pantalon et libéra son sexe dur jusqu'alors confiné dans son vêtement. En fermant ses doigts autour de lui, elle le guida vers son centre.

"Mais quelle femme," murmura-t-il se glissant en elle.

"Oh oui prends-moi," dit-elle doucement, ses yeux se fermant alors qu'il s'enfonçait plus loin.

"Ooooh, elle devient coquine," chuchota-t-il, la déplaçant de haut en bas.

Elle se cabra, poussant ses seins dans son torse. Le discours échappa à Lauren. Ses sens gouvernaient son esprit et son corps. L'urgence du besoin montait en elle comme il la prenait, coup après coup de plus en plus fort, jusqu'à ce qu'un puissant orgasme fisse contracter chaque muscle. Elle cria son nom alors que ses hanches rencontraient les siennes.

En ouvrant les yeux, elle vit le désir dans les siens. Son regard scrutait son visage, détaillant chaque aspect de sa volupté. Totalement nue, de corps et d'âme, avec lui, laissant l'amour la traverser comme jamais auparavant. Tous les faux-semblants s'étaient envolés dans ce moment brut où les amants avaient été guidés uniquement par leurs passions animales. Elle le voulait. Elle le désirait. Et maintenant, elle l'avait.

Griff ferma les yeux et augmenta l'allure. Les seins de Lauren frottaient contre les poils de sa poitrine, durcissant à nouveau ses mamelons. Elle saisit ses épaules et s'agrippa fort, elle baissa la tête pour lécher et sucer son cou. Il gémissait alors qu'elle s'occupait de lui.

"Oh bébé, tu me tues," gémit-il encore, mais elle ne s'arrêta pas.

Il serra sa prise sur elle, la faisait claquer durement sur lui et la tenait là. Un râlement remonta du fond de sa gorge, il prononça son nom et resta les yeux fermés, signe de son apogée. Elle avait enroulé ses jambes autour de sa taille pour s'accrocher à lui. Ils s'attardèrent dans l'étreinte. Lauren enfouit son visage dans son épaule et soupira. Son parfum et son après-rasage taquinèrent son nez.

Il tint d'une main son dos, l'autre étant placé sous ses fesses et il la fit lentement glisser sur le plancher. Spike rompit le charme en léchant la jambe nue de Lauren. Ses genoux vacillaient comme la gelée. Elle se pencha contre lui et il la soutint dans ses bras.

"Je n'avais jamais fait ça avant," dit-elle se baissant pour caresser le chien.

"Quoi?"

"Ne pas pouvoir attendre d'atteindre la chambre."

Il rit. "Moi, non plus."

Elle leva un sourcil interrogateur. "Toi, non plus? Je pensais que tu avais fait tout ce qu'il est possible de faire."

"Non pas vraiment. C'était fantastique."

Elle fit glisser ses mains sur sa poitrine et le regarda dans les yeux. "Merci pour le dîner."

Il lui passa la mains les cheveux et embrassa son nez. "Je t'en prie."

Le chien aboya et bondit sur eux. Lauren rabaissa ses vêtements. Griff boutonna sa chemise et referma son pantalon. Elle attacha la laisse sur le chien frisé et Griff le prit pour sa promenade de la nuit.

Lauren était au lit quand il revint. Elle étira ses jambes puis son corps tout entier, atteignant la tête de lit et serrant les poings. Un sentiment de contentement pétillait à l'intérieur d'elle. Une sensation de bonheur se mélangeait dans ses veines avec la pleine satisfaction de son corps. Elle se poussa pour faire de la place à son amant.

Griff s'allongea et lui ouvrit ses bras. Lauren se blottit au creux de son épaule. Posant une paume sur sa poitrine, elle soupira.

Il se courba et embrassa ses cheveux. "Merci pour cette merveilleuse soirée. Dors bien, ma beauté."

"Tu es le meilleur," répondit-elle.

Alors que la température de leurs corps redescendait à la normale, le froid saisit Lauren qui remonta la couette jusqu'à leurs épaules. Quand elle entendit la respiration calme de Griff, elle se redressa un peu, se mit sur son côté et regarda le visage de l'homme nu et magnifique qui se trouvait dans son lit. Un étroit rayon de lune éclairait ses cheveux raides et ébouriffés qui prenaient des reflets bleus noirs. Sa barbe de trois jours ombrait son visage, soulignant les plans de ses pommettes. Ses lèvres étaient sensuelles, envoyant des frissons dans le bas de sa colonne quand elle se rappela leur doux contact et ce qu'elles pouvaient faire.

Lauren peigna doucement ses cheveux avec ses doigts, afin de ne pas le réveiller. Mais il se réveilla tout de même, il prit sa main, l'embrassa et la déposa sur son cœur. Elle se pelotonna contre lui. *Je suis engagée à l'homme le plus sexy du football. Peut-il vraiment s'engager vis à vis de moi? Je pense que je devrais lui laisser un chance.*

Elle avait peur d'analyser sa chance de trop près alors elle ferma les yeux, laissant le sommeil et le contentement s'emparer d'elle.

* * * *

Griff se tourna et se retourna, il était six heures du matin, l'obscurité lui donnait envie de rester sous les couvertures. Se lever et arriver à l'heure au stade les matins de décembre et de janvier étaient difficile. Ce matin, il n'avait que la pratique, mais Coach Bass était strict sur l'heure de départ. Il avait deux heures avant de devoir être au stade.

Le "quarterback" recula de quelques centimètres et tourna son attention vers la femme dans son lit. Ses cheveux bruns embrouillés sur l'oreiller et ses cils noirs et longs bien séparés se déployaient admirablement sur le haut de sa joue. Il voulut embrasser le bout de son petit nez, mais s'en empêcha, de peur de la réveiller. Son regard voyagea sur le bas de son long cou gracieux jusqu'à sa poitrine.

Il baissa un peu les couvertures pour révéler ses seins. Dieu, comment il les aimait ceux-là. Ils s'adaptaient parfaitement à ses mains, qui picotèrent à l'idée de serrer la chair douce. Un sentiment chaud émana de son cœur. Était cela l'amour? Probablement. Il n'avait pas été fou amoureux depuis qu'il avait vingt ans. Ses émotions apportèrent un sourire à son visage. Il voulait la serrer contre lui et faire l'amour avec elle pour toujours.

Il avait trouvé ce qu'il cherchait. Elle était d'accord pour s'engager, elle serait certainement d'accord pour le mariage. Cette chose empoisonnante de fausse-couche? *Merde. Fais chier.* Il avait plaisanté avec elle de ce souci. La paix mélangée avec l'attente. Il avait trouvé son âme sœur, la femme à qui il voulait parler presque autant qu'il voulait coucher avec. Elle prenait bien soin de lui et il lui rendrait la pareille, pour toujours. Il rit sous cape. *Je suppose que c'est à Spike que je dois le fait de nous avoir réunis.*

Griff s'étira aussi tranquillement qu'il pouvait, mais Lauren se retourna tout de même. Il avait tout maintenant. Avec une saison gagnante, un nouveau contrat en négociation et l'amour de sa vie, ses rêves devenaient réalités.

Ce pourrait-il qu'il y ait mieux que ça? Il ne le pensait pas. Elle continua à dormir, alors il sortit des draps et rejoignit la cuisine sans bruit. *Je vais préparer le petit-déjeuner pour elle ce matin.*

Il sifflotait en préparant le café. Il ouvrit le réfrigérateur, le fouilla, jusqu'à trouver les ingrédients pour une omelette aux épinards et aux champignons. Il coupa les champignons tandis que le beurre fondait dans la casserole. Bien qu'il ne soit pas cuisinier, il avait regardé Lauren faire ça des centaines de fois, donc il savait quoi faire.

Tandis que les épinards et les champignons cuisaient, il sortit deux ou trois tranches de jambon.

"Parfait," dit-il, l'estomac grondant. Il alluma la flamme sous une autre casserole et remua son contenu.

"Que prépares-tu?"

Griff sursauta. "S'approcher à pas de loup comme ça, pourquoi?" Il se tourna pour trouver Lauren, enveloppée dans son peignoir, bâillant.

"Je suis désolée. J'ai senti le café et quelque chose d'autre que je n'arrivais pas à reconnaître, donc je me suis levée."

"Le beurre. Ou les champignons peut-être?"

"C'est ça. Qu'est-ce que c'est que ça?" Elle s'approcha du fourneau, mais Griff la saisit par la taille et la retira brusquement.

"Je prépare le petit-déjeuner pour toi."

"Tu le fais? Pourquoi?"

"Parce que je t'aime. Allez maintenant. Prends du café et laisse le chef cuisinier tranquille." Il la poussa gentiment vers la cafetière en lui tapotant le derrière.

"Tu pratiques tôt?" Elle remplit sa tasse posée sur le plan de travail.

"Ouais. Match important demain soir."

"Contre qui jouez-vous?"

"Les Nevada Gamblers."

"Est-ce qu'ils sont bons?" Elle ajouta une touche de sucre et un nuage de lait puis remua négligemment sa boisson.

"Ouais. Ils sont grands, aussi. Les défenseurs sont des putains de machines."

Elle s'assit et le regarda casser les œufs dans la poêle. "Des machines, tu dis?"

"Ouais. Ils sont connus pour mettre à terre les "quarterback"."

"N'y a-t-il pas des pénalités pour cela?"

"Brutalité inutile? Bien sûr. Mais à ce moment-là, c'est trop tard."

"Ils ne te blesseront pas, n'est-ce pas?"

Il apprécia la note de préoccupation dans sa voix. "Nan. Mes types sont les meilleurs. Je n'ai pas peur. Nous avons déjà joué contre eux."

"Bon." Elle expira de soulagement. "Je me suis inquiétée pendant une minute."

"Pour moi?" Il avança tranquillement jusqu'à la table où elle était assise, buvant son café à petites gorgées.

"Bien sûr."

"Comment ça se fait?"

"Parce que je t'aime et que je ne veux pas que tu sois tué." Elle se leva à demi pour l'embrasser. "Ils ne poseront pas le petit doigt sur moi, ma chérie," chuchota-t-il et ses mots réchauffèrent son cœur.

Griff termina de cuire son omelette, et obtint un joli résultat considérant que c'était la première fois qu'il cuisinait ainsi. Quand le repas fut fini, ils restèrent un moment la main sur leurs boissons. Griff était réticent à la laisser, bien qu'il devait s'habiller et s'en aller.

Il se lava puis enfila ses vêtements d'entraînement. Alors qu'il se dirigeait vers la porte, Lauren mit sa main sur son bras. "J'ai une première surprise de Noël pour toi."

Il leva les sourcils.

"Ton papa vient. Il arrive demain."

"Mon père?"

"Ouaip. Je lui ai envoyé un billet."

Griff la souleva et la fit tournoyer. "C'est formidable, bébé. Cela fait un an que je ne l'ai pas vu. Merci." Il la considéra du regard.

"Vous êtes proches?"

"On l'a toujours été. Il m'a entraîné, m'a formé et a toujours encouragé ma passion pour le football. Il est venu à chaque match de lycée. Il me donnait des bons conseils. Il a toujours été mon plus grand fan."

"Je suis impatient de le rencontrer."

"Il t'aimera." Après l'avoir embrassée pour lui dire au revoir, il passa la porte en chantonnant.

* * * *

Lauren marchait nonchalamment. Griff avait insisté pour que son père arrive au petit aéroport à quarante minutes au nord de Monroe. Elle alla le chercher tandis que Griff s'entraînait et travaillait ses tactiques de jeux avec Coach Bass.

Finalement, le vol fut annoncé. Elle replaça ses cheveux, rafraîchit son rouge à lèvres et placarda un sourire sur son visage.

Un homme grand, longiligne avec des cheveux blanc acier s'avançait portant un petit sac marin. Il portait des lunettes et une grosse moustache bien coupée. Vêtu d'un parka sans manches et d'une chemise en flanelle, Hank Montgomery était un bel homme, à tous les égards, même à soixante ans. De larges épaules, de longues jambes et des hanches étroites, comme son fils, ce qui permit à Lauren de l'identifier immédiatement.

La ressemblance entre Griff et son père était indubitable. Cela donna des frissons à Lauren de penser de quoi Griff aurait l'air quand il serait plus vieux. *Serai-je encore avec lui pour alors?*

Hank s'approcha d'elle, les sourcils froncer. "Mlle Farraday?"

"Lauren, s'il vous plaît," dit-elle, en lui serrant la main.

Il l'agita fermement sans pour autant l'écraser. "C'est un plaisir de vous rencontrer." Elle vit son regard glisser sur son corps. "Mon fils a toujours eu bon goût."

Lauren sentit une couleur apparaître sur ses joues. Elle ne savait pas ce qu'il savait de sa relation avec Griff. "Merci. La voiture est par là." Elle lui tourna le dos, cachant son embarras et se dirigea vers le parking.

Hank s'installa sur le siège avant.

Lauren commença la conversation. "Avez-vous joué au football, aussi, M. Montgomery?"

"Hank, s'il vous plaît. Oui. J'étais "quarterback", comme Griff."

"C'est pour cette raison que vous avez su le former?"

"Oui. Mais il avait un sens naturel pour le jeu. Il s'y est senti comme un poisson dans l'eau. Assez rapidement, il n'a plus voulu faire autre chose que jouer."

"Comment avez-vous fait pour qu'il aille à l'université?"

"Sa mère, paix à son âme. Elle l'a pris en main. Elle restait assise avec lui tandis qu'il faisait ses devoirs. L'entraînait sur ses sujets les plus faibles. Il est intelligent. Pas de doute la dessus."

"Êtes-vous à la retraite?"

"Je travaille à temps partiel. Je suis un charpentier. Et vous, vous travaillez?"

"Je suis décoratrice d'intérieur. Je viens juste de finir une grande maison. Maintenant, j'attends ma mission suivante."

"Peinture, papier peint et tout ça?"

Elle rit. "Oui. J'essaye de rendre les maisons des gens confortables et jolies."

Griff était de retour au moment même où ils arrivèrent. Il salua son père par une grande étreinte. Il lui offrit une bière puis il s'installèrent dans le canapé du salon pour discuter et rattraper le retard. Son père l'interrogea sur son nouveau contrat, posant des questions précises.

Lauren alla dans la cuisine pour préparer un canard rôti, à la façon tchécoslovaque, comme sa mère avait l'habitude de le préparer. Les voix profondes des deux hommes émanant du salon la calmaient. Elle souriait en épluchant les pommes de terre. À trois heures, elle avait presque finie.

Une tarte aux pommes? Bien sûr! Elle sortit la boîte à farine.

"J'emmène papa au stade. Je prendrai un billet supplémentaire pour lui pour le match de dimanche."

"Inutile. Don ne peut pas venir. Je donnerai le sien à ton papa."

"Ça ne te dérange pas que je parte un moment avec lui, n'est-ce pas?"

"Allez-y. J'ai plein de choses à faire."

"Qu'en est-il de ton travail? Tu seras là quand on rentrera?"

"J'ai oublié de te dire. J'ai fini la maison hier. Je suis libre jusqu'à ce qu'Annette me donne une nouvelle mission."

"Fantastique. Nous serons de retour pour le dîner. À quelle heure?"

"Environ six heures trente."

"Entendu."

Lauren déposa des pommes dans un bol en acier inoxydable, saisi l'économe et s'installa dans le salon. Elle mit un film de Noël et commença à peler les pommes en regardant la télé. Son portable sonna.

"Hé, Marnie, comment vas-tu?"

"Un peu plus grosse chaque jour. Oups. Désolée. Je ne voulais pas dire ..."

"Aucun problème. Je vais bien. Je suis heureuse que tout aille bien pour toi. Tu serais toujours partante pour un déjeuner? J'ai plus de temps libre maintenant."

"Pourquoi pas? Ça fait un moment que je ne t'ai pas vue. Toujours avec le beau "quarterback"?"

"Oui. Les choses se passent bien. Mieux que bien. Nous sommes engagés l'un à l'autre."

"Engagés? Comment ça engagés?"

"Dans une relation monogame."

"Donc, l'étape suivante c'est peut-être le mariage?"

"J'essaye de prendre une chose à la fois."

"Je pensais que tu ne voulais pas te marier?"

"Je ne veux pas. Je ne voulais pas. Je ne sais pas. J'essaye de ne pas y penser. Mariage. Grossesse. Fausse-couche. Piouh. Je veux juste être heureuse maintenant et me soucier de demain quand c'est le moment."

"Le groupe approuverait."

"J'ai appris grâce à elles. Je mène exactement le genre de vie que je veux maintenant. C'est bientôt ta date d'accouchement, n'est-ce pas?"

"Fin janvier."

"Comment te sens-tu?"

"Énorme."

Les deux jeunes femmes s'accordèrent sur une date et une heure pour se rencontrer pour un déjeuner avant de raccrocher. Lauren finit de préparer les fruits. Elle monta la tarte et la fit glisser dans le four, au-dessous du canard. Bientôt, l'odeur des pommes en train de cuire se mélangeait avec l'arôme de la volaille qui rôtissait.

Elle se versa une grande tasse de café et retourna dans le salon. Un petit arbre se tenait debout dans un coin avec deux ou trois sacs d'ornements et de lumières. Elle mit de la musique de Noël, puis aborda la décoration du sapin, chantant en même temps.

L'arbre était garni quand les hommes rentrèrent. Il n'avait pas grand chose car Lauren n'avait jamais eu un arbre à elle auparavant.

Griff essaya d'étouffer un gloussement. "Charlie Brown serait fier," dit-il.

Elle bécota son épaule. "Merci beaucoup."

"Mais le dîner sent bon."

"Que préparez-vous?" demanda Hank, accrochant son manteau dans le placard du hall d'entrée.

Elle le prit par le bras et l'escorta à la cuisine. "Canard rôti. Vous voulez jeter un coup d'œil?"

"Je pensais que jamais, vous ne me le demanderiez." L'homme âgé sourit.

La nourriture était délicieuse. Lauren mangeait tranquillement, écoutant les plaisanteries des hommes et les histoires qu'ils échangeaient. Hank donnait des nouvelles à Griff sur tous ses vieux copains de lycée et sur les gens de la petite ville d'Adams dans l'Indiana. Elle vit le garçon d'une petite ville réapparaître chez Griff. Il s'était toujours affiché à elle comme un homme riche et sophistiqué. Mais elle était intriguée et charmée par son humour enfantin et son intérêt pour sa ville natale.

Quand le repas fut fini, les hommes s'occupèrent du nettoyage. Lauren ne tarda pas à bâiller, s'étira et leur souhaita bonne nuit. Elle marcha d'un pas traînant jusqu'à sa chambre et ferma la porte. Restant au lit, ses bras au-dessus de sa tête, elle se demandait à quoi Griff pouvait ressembler quand il était enfant.

Des petits coups sur la porte attirèrent son attention. Elle l'entrouvrit. Griff la poussa et elle le fit entrer.

"Qu'est-ce-qui se passe? Que fais-tu ici?" demanda-t-il.

"Ton papa est ici. De l'autre côté du couloir."

"Et alors?"

"Je pense que nous ne devrions pas dormir ensemble avec lui dans la maison."

Griff rit. "Tu penses qu'il est vieux jeu? Tu penses qu'il n'est pas au courant? Bien sûr, qu'il sait. Et il est seul depuis quatre ans maintenant. Il a probablement une tonne de femmes dans et hors de sa chambre à coucher."

"Ceux ne sont pas mes affaires. C'est juste ..."

"Tu es embarrassée. C'est ça. Tu es embarrassée, n'est-ce pas?"

Elle acquiesça.

"C'est ridicule. J'ai un match demain. Je ne dors pas seul. Tu as le choix – Tu descends dans ma chambre ou je dors ici...et je te fais crier si fort que mon vieux père en sera jaloux comme un tigre."

"Griff!"

"Il me connaît. Il trouverait ça bizarre que nous soyons dans des chambres séparées."

"Qu'est-ce-que tu lui as dit?"

"Rien. Ceux sont mes affaires. Et il ne demandera pas."

"Je ne sais pas." Elle baissa les yeux vers le plancher.

Griff s'avança et la prit dans ses bras. "Allons, bébé." Il glissait ses mains de haut et en bas de ses bras. "Je n'ai jamais eu à te supplier auparavant."

Elle pouffa, faisant glisser ses paumes sur sa poitrine nue. "Une offre que je ne peux pas refuser."

"En bas. C'est plus privé."

"Je pensais que tu t'en fichais?"

"Je m'en fiche. Je ne veux pas non plus l'y mêler."

Elle gloussa, le repoussa et glissa un peignoir sur sa chemise de nuit.

"Tu ne dors pas avec ça, n'est-ce pas?"

"Nous verrons."

"Ouais. Nous le verrons accrocher au cadre de lit, ma belle," chuchota-t-il, en prenant sa main et la menant en bas.

Elle étouffa un autre fou rire, marchant à pas feutrés sur la pointe des pieds, comme une jeune fille de seize ans.

Une fois qu'elle fut derrière sa porte close, Lauren était reconnaissante qu'il l'ait convaincue de le rejoindre.

Chapitre Seize

C'était un froid jour de décembre, une semaine avant le Noël. Griff mit une chemise thermolactyl à longues manches sous son uniforme. Il saisit sa casquette, ses gants ainsi que sa veste. Il devait garder son bras de lancement chaud, ce qui était un vrai défi.

Il jeta un coup d'œil vers les tribunes et épia Lauren et son père; leurs jambes étaient enveloppées dans des couvertures. Elle tenait une tasse dans ses mains. Il pariait que c'était une boisson chaude. Au moins, il bougerait pendant pas mal de temps aujourd'hui, et ne resterait pas immobile dans le froid. *C'est vraiment dur de se maintenir au chaud dans ces tribunes.*

La vue de son papa avec sa copine, ensemble, gonfla son cœur. Sa vie se remettait d'aplomb. Après ce match, il avait prévu de faire sa demande en mariage à Lauren. Cette idée stupide d'engagement n'était qu'une faible étape dans leur relation. Pourquoi s'embêter avec ça se dit-il. Le mieux est d'aller directement vers la fameuse question. Sa confiance grandit. Avoir la femme qu'il voulait et son plus grand fan l'encourageait aujourd'hui, comment cela pourrait-il tourner mal ?

Il partit s'échauffer avec Buddy. Ils s'échangèrent la balle dans les deux sens. Le bras de Griff était fort, sa vue claire et ses passes étaient précises. Les Nevada Gamblers s'échauffaient de leur côté. Darvin Sweetwater était bon, mais Griff savait qu'il était meilleur. Le vent s'était apaisé et n'était plus un facteur à prendre en compte pour que la balle atteigne sa cible. Il en remercia Dieu.

Les équipes entrèrent sur le terrain et se placèrent pour chanter l'hymne national. L'adrénaline le maintenait chaud. Ils perdirent au tirage et les Gamblers choisirent de donner le coup d'envoi. Cela n'avait pas d'importance pour Griff. Il entrerait en action plus tôt, gardant son corps chaud. La rumeur disait que les Gamblers avaient la plus grande ligne de défense de la ligue – dans les poids moyens de cent kilos. Cela n'effrayait pas Griff. Il avait une ligne offensive forte pour le protéger.

Avec Bullhorn Brodsky menant la première ligne, Griff recula pour chercher un joueur libre. Homer Calloway avait deux hommes sur lui, mais Buddy Carruthers était seul. Griff lança directement sur Buddy, qui l'arracha de l'air avec facilité. Les brutes des Gamblers le mirent à terre, maintenant les Kings à un gain de quinze mètres. Griff était gonflé à bloc.

Au jeu suivant, Griff recula encore. Buddy était marqué par deux hommes et Homer par un. Les bloqueurs de Griff créèrent accidentellement une ouverture. Griff passa et fila cela pour le premier essai. Un énorme défenseur adverse vola sur lui. Griff glissa, comme s'il courait à sa base au base-ball, mais le géant sautait déjà dans sa trajectoire. Il atterrit complètement coller au-dessus de Griff. Ses côtes se poussèrent dans le sol, son corps sembla se comprimer une fraction de seconde puis rebondit.

Une pénalité fut décrétée pour "brutalité inutile." Bull fit un signe de la main à Griff. Il se redressa et sprinta en arrière pour placer.

Le jeu suivant fut une diversion. Griff simula une main à main vers Buddy sur sa gauche, mais passa la peau de porc à Caleb Turner sur sa droite. Il la garda sept mètres avant d'être abattu. Griff remarqua que Bull était toujours sur le sol. Un arrêt fut sifflé et l'entraîneur des Kings courut sur le terrain. L'équipe se tenait debout autour de lui, observant Bull masser sa cheville épaisse.

Rien n'arrive jamais à Bull Brodsky. Il va bien. Mais l'entraîneur fit signe pour le chariot tandis que deux de ses coéquipiers aidaient Bull à se lever. Griff toucha le casque du grand homme avec le sien avant qu'il ne soit emporté.

"C'est seulement une blessure superficielle," plaisanta Bull, fixant Griff des yeux.

"Il y a intérêt. Alors, ramène ton cul ici vite fait. J'ai besoin de toi," répondit le stratège.

Lawson "le Kid" Breaker rentra sur le terrain. Il était le remplaçant de Bull. Griff déglutit. Lawson était appelé "le Kid" parce qu'il avait vingt-deux ans. Il avait été acquis dans un accord spécial par Lyle Barker, le propriétaire, qui l'avait récupéré chez les Delaware Demons. "Le Kid" était aussi bleus qu'ils l'étaient. Griff regarda les malabars sur la première ligne des Gamblers. Il prononça une prière silencieuse et se mit en cercle avec les autres.

Jeu après jeu, les Kings avançaient à marche forcée. Ils marquèrent. Ensuite, c'était le tour des Gamblers. Darvin Sweetwater lança bien, mais la défense des Kings le coupa. Ils chargèrent jusqu'à la ligne des vingt-sept mètres, où les Kings les arrêtèrent par une interception, prenant possession de la balle.

À la mi-temps, le score des Kings était de vingt et un et celui des Gamblers de sept. Griff s'informa sur Bullhorn.

"Foulure. Je suis dehors pour aujourd'hui, mais je pourrai probablement jouer la semaine prochaine."

"Tu devrais être bien pour les finales de coupe," dit Griff, regardant fixement l'entraîneur, qui bandait la mauvaise cheville de Brodsky.

"Je devrais. Juste, assurez-vous que nous arrivions là."

Griff chercha dans les tribunes et fit un signe de tête à son père et à Lauren. Elle lui fit signe de la main. La force coula en lui. Il fléchit le bras. Ses muscles étaient bien chauds et il se sentait bien. Il était prêt à commencer la seconde moitié du match.

Peu de temps après le ˡcoup d'envoi de la deuxième mi-temps, les Kings retrouvèrent des Gamblers cafouillant. Griff trottina pour prendre les commandes. Il gardait un œil sur "le Kid", le maillon faible en première ligne, mais jusqu'ici, il tenait le coup.

Soudain, ça arriva. Deux défenseurs bombardèrent Lawson Breaker et il chuta. Griff identifia Homer et visa. Les deux hommes foncèrent en avant, fusant vers la ligne. Griff les voyait du coin de son œil, mais décida de jeter la passe malgré tout. Ils lui sautèrent dessus au moment où il lâchait la balle, le prenant de côté, et s'empilant sur lui. Il entendit le crac quelques secondes avant que la douleur ne le saisisse et tout s'arrêta.

Une douleur atroce se propulsa en lui si fort que son souffle en fut coupé. Il vit des étoiles et tout devint blanc. Il ferma les yeux, resta immobile, parce que cela lui faisait trop mal de se déplacer. *Oh merde, merde, merde.* Son corps se gela dans sa position. De loin, il pensa entendre un sifflement. Les deux énormes corps lourds sur lui furent enlevés. Cependant, il ne pouvait pas se déplacer. Des larmes se formèrent tant l'intensité de la douleur était forte. Il cligna des yeux pour les rabattre en arrière.

Il ne voulait pas ouvrir les yeux. *Ceci est un mauvais rêve. Ce n'est pas en train d'arriver. Je vais me réveiller dans quelques secondes.* Mais il ne se réveilla pas dans une autre réalité. Il n'entendait aucun bruit et à nouveau il pensa qu'il rêvait. Mais la sensation de vertige lui donnait la nausée, donc il était forcé d'ouvrir les yeux ou de vomir devant tout le monde.

La foule normalement assourdissante était silencieuse. Des voix appelaient son nom. Au moment où l'entraîneur essaya de le tourner sur le dos, la douleur cinglante, insupportable, déchira son torse, le faisant haleter.

* * * *

"Attention, Griff !" cria Lauren, mais c'était trop tard. Le bruit dans les tribunes était assourdissant et il ne l'aurait pas entendue de toute façon. Elle saisit le bras de Hank avec toute sa force alors qu'elle regardait les deux brutes balayer le joueur de ligne débutant hors de leur chemin et charger sur Griff. Il ne regardait pas. Lauren se mordit la lèvre si durement qu'elle mit saigner. Elle s'assit puis se releva plusieurs fois, braillant à Griff, mais en un éclair, c'était trop tard.

Elle le vit chuter durement avec les deux défenseurs géants se renversant sur lui. Les grands types se relevèrent mais Griff resta immobile. Elle serra encore la manche de Hank. Il avait couvert sa main avec la sienne. L'arbitre donna un coup de sifflet signalant l'arrêt du jeu. Le public se calma immédiatement voyant que le "quarterback" ne se relevait pas. Lauren bondit criant son nom. Hank haletait. Il descendit immédiatement l'escalier, quatre à quatre.

Elle attendait, les yeux exorbités, son pouls battant la chamade. L'adrénaline se répandait partout dans son corps, augmentant la pulsation et la mettant au niveau d'alerte maximum. Cependant, Griff ne bougeait pas. Deux entraîneurs sortirent à toute allure sur le terrain. Ils se penchèrent sur lui. Elle ne pouvait pas voir ce qui arrivait. En se frayant un chemin à travers la foule, maintenant sur ses pieds, elle arriva à l'escalier et descendit, derrière Hank. Ses pieds se déplaçaient si vite qu'elle pouvait à peine les sentir.

Une fois arrivée sur le terrain, elle ne pouvait toujours pas voir ce qui se passait. La crainte l'envahit. Passant la sécurité, elle se fraya un chemin à travers les fans, arrivant aussi près du banc que possible. Buddy se tourna et la regarda se tenant debout là. Il secoua la tête. Griff ne se déplaçait toujours pas. Les larmes assombrirent les yeux de Lauren et elle ne pouvait arrêter leur flux.

Elle découvrit Hank, qui arrivait vers elle.

"Je vais aller avec lui."

Elle pencha la tête. "Puis-je venir ?"

"Je suis désolé. La famille seulement." Il mit un bras autour d'elle et la serra.

Soudainement, le casque de Griff se déplaça. Avec l'aide des entraîneurs, il s'assit. La foule hurla et applaudit.

Deux hommes de plus arrivèrent avec une civière. Griff les écarta d'un geste. Ils l'aidèrent à se remettre sur pieds et il s'éloigna lentement du terrain. Les spectateurs scandaient son nom alors qu'il disparaissait dans le vestiaire.

Lauren alla à la porte, mais fut repoussée sur le côté par les entraîneurs et les toubibs.

"Je vous ferai part de ce qui arrive," dit Hank, tapotant son épaule.

À cet instant, à ce moment même, Lauren sut exactement ce qu'elle pensait de Griff Montgomery. Elle l'aimait de tout son cœur. Son estomac était fermé et sa poitrine raide. Il était la personne la plus importante au monde pour elle. Elle sut alors qu'elle devait l'épouser. *Quelques soient les conséquences.*

Ce qui était arrivé avec sa grossesse, ou s'il la quittait un jour n'avait plus d'importance. Elle devait être avec lui, et pour longtemps. La douleur d'avoir été laissée à la porte lui faisait aussi mal que si quelqu'un lui avait donné un coup de poing.

Le garde marcha devant elle. "Famille?"

Elle secoua la tête. "Petite amie."

"Je suis désolé, mademoiselle. Je peux seulement accepter la famille immédiate."

Elle inclina la tête signifiant sa compréhension. Elle serait de sa famille. Elle le devait. Indépendamment de ce qui allait arriver à Griff, elle le voulait, c'était nécessaire, d'être là avec lui, de l'aider. Et rien d'autre ne comptait.

Elle attendit à l'extérieur du vestiaire. Une ambulance arriva.

Griff sortit portant son jersey et son jogging. "Pas d'ambulance."

"Ce sont les règles, Griff," dit l'homme debout à côté de lui.

Le "quarterback" se tourna, plantant son regard dans le sien. L'émotion monta, prenant les mots au piège dans sa gorge, mais les larmes coulèrent sur son visage.

Il prit sa main dans la sienne. "Je vais bien. Probablement juste une clavicule cassée. Rentre à la maison. Ne t'en fais pas. Papa vient avec moi." Elle inclina la tête. Il passa ses doigts sur ses joues. "Ne pleure pas, bébé."

"Je rentrerai à la maison. Attends-moi."

Il essaya de se pencher pour l'embrasser, mais grimaça quand il changea de position.

"Allons, Montgomery. Je dois vous donner un bon anti-douleur."

Griff prit son visage dans ses mains, lui remit ses clés de voiture, sourit et partit. Son papa monta dans l'ambulance après lui.

Elle entra dans sa voiture et resta assise là un instant, le moteur allumé et le chauffage à fond. De profondes respirations l'aidèrent à se calmer. Elle sécha ses larmes et passa la première vitesse. *Qu'est-ce que ça signifie pour sa carrière? Pour nous?* Les questions flottaient dans son esprit alors qu'elle conduisait lentement vers la maison.

Elle se gara et entra dans la maison. Spike était à la porte, aboya et fit des bonds pour l'embrasser. Elle sourit de le voir. Il avait besoin de dîner donc elle l'alimenta et se versa un généreux cognac. Après avoir allumé la télévision, elle regarda les nouvelles qui parlaient de Griff. Il n'y avait aucune informations qu'elle ne sut déjà.

Soudainement la faim saisit son ventre. Elle se réchauffa quelques restes et zappa de chaîne en chaîne jusqu'à ce qu'elle trouve un film romantique. Alors elle mangea, but à petites gorgées et se pelotonna avec Spike et un plaid en crochet. Lauren décida qu'il était le temps de faire face à la vie et d'arrêter de s'enfuir. Cette prise de décision calma son cœur, mais le souci au sujet Griff la tannait toujours.

Elle somnolait devant la télévision, fut secouée et éveillée par Hank à deux heures du matin.

"Nous parlerons plus tard," chuchota-t-il avant de grimper l'escalier jusqu'à la chambre d'amis. Lauren bâilla et se dirigea vers la chambre de Griff. Elle enleva ses vêtements, souleva Spike pour le mettre sous la couette avec elle et tomba dans un sommeil profond.

* * * *

Quand elle se traîna hors du lit à huit heures, Hank n'était nulle part. La voiture de Griff n'était pas là non plus. Lauren était contrariée qu'il ne l'ait pas réveillée et ni dit ce qui se passait.

Je suis juste l'amie-maitresse de son fils. Je ne compte pas. Elle serra la mâchoire, prit ses clés de son sac, et sortit Spike puis elle se dirigea vers l'hôpital.

Au bureau, l'accès à la chambre de Griff lui fut refusé. Elle discuta et plaida, en vain. Alors, elle attendit de voir Marnie descendant le hall. "Hé, Marnie! Aide-moi, s'il te plaît. Ils ne croient pas que je connais Griff. Ils pensent que je suis une fan affolée. Peux-tu leur dire la vérité?"

Marnie mit son bras autour de son amie. "Griff est ici?"

La voix de Lauren trembla. "Il a été blessé hier. Ils ne me feront pas entrer pour le voir." Marnie se tourna vers l'infirmière responsable. "Grace? Mon amie, Lauren, vit avec Griff Montgomery. Je pense qu'elle voudrait le voir." La femme en blanc leva ses sourcils vers Lauren puis les fronça. "Bon, si Marnie dit...mais je ne suis pas sûre."

"C'est réglo, Grace, elle est honnête."

"Chambre 126, en bas dans le hall, à gauche."

"Merci." Lauren étreignit Marnie et courut dans le hall. Elle s'arrêta pour respirer à fond avant de pousser la porte.

La petite chambre était bourrée de monde, comprenant un docteur, un autre homme lui parlant, Coach Bass, qu'elle reconnut du match, Hank Montgomery et Griff, dans le lit portant une minerve et une écharpe. Les hommes parlaient et se disputaient. Lauren réussit à se glisser devant eux. Griff lui sourit.

"Comment vas-tu?" Elle toucha son bras.

"Je ne sais pas encore. Je dois avoir une chirurgie, ensuite guérir, ensuite m'entraîner comme un forcené. J'ai trente-trois ans. Je ne sais pas si c'est la fin de ma carrière." Le pli entre ses sourcils s'approfondit.

"Viens à la maison. Je m'occuperai de toi..." Elle prit sa main.

"Ce n'est pas comme si un bol de bouillon de poulet pouvait me guérir. Je ne rentre pas à la maison."

"Quoi?"

"Je vais à New York pour la chirurgie puis je reviens en Indiana avec mon père. Nous devons faire une pause." Il s'abaissa pour ajuster l'écharpe qui lui soutenait le bras.

"Pourquoi? Reviens chez moi."

"En réalité, la mienne est prête. Je vais là-bas ce soir. De là, nous partons pour Manhattan."

"Qu'en est-il de nous?" Lauren pouvait à peine prononcer ces mots.

Il lui prit la main, en embrassa le dos et entrelaça ses doigts avec les siens. "Je dois bien aller avant qu'il y ait un *nous*. Il se pourrait que je n'aie pas de travail. Je dois savoir où ma vie va avant que je n'entame quoique ce soit de...euh, permanent avec toi. Tu comprends?"

"Je me fous de ça."

"Mais pas moi. Je dois me concentrer pour récupérer ma carrière. Cela doit passer en premier. Je n'ai rien à t'offrir en ce moment, qu'un athlète blessé. Et un qui ne pourrait peut-être ne plus jamais jouer."

"Mais...je..."

Il mit son doigt sur ses lèvres. Ses paupières papillonnèrent.

"Excusez-moi. Excusez-moi, les gens. Tout le monde, s'il vous plaît. Mon patient doit se reposer," dit le docteur en ouvrant la porte.

À contrecœur, elle fut balayée avec les autres. Hank était le seul autorisé à rester. Elle rentra chez elle, se demandant ce qui venait d'arriver. Quand elle arriva, Spike aboyait et il y avait plusieurs voitures garées devant sa maison.

Buddy Carruthers s'approcha quand elle mettait la clé dans la serrure. "Hé, Lauren. Comment ça va?"

"Ça pourrait aller mieux, Buddy. Qu'est-ce qu'il y a ?"

"Hank a demandé à quelques-uns d'entre nous de venir prendre les affaires de Griff. Il retourne chez lui."

Elle s'interrompit pour le regarder un instant. "Oh. Bien sûr. Bien. Entrez." Elle ouvrit la porte en grand. Quelques autres coéquipiers quittèrent leurs voitures et suivirent Buddy. Lauren passa l'heure suivante à rassembler les affaires de Griff. Les hommes traînèrent les vêtements, les livres et sa télévision jusqu'à leurs véhicules.

Lauren pensa qu'elle passait par un autre divorce. Mais les hommes étaient agréables et polis. Elle vit même une touche de sympathie dans les yeux de Buddy.

Il lui tapota sur l'épaule. "Il mettra tout au point. Tu verras. Voici mon numéro de portable, à tout hasard."

Elle acquiesça, bien qu'elle doutait de ce qu'il disait. En tenant Spike dans ses bras, elle fit un signe d'au revoir pour les trois voitures qui reprenaient brusquement la route. La tristesse s'étendit sur ses épaules et le vide envahit son cœur. Ses pas raisonnèrent en bas dans le hall alors qu'elle marchait dans la chambre de Griff. Lauren enleva les draps, les groupa puis les mit dans la machine à laver. L'espace avait l'air stérile, inoccupé, comme une chambre d'hôtel quand l'occupant a réglé sa note.

Elle tomba sur le matelas, tirant les oreillers sur sa poitrine et pleura. Spike bondit et lécha son visage.

Elle ouvrit chaque tiroir de la commode. Dans le fond d'un tiroir, il restait quelque chose. L'un était un paquet rectangulaire enveloppé dans du papier rouge avec un ruban d'or. La petite carte disait qu'il était pour elle de la part de Griff. L'autre article était une paire de toutes nouvelles chaussures de sport, toujours dans la boîte. Elle déposa son présent au pied de son petit arbre de noël, elle prit ceux qu'elle avait acheté pour lui et son papa et entra dans son véhicule.

Un appel à Buddy lui donna l'adresse de Griff. Elle fut frappée d'un choc quand elle se gara dans l'allée. Buddy ouvrit la porte. Les hommes des Kings étaient toujours dans la maison, buvant la bière.

"Bienvenue, Lauren. Entre. Prends une bière."

"Non merci. C'est vraiment la maison de Griff ici?" demanda-t-elle, posant la boîte de chaussures.

"Et ouais. Celui qui a fait cela a fait un très bon travail," dit Buddy, en regardant autour de lui.

"J'ai fait ça."

"Toi?" Il se tourna pour la regarder fixement.

"Ainsi, Griff était le client-mystère?" Elle secoua la tête et sourit.

"C'est génial. T'occuperais-tu de refaire ma maison, aussi?"

"Laissez-moi vous faire visiter." Elle mena les hommes à travers la maison, de la salle de sport au sous-sol, à la salle de séjour refaite dans des couleurs d'automne. Le bureau avait un côté sauvage, avec un papier peint d'inspiration jungle et un tapis d'herbe. La chambre principale, avec un très grand lit, avait un tapis épais, parfait pour les pieds nus et était décorée dans les nuances de bleu et d'argent.

Les trois coéquipiers prirent sa carte.

Lauren tira Buddy sur le côté. "Qu'est-ce qui va arriver à Griff?" Elle mâcha sa lèvre.

"Hé, le chemin est long pour revenir, mais il peut le faire, s'il fait suffisamment d'efforts. Il est hors-jeu maintenant, mais il devrait avoir assez de temps pour être en forme pour le camp d'entraînement de l'été suivant."

"Penses-tu qu'il peut le faire?"

"Je pense qu'il peut faire ce qu'il se décide de faire. C'est ce genre de gars. Il sera de retour, Lauren. Ne t'inquiète pas." Il la serra dans ses bras puis ils descendirent l'escalier.

Mac Jenkins accrochait l'énorme télévision à écran plat.

"Y a-t-il des bons jeux?" demanda un autre joueur, fouillant dans la planque de Griff.

Lauren s'échappa tranquillement. *Il m'a embauché anonymement pour faire sa maison?* La générosité de son mouvement la submergea. *Bien sûr, il a une superbe maison que tous les types lui envient, mais quand même. Il n'était pas obligé de faire ça. Il aurait pu embaucher n'importe qui. J'espère qu'il l'aimera.*

Elle retourna à la maison manger encore des restes avec Spike. Son cœur souffrait, et le silence de la maison était assourdissant. Elle n'avait pas réalisé combien de vitalité, d'énergie et de bruit Griff Montgomery avait apporté avec lui. Maintenant qu'il était parti, son absence la faisait frissonner, comme le manque de chaleur d'une maison froide.

* * * *

Griff saisit le bras de son père pour monter les marches de devant chez lui. Il y était retourné plusieurs fois, à la dérobée, pour vérifier les progrès de Lauren. Il était, chaque fois, plus amoureux de la maison chaude et masculine qu'elle avait créée. Il n'y avait ni bibelot ni bazar. Et c'est ainsi qu'il aimait sa vie – nette et ordonnée. Il avait vécu de cette façon depuis si longtemps, compartimentant son existence.

Alors, il avait rencontré Spike et Lauren et elle était devenue désordonnée et hors de contrôle.

"Ouah. Tu ne plaisantais pas quand tu disais rénover la maison."

"C'est Lauren qui a fait la rénovation."

"C'est elle? Elle te connaît bien c'est sûr." Hank guida son fils dans la salle de séjour.

"En fait, elle ne savait pas que c'était pour moi."

"Tu l'as payée?"

"Elle avait besoin d'argent. En plus, c'est sa profession." Griff s'affaissa sur le canapé, gémissant de douleur.

"Tu payais son loyer. Tu l'as payée pour refaire la maison. C'est une femme qui coûte cher." Hank alluma les lumières.

"Ce n'est pas ça, papa."

"Alors, à quoi cela ressemble-t-il? Tu te mets en ménage avec cette fille. Si elle est si super, pourquoi ne l'épouses-tu pas?"

"Elle ne veut pas se marier."

"Tu lui as demandé?"

"Elle me l'a dit avant que je n'aie demandé."

"Jamais rencontrer une femme qui ne voulait pas se marier."

"Eh bien, maintenant c'est fait." Griff se releva, avec l'aide de Hank.

"Comment cela se fait-il?"

"C'est compliqué." Le "quarterback" se dirigea vers la cuisine.

"Tu as faim?"

"Je meurs de faim."

Hank ouvrit le réfrigérateur et quelques placards. "Il n'y a pas grand-chose ici. Il y a la soupe. Des nouilles au poulet ou une soupe d'orge au bœuf?"

"Tu choisis. Appelle le Savage Beast. Carla fera livrer des hamburgers et frites."

Griff remit son portable à son père avant de se reposer sur un tabouret. La douleur surpassait l'effet des médicaments et il ferma les yeux pour gagner le contrôle.

"Tiens. Il est temps de prendre ceux-ci." Hank versa deux pilules d'un conteneur en plastique dans sa paume et remplit un verre d'eau. Griff les avala tandis que son père composait le numéro du bar. Après que la commande ait été prise, il sortit une boîte de conserve et fouilla pour trouver l'ouvre-boîte.

Le regard de Griff détailla attentivement la cuisine. Avec des murs couleurs des blés, des placards noirs et des appareils en acier inoxydable, la pièce donnait une sensation lisse et moderne. "Agréable. Elle est bonne. Très bonne."

"Elle a trouvé exactement ton style, hein? Sans même te le demander? Tour plutôt bien joué."

"Ouais, elle est assez étonnante."

"Je ne me suis jamais mis en ménage avec ta mère, tu sais."

"Uh, je ne veux pas le savoir, papa?"

"Quand tu trouves une femme parfaite, la vraie, tu l'épouses," dit Hank, versant la soupe dans une casserole.

"La dame doit le vouloir." Griff indiqua le placard où les bols étaient rangés.

Son père se tourna pour le regarder fixement puis leva ses mains. "Ce n'est pas mon affaire, j'imagine. Mais vous les jeunes d'aujourd'hui. Vous rendez une situation simple tellement plus difficile."

Griff rit. "Ainsi, tu approuves?"

"Ce que je pense, n'a pas d'importance, n'est-ce pas?" Hank servit deux louchées de soupe dans deux bols et en posa un devant son fils.

"Pas vraiment. Mais, peut-être. Un peu."

"Je ne connais pas la dame. Je serai d'accord avec ce que tu décides quel que soit ta décision." La sonnette retentit. Hank alla répondre puis réapparut dans la cuisine. "Pour l'instant, il me semble que tu as une carrière à sauver," dit l'homme âgé, ouvrant un sac et en enlevant des boites de polystyrène.

Griff prit un hamburger et croqua à belles dents.

"Tu viens à la maison avec moi après la chirurgie et je te remettrai en état."

"Tu es un négrier."

Hank gloussa. "Bien sûr que je le suis. C'est grâce à ça que tu es entré chez les Kings."

"Cela et un paquet de talent, peut-être?"

"Cela, aussi." Hank sourit et prit son hamburger. "Ça a l'air bon."

"Combien de temps penses-tu que ça prendra?" demanda Griff, avant de pousser deux frites dans sa bouche.

"Je ne sais pas, fiston. Ça dépend. De beaucoup de choses. Passons la chirurgie d'abord."

"Ensuite, je dois rester couché pendant six semaines. Cela pourrait être la partie la plus difficile."

"J'en doute." Ils rirent tous deux.

Griff appela Lauren.

"Je vais à New York tôt demain. Je passe en chirurgie peu après. Noël à l'hôpital."

"Oh, non. Je suis vraiment désolée. Mince, Griff. Je comptais être avec toi. J'espère que ça ira pour toi."

"Tant qu'ils ne foirent pas la procédure. Papa me remettra en forme."

Elle gloussa. "C'est probablement juste ce dont tu as besoin."

"Je ne sais pas combien de temps ça prendra. J'espère que tu comprends."

"Oui, je comprends."

"Je serai parti six, peut-être sept mois. Ce n'est pas juste de te demander de m'attendre."

Le silence s'installa.

Finalement, elle réussit à parler. Sa voix était enrouée. "Je doute que je puisse te remplacer en sept mois. Appelle-moi quand tu reviens. Je serai toujours ici."

"C'est vrai ? Je l'espère."

"Bien sûr, si tu rencontres une petite beauté de la ville...et bien, je comprendrai."

"Ah bon ?"

"Pas vraiment. Mais je devais le dire. Je veux dire....que cette surprise que tu m'as faite. Ta maison, depuis le début."

"Tu n'as vraiment pas su que c'était moi ?"

"Si je l'avais soupçonné, j'aurais dit quelque chose."

"C'est vrai. Tu n'es pas timide pour dire les choses."

"Merci d'avoir cru en moi."

"La maison est superbe. Tu as fait un fantastique travail."

"Merci."

"Tu rougis, n'est-ce pas ?"

"Probablement. Puis-je te voir à l'hôpital ?"

"Bien sûr. Je dirai à papa de t'appeler après la chirurgie."

"Je t'aime, Griff."

"Je t'aime, aussi, beauté."

"Bonne chance."

"Merci. J'en aurai besoin. Rebondir ne sera pas si facile."

"Tu peux le faire."

"Je l'espère."

Il raccrocha. *Elle ne va pas m'attendre pendant sept mois. Des belles femmes comme Lauren ne restent pas seules longtemps.* La lourdeur dans sa poitrine se centra autour de son cœur. Son père parlait, mais Griff, regardant fixement la fenêtre, était à des milliers de kilomètres de là. Il imaginait une lune de miel dans une suite sur une île tropicale, seul avec Lauren. Aucun vêtement, aucune inhibition, personne. Un soupir lui échappa. Un titre de chanson lui vint à l'esprit.

L'impossible rêve.

Chapitre Dix-sept

Griff passa en chirurgie le vingt-quatre décembre. Hank appela Lauren pour lui dire que ça avait été un succès. Don et sa famille venaient pour le réveillon de Noël au lieu du Jour de Noël. Griff était en convalescence et Hank lui recommanda vivement de rester à la maison. Elle avait planifié de lui rendre visite le Jour de Noël, indépendamment de ce qu'avait dit Hank.

À six heures, la maison était remplie de bruits et de personnes s'affairant de tous côtés. L'activité la stimulait. Lauren avait perdu le goût de vivre seule. Don fit un feu tandis que Connie chauffait des lasagnes. Les enfants mettaient la table et y plaçaient la salade et le pain à l'ail que Lauren avait préparé. Ils mangèrent rapidement puis ouvrirent les cadeaux.

Avec ses nouveaux revenus, Lauren avait fait des folies. Les enfants se jetèrent sur leurs cadeaux comme des loups affamés sur un faon crédule. Bientôt le plancher de salle de séjour était recouvert de morceaux de papier d'emballage et de boites.

Ils regardèrent un film, mangeant des pop-corn et se régalant de gâteau à la noix de coco que Connie préparait spécialement pour Noël. Pour onze heures, la tribu était sur la route. Épuisée, Lauren concentra le peu d'énergie qui lui restait pour emmener Spike pour sa promenade. Le voisinage était silencieux. Des lumières colorées clignotaient dans les fenêtres, autour des portes, sur des buissons et des arbres. Le vent glacial fouetta son écharpe et son visage. Spike, qui portait son petit manteau, tremblait près d'une bouche d'incendie.

Une fois de nouveau à l'intérieur, Lauren finit de nettoyer la cuisine et se fit un grog chaud. Elle se pelotonna avec Spike sur le sofa, écouta de la musique de Noël en regardant le feu brûler jusqu'à la dernière braise. Elle refusait de penser à son avenir, persistant au lieu de cela, à célébrer chaque jour comme il se présentait. La soirée avait été amusante. Elle ne savait pas ce qu'elle trouverait quand elle verrait Griff à l'hôpital. Mais elle s'en accommoderait quoiqu'il arrive.

La pensée de ce premier Noël sans son père pesait lourd sur son cœur. Triste et lasse, Lauren reposa sa tête sur un coussin. Le ronflement doux de son carlin la calmait. Après la dernière gorgée de sa boisson, elle s'assoupit sur le canapé, en écoutant "Douce Nuit" jouer dans sa tête.

Le matin était calme. Lauren se réveilla courbaturée d'avoir dormi sur un canapé étroit. Elle sortit Spike et lui donna à manger. Elle se mit un bol de flocons d'avoine à réchauffer, et dénicha la boîte de Griff qu'elle avait trouvée dans le tiroir du bas de la commode de la chambre. Elle ajouta du beurre, du lait et du sucre brun aux céréales puis s'assit à la table de salle à manger. Elle fit glisser le ruban et déchira le papier. Soigneusement, elle ôta le couvercle. À l'intérieur, blottie dans du coton blanc neigeux, brillait une chaîne d'or.

Elle la souleva. *Un bracelet à breloques!* Elle posa sa cuillère, désigna du doigt chaque charms. Une minuscule balle de football, un casque de football, un carlin, une palette d'artiste, un livre, un petit footballeur, et cetera. Les bibelots de quatorze carats d'or dépeignaient leur temps ensemble. À la fin, il y avait un cœur. Sur un côté était gravé *Griff* et sur l'autre, *Lauren*. Les larmes lui montèrent aux yeux. Elle le tournait et le retournait. Ce présent plein de sentiments la bouleversa.

Elle l'attacha sur son poignet, vérifia le temps et sauta sous la douche.

Lauren ne s'attendait pas à ce que le train soit bondé par les gens allant visiter les principales attractions de New York. Elle arriva en même temps que le train et faillit ne pas trouver de place. En sortant sur la 125ème rue, elle descendit l'escalier de la station et attrapa un taxi pour l'hôpital. Elle demanda le numéro de chambre de Griff et marcha par les longs couloirs sinueux rien que pour trouver l'ascenseur. Il était dans une chambre individuelle. La porte était ouverte. Griff était dans le lit endormi. Hank somnolait dans une chaise près de la fenêtre.

Elle s'arrêta à la porte pour regarder son amant. C'était un peu choquant de voir un homme aussi fort paraître aussi fragile, pâle et innocent. Sa minerve de cou le forçait à dormir assis. La couverture mince, blanc cassé était montée seulement jusqu'à sa taille. Ses cheveux s'éparpillaient de toutes parts et son visage était marqué. Il avait l'air adorable. Elle aurait tellement souhaité pouvoir le bercer dans ses bras, elle marcha sur la pointe des pieds et s'approcha. *Il est trop grand pour le mettre sur mes genoux.*

Ses yeux somnolents s'entrouvrirent. Ses lèvres desséchées bougèrent, mais aucun son ne sortit. Lauren glissa un siège près du lit. Elle prit une tasse de polystyrène, la remplit d'eau, mit une paille et la porta à sa bouche. Il était blême, avait l'air fatigué et ses yeux reflétaient la douleur. Tandis qu'il buvait, elle peigna ses cheveux de ses doigts les disciplinant en arrière de son front. Elle sortit un baume pour les lèvres de son porte-monnaie et en enduit ses lèvres.

Il sourit. "Est-ce bien toi, ou est-ce que je rêve?"

"Joyeux Noël, Griff." Elle se pencha pour l'embrasser doucement.

"Un Noël que je n'oublierais jamais." Il rit, jusqu'à ce que la vibration ravive la douleur.

Une infirmière entra. "C'est l'heure des médicaments," dit-elle, en lui remettant un minuscule gobelet en carton avec deux comprimés dedans. Lauren tint l'eau pour lui. "Nous n'avons pas eu de personne célèbre ici depuis un moment. Il est calme pour une célébrité."

"Est-ce un bon patient?"

"Jusqu'ici." La femme lui planta un thermomètre dans la bouche puis lui prit le poignet tandis qu'elle vérifiait sa montre.

À ce moment-là, Hank s'éveilla. Il se leva et étira son corps dégingandé. "Comment va-t-il?" Il fit un signe de tête en direction de Lauren avant de se tourner vers l'infirmière.

"Bien. Le dîner sera servi à cinq heures trente."

"Des restrictions alimentaires?" se renseigna Hank.

"Aujourd'hui, il doit manger ce que nous servons, mais s'il va bien, demain, il pourrait se faire apporter un repas de l'extérieur. M. Montgomery, avez-vous besoin de quelque chose?"

Griff lança un regard à Lauren puis secoua la tête.

"Je vois." dit la femme d'un regard entendu. "Vous avez tout ce dont vous avez besoin ici."

Après encore quinze minutes de conversation, Griff commença à sombrer. Hank suggéra que Lauren se joigne à lui pour casser une petite graine à la cafétéria de l'hôpital. Ils fermèrent la porte, laissant Griff s'endormir et descendirent.

Ils s'installèrent à une table dans un coin, Hank leva son regard jusqu'à rencontrer celui de Lauren. Ses yeux étaient interrogateurs, ils cherchaient à comprendre, il fronça les sourcils. "Pourquoi n'épouseriez-vous pas mon garçon?"

"Quoi?"

"Griff dit que vous ne l'épouserez pas. Il dit que vous ne voulez pas vous marier. Vous êtes homosexuelle?"

Lauren s'étrangla avec son café. "Je vous demande pardon? En quoi cela vous regarde-t-il? Et, non, je ne suis homosexuelle."

"Vous vous mettez en ménage avec mon fils. Mais vous ne l'épouserez pas?"

"Premièrement, il ne me l'a pas demandé. Et deuxièmement, je ne vois pas en quoi cela vous concerne. Vraiment, Hank. Cette situation est assez difficile sans avoir en plus à passer un interrogatoire avec vous."

Hank mordit dans son sandwich, il mâcha et avala avant de répondre. "Je suis désolé, Lauren. Je veux seulement le bonheur de mon garçon. Et coucher à droite et à gauche ne l'aidera pas à surpasser ses problèmes. Vous voyez ce que je veux dire?"

"Vous devriez demander à Griff ce qu'il veut. Au point où nous en sommes, je ne suis pas sûre qu'il le sache exactement."

"Vous avez raison."

"Dites-moi comment vous prévoyez de l'entraîner et de le ramener là où il a eu l'habitude d'être."

"Tout dépend dans quelle mesure il guérit," dit Hank. Il but à petits gorgées sa boisson et un léger sourire se forma sur ses lèvres.

Alors qu'il parlait, Lauren pouvait voir qu'il s'animait de plus en plus pour son sujet. *C'est sa chance d'aider son fils.*

"Dès qu'il obtient l'accord du docteur, nous nous partons."

"En Indiana?"

"Ouais. Je vais le conduire dans cette voiture chic qu'il a."

"Ça n'a pas l'air très confortable."

"Ça ira. En plus, tous les vols sont réservés."

"Pourquoi vous ne restez pas à Monroe? Sa maison est largement assez grande."

"J'ai du matériel d'entraînement dans mon sous-sol."

"Griff a aussi une salle de sport dans son sous-sol."

"C'est juste une salle d'entraînement. Il a besoin de choses spéciales. Je les ai à la maison."

Sentant qu'elle ne pouvait pas gagner, Lauren se tut. *Allez-y. Prenez-le. Emportez-le loin de cette mauvaise femme facile et prétentieuse.* En vérifiant sa montre, elle se rendit compte qu'elle avait le temps seulement pour un rapide au revoir, si elle voulait attraper le train de cinq heures. Spike était à la maison, attendant le dîner.

Griff était éveillé quand elle entra. Hank attendit dans le salon, leur donnant un peu de vie privée.

"Merci pour le bracelet. C'est beau. Je l'aime beaucoup," dit-elle, en l'agitant pour que les charmes d'or tintent ensemble.

"Il en manque un. Il est chez le graveur. Je suppose que cela attendra."

"As-tu mon cadeau?"

"Le pull-over? Ouais. C'est super. Parfait pour un hiver en Indiana. Merci."

Sifflant de douleur, il la tira plus près pour déposer un baiser sur ses lèvres. Ils se parlèrent tout bas et s'embrassèrent de nouveau, plus longtemps cette fois. Un grattement de gorge attira leur attention vers la porte. Hank était debout, se trémoussant en regardant le plancher.

Lauren se remit debout, serra la main de Hank et souffla un baiser à Griff avant de partir pour la gare. Elle regardait par la fenêtre du train, le gris jour d'un mois de décembre froid, légèrement rehaussé par les lumières colorées des fêtes de fin d'année dans les fenêtres. Elle désigna du doigt la chaîne sur son poignet, convaincue qu'elle venait de voir Griff Montgomery pour la dernière fois.

* * * *

Sur l'insistance de Griff, Lauren et Don continuèrent d'assister aux matchs de football des Kings. Ils se couvrirent chaque semaine un peu plus car le thermomètre chutait, mais ni l'accumulation de vêtements ni les couvertures ne leur permirent de rester au-delà du troisième quart de jeu. Même jusque-là, il fallait à Lauren dix minutes pour dégeler dans une voiture chaude.

Tony Hastings avait pris la relève comme "quarterback". Lauren essayait d'entrer dans l'esprit du jeu, mais chaque fois qu'elle regardait Tony, elle regrettait que ce ne soit pas Griff. Les performances de son amant permirent à l'équipe d'accéder aux finales de coupe. Il en était heureux. Malheureusement, les Kings perdirent au premier tour contre les Delaware Demons.

Janvier fut un mois bien rempli. Annette appela pour lui donner des bonnes nouvelles - elle avait plusieurs nouveaux clients. Plusieurs des coéquipiers de Griff l'embauchaient pour faire, pour eux, le même travail qu'elle avait réalisé pour Griff.

"Peux-tu t'occuper de deux maisons en même temps? Buddy Carruthers était le premier, mais Max Jenkins voudrait sa maison tout de suite. Est-ce trop demander? Dois-je donner le travail à quelqu'un d'autre?"

"Ne m'ont-ils pas expressément demandée?"

"Si. Mais nous avons d'autres gens talentueux, aussi."

"Ceux-là sont mes clients, Annette. Tu peux pas faire ça."

"C'est mon entreprise. Je peux faire que je veux," râla-t-elle.

Lauren appela Griff. Depuis qu'il était en convalescence, il avait beaucoup de temps pour parler.

"Qu'elle aille se faire foutre. Commence ta propre entreprise. Les gars iront là où tu seras, bébé. Tu n'en as rien à foutre. Pourquoi devrait-elle obtenir quoi que ce soit? Elle n'a pas apporté ce business. C'est toi qui l'a trouvé."

"Tu as raison. Ce sont mes clients."

"Tu as du talent. Ne laisse pas ce rapace te voler la vedette. Crée ton propre bureau."

"Je pourrais le faire. J'ai hérité un peu d'argent."

"Alors vas-y, bébé."

Lauren sourit. "Merci. Ton soutien m'aide beaucoup."

"Je suis fier de toi. J'aurais souhaité être là pour toi."

"Remets-toi. Et reviens-moi."

"Je fais mon possible."

Après avoir échangé des "Je t'aime" ils raccrochèrent. Lauren appela Marcy Chase, l'avocate qui l'avait défendue contre les anciennes charges de négligence animale de Griff et elle commença sa propre entreprise. Une fois le processus démarré, sa vie devint une énorme et interminable liste de tâches. Des papiers à signer, le compte bancaire à ouvrir, l'espace de bureau à trouver et les factures à payer étaient choses faciles. Mais elle dut aussi se mettre en relations avec un transporteur pour ses livraisons de meubles.

Entre la conduite, la planification, l'analyse des peintures et des échantillons de papier peint et les dessins, Lauren avait à peine le temps de manger et de dormir. Elle ouvrit des comptes avec la quincaillerie, des magasins de peintures, des entreprises de papier peint et des magasins d'usine de meubles locaux. Elle assistait aux ouvertures de galerie d'art et courait les petites boutiques de cadeaux juste pour trouver le bon coussin décoratif ou le parfait plat à confiseries.

Un jour par semaine, elle se mettait en route, pour rencontrer des antiquaires dans des maisons de vente aux enchères à travers l'état. Elle prenait Spike avec elle, trouvait un motel modeste et en profitait pour passer voir des magasins. Spike était si amical qu'il brisait la glace pour elle.

Les longues conversations téléphoniques avec Griff étaient devenues un luxe. Ce n'était pas qu'elle ne voulait pas lui parler, mais elle était prise dans la folie d'ouvrir une nouvelle affaire. Elle essayait de se concentrer sur les mots qu'il lui avait dit, mais parfois ses yeux commençaient à se fermer. D'autres fois, elle rentrerait à la maison trop tard pour appeler. Son athlète star était un lève-tôt.

Surtout, il lui manquait la nuit. Elle jetait ses vêtements et glissait dans son lit, seule. Les confidences sur l'oreiller, se blottir contre la poitrine de Griff, était sa façon préférée de partager leur journée. Leurs ébats amoureux lui manquaient aussi, mais ce qui lui manquait plus encore, c'était d'être enlacée dans ses bras, la lumière éteinte et de partager des choses intimes. Alors, elle pouvait lui dire n'importe quoi sans aucun embarras, de combien elle l'aimait aux choses sans importance qu'elle avait faites au travail.

Après avoir passé sa journée sur son portable, courant après les livraisons et commandant du tissu, la dernière chose qu'elle voulait était d'être encore au téléphone. Les échanges quotidiens avec Griff se raréfièrent passant à tous les deux jours puis à trois fois par semaine. Son absence était devenue un petit mal à l'intérieur d'elle qui ne la quittait jamais. Parler seule n'était pas suffisant pour évacuer la tristesse de son cœur.

Elle avait dépensé la moitié de l'argent que son père lui avait laissé dans sa nouvelle affaire et avait loué un petit deux pièces en ville. Elle y installa un bureau et utilisa l'autre pièce pour stocker tous les échantillons dont elle avait besoin. Spike avait aussi un lit là.

Chaque matin, elle prenait le carlin et roulait jusqu'au centre-ville de Monroe. Les jours se remplissaient de choix créatifs et de recherches, elle partait en quête de la table antique ou de l'équipement de cheminée qui s'accorderaient parfaitement avec le style de son client. Elle passait ses nuits à revoir ses livres, envoyer des factures, payer des factures et de temps en temps à regarder un film avec Spike.

Elle arrêta de dormir dans ce qui avait été le lit de Griff, parce qu'il lui faisait trop regretter son absence et elle retourna dans sa propre chambre à coucher. Quand Griff commença sa formation, sept semaines après la chirurgie, les appels téléphoniques cessèrent totalement. Cela prit quelques jours à Lauren pour le remarquer. Elle supposa qu'il était occupé et elle était si inondée de travail qu'elle ne s'en inquiéta pas.

Parfois, tard dans la nuit, quand elle se réveillait d'un mauvais rêve ou était agitée, Lauren restait debout à sa fenêtre, regardant la rue. Le mois de mars fit son apparition. Il y avait de la neige sur le sol. La glace, recouvrant même les branches les plus minuscules des arbres nus, scintillait au clair de lune. C'était froid et beau.

Griff lui manquait. Elle se rappela la sensation de ses bras forts autour d'elle. Elle eut alors très envie d'être enlacée avec lui sous la couette par la nuit froide. Mais ensuite, ces souvenirs s'effacèrent. Avec ses journées si bien remplies, c'était comme si sa vie avec Griff n'avait jamais existé.

Ce qu'elle avait vécu avec Griff Montgomery était-il réel, ou avait-elle exagéré ce qui s'était passé entre eux pour oublier les six premiers mois difficiles après le divorce ? Cependant, il était un homme comme aucun autre.

Quand elle eut le temps de faire une pause, elle se demanda si elle aurait jamais une relation permanente. Après un soupir, elle admit que probablement pas. Griff Montgomery était l'étalon d'or. Et elle n'était plus désormais autour de lui.

* * * *

Dès que le docteur lui donna le feu vert pour l'activité physique, le père de Griff commença à l'exercer.

"Je dois te reconstruire. Que tu reprennes l'habitude de bouger à nouveau," dit Hank, massant les mollets de son fils. "D'abord la course. Puis les poids."

"Je dois retrouver la mobilité de mon bras."

"Ouais. Je vais m'arranger pour que tu t'entraînes avec l'équipe de football juniors de Adam."

Griff rit. "Des petits enfants ?"

"Certains d'entre eux sont assez grands. Ils sont en première."

"C'est mieux que rien."

L'équipe de football junior était ravie d'avoir un "quarterback" à s'entraîner avec eux. Ils firent de la publicité.

L'histoire parut dans le journal local et fut prise par le journal "Indianapolis Star". L'agence de presse ternit son image dans les pages sportives des journaux à travers le pays. Hank répondait à des tonnes d'appels pour des interviews. Et son fils n'en manquait pas une. Il devait rester vivant dans les esprits de ses fans.

Sur les photos, Griff était flanqué de quelques juniors de football et de quelques pom-pom girls. Il se demandait si Lauren avait vu certaines de ces photos et si elle était énervée de voir des filles. Il appela trois fois, mais il tomba sur sa messagerie vocale. Il haussa les épaules. *Elle devra juste avoir confiance en moi.*

Griff était solitaire. Il avait été dans un bar une fois avec son père. Les femmes avaient rampé partout autour de lui. Sa volonté de résister fondit un peu. Ne pas avoir de sexe le rendait excité et désespéré. Mais il s'était engagé. Sortir n'était peut-être pas une bonne idée. Il flirtait et plaisantait avec ses admiratrices, mais rentrait seul à la maison.

Hank intensifia les horaires de Griff. Jogging, musculation puis lancers avec l'équipe junior dans l'après-midi. Il se tint loin des relations intimes en commençant un tournoi de backgammon avec son papa. Ils jouaient chaque soir après le dîner, gardant Griff loin des bars. Déterminé, il se jura de reprendre son ancien poste de "quarterback" et de rallumer la flamme de son idylle avec Lauren. À neuf heures chaque soir, il était épuisé et tombait dans le lit, rêvant d'elle.

Jour après jour, son énergie le poussait plus loin. Son père contrôlait jusqu'où le "quarterback" s'entraînait, prudent de ne pas exagérer et ni de blesser son fils. La vie de Hank prit un sens supplémentaire maintenant qu'il était devenu de nouveau essentiel pour Griff.

Chaque semaine, celui-ci devenait plus fort. Les juniors de football se rassemblèrent et lui fournirent une longue série de receveurs éligibles. Ils restèrent de plus en plus longtemps pratiquer avec la star des Kings. La ville entière était derrière Griff. Histoire après histoire faisait les gros titres des journaux, suivant ses progrès.

Quelques-uns spéculèrent sur sa vie sociale, mais le "quarterback" en savait assez pour ne parler à personne. Il souriait énigmatiquement et rougissait un peu, mais n'admettrait jamais qu'il ne sortait avec personne. Finalement, un journaliste supposa qu'il avait une petite-amie à Monroe. Et que lorsque c'était arrivé, Griff avait cassé. Il avait éclaté de rire, était devenu rouge comme une tomate et avait admis qu'il y avait quelqu'un qu'il tenait beaucoup à revoir.

Il espéra que Lauren verrait l'article. Il réussissait à se connecter avec elle au téléphone de temps en temps, mais elle semblait préoccupée. *Ce n'est pas toi. Elle commence une affaire. Elle est occupée.* Il se disait ça souvent mais doutait quand même de son engagement. Plus elle semblait distante, plus il était convaincu qu'elle voyait quelqu'un d'autre.

Quasiment fou de jalousie, il appela Coach Bass l'entraîneur et s'arrangea avec l'équipe pour obtenir un entraîneur privé. Il changea ses plans, prévoyant son retour à Monroe plus tôt que prévu. Hank n'accepta pas et essaya d'arrêter son fils.

Griff passa outre son père, descendit sa valise en bas de l'étagère du placard et commença à emballer ses affaires.

"Quoi? Tu pars maintenant? Alors que tu commences juste?"

"Je ne commence pas juste, Papa. J'ai fait beaucoup de progrès. Je suis prêt à aller chez un entraîneur normal." Il ouvrit le tiroir supérieur de la commode.

"Tu progresses si bien ici."

"Je dois rentrer à Monroe." Griff saisit le contenu du tiroir en une fois et le jeta dans la valise.

Hank avança lentement. "Qu'en est-il de l'équipe des juniors?"

"C'est un super groupe d'enfants, mais j'arrête. Ils continueront très bien sans moi."

"Allons, fils. Reste ici pendant quelques temps. Il y a des supers jeunes filles chez Bernie," dit Hank, arrêtant le bras de son fils.

Griff haussa les épaules et se dégagea de la main de son père. "Je m'en fous des supers jeunes filles de chez Bernie. J'en ai une à moi. Du moins, j'en avais une. J'espère vraiment qu'elle est toujours là."

"Tu repars pour elle?" Hank écarquilla les yeux.

L'expression de Griff s'assombrit. "Attention, Papa. Fais gaffe à ce que tu vas dire sur elle."

"Une fille qui ne t'épousera pas? Qui veut juste se mettre en ménage? Il ne me semble pas que tu aies un grand avenir avec elle."

"Ça me regarde. Ne te mêle pas de ça. Je rentre à la maison." Il jeta le contenu du dernier tiroir de vêtements dans sa valise et la ferma.

Hank recula.

Griff soupira quand il vit la tristesse sur le visage de son papa. "Je ne peux pas vivre avec toi pour toujours. Tu dois avoir ta propre vie, Papa."

"Je sais. Cela n'a pas été facile."

"Maman est partie depuis quatre ans."

"Parfois, il me semble que c'était hier. D'autres fois, je crois que cela fait un siècle." Hank laissa glisser son regard du footballeur vers ses mains.

"Je cherche la même chose que vous aviez avec maman. Et je l'ai trouvé. Et c'est à Monroe."

"Lauren est la bonne?"

"Je crois."

"Comment vas-tu la convaincre de sceller sa vie à la tienne?"

"Je ne sais pas. Je me débrouillerai quand je serai là-bas." Il posa sa main sur l'épaule de son père.

"Elle est évidemment très jolie. Elle semble agréable. Il semble qu'elle t'aime beaucoup."

"C'est vrai. Je suis prêt à rentrer maintenant. Et je dois te remercier. Je n'oublierai jamais ce que tu as fait pour moi." Les deux hommes se tenait debout l'un en face de l'autre, alors le fils étreignit son père tendrement. "Tu es le meilleur, Papa."

Hank renifla. "Tu l'es aussi. Bonne chance. J'espère que tu réussiras à la convaincre."

"Moi, aussi."

Griff chargea ses bagages dans son coffre. Il fit signe de la main à son père en reculant dans l'allée et prit l'autoroute. Ce serait un long trajet, mais il avait beaucoup à penser. Il récupérait sa vie. Il espérait que ce soit sa meilleure année. Quand les images de Lauren nue, excitée, se mettant en travers du lit en l'attendant, prirent le contrôle de son esprit, il ralentit. Il alluma la radio et chanta sur la chanson de *Frozen*.

Il filait à la vitesse de l'éclair. Vers sa nouvelle vie et pour réclamer sa couronne en tant que roi du terrain, reléguant Tony Hastings au banc où il appartenait.

* * * *

Lauren questionna son groupe d'entraide et son amie, Marnie, mais personne n'avait la réponse. Était-elle toujours engagée à Griff? Le fait qu'elle n'ait pas reçu de nouvelles de lui depuis environ deux semaines, elle se figurait que peut-être elle ne l'était plus. Ainsi quand Marty, le nouveau directeur du grand magasin Carson, lui proposa de dîner, elle fut d'accord. Marty était assez agréable. Séduisant, mais pas aussi beau que Griff. Cependant, elle se sentait solitaire.

Marnie n'était pas si sûre. "Tu vas sortir avec ce type de Carson?"

"Ça fait longtemps. Je suis fatiguée d'attente des appels téléphoniques qui ne viennent jamais. Je veux un homme qui soit ici." Lauren parlait en préparant le dîner pour Spike.

"Je pensais que tu ne voulais plus d'homme du tout?"

"C'était vrai. C'est vrai."

"Mais ce type?"

"Qu'est-ce qui ne va pas avec Marty?"

"Rien. À moins que Griff Montgomery ne soit amoureux de toi." La voix de Marnie se fit plus grave.

"Le crois-tu?"

"Je parie que qu'il l'est."

"Je peux sortir avec Marty et sans me soucier que ce soit sérieux avec lui."

"Pourquoi cela?"

"Parce que je ne serais jamais sérieuse avec Marty. Il est agréable. C'est une compagnie agréable."

"Coucherais-tu avec lui?"

"En aucune façon!"

"Alors, pourquoi sortir avec lui?"

"Pourquoi pas? C'est juste un dîner. Nous devons manger de toute façon."

"Pas de sexe?"

“Marnie, allons.”

“Je veux dire, tu as eu une longue période sèche.”

Lauren pouvait se sentir rougir. “C'est un peu personnel.”

“Seulement un peu?” Marnie rit. “Ne te manque-t-il pas au lit?”

“Grand Dieu, si.”

“Je le pensais bien.”

“C'est une soirée innocente. Je suis fatiguée d'être seule tout le temps.”

“Vas-y. Mais je pense que tu fais une grosse erreur. Si Griff le découvre?”

“En Indiana? Je doute qu'il l'apprenne. En plus, nous sortons juste pour un hamburger. Au Savage Beast.”

“Bonne chance. J'entends le bébé pleurer. Je dois te laisser.”

Lauren perçut le bruit en arrière-plan. Cela poignarda son cœur. *L'aurai-je un jour dans ma maison? Probablement pas.*

Elle changea l'eau de Spike et passa à la douche. Bien que ce soit juin, la température du soir baissait en dessous de seize degré. Son pull-over de cachemire turquoise et un jean confortable se trouvaient sur le lit. Elle pendit de mignonnes boucles en forme de raisins à ses oreilles et décida de porter le bracelet à breloques de Griff. *Je ne le porte pas parce que je me sens coupable. Je mange seulement un hamburger avec un collègue. Ce n'est même pas vraiment un rendez-vous galant.*

Elle entra dans la voiture et démarra. Quand elle est arriva, Marty était déjà installé à une table. Il se leva de sa chaise et en retira une pour elle. *Belle galanterie.*

Il prit une petite gorgée de sa bière. “Vous êtes magnifique.” Son regard s'attarda sur sa poitrine, tandis qu'une touche de couleur apparut sur ses joues.

“Merci. Que buvez-vous?”

“Bière brune.”

Carla arriva et prit leur commande. Commander le hamburger au bleu lui rappela Griff. Le joli tintement de son bracelet lui faisait encore plus penser à son "quarterback". Peut-être que tous les deux, c'était une erreur. Elle gigota dans sa chaise, croisant et décroisant les jambes.

"Vous ne devez pas être nerveuse avec moi. Je ne vais pas vous sauter dessus ou quoi que ce soit," dit Marty, gloussant. "En tout cas pas au premier rendez-vous."

Ses yeux s'élargirent. "Sauter sur moi? À aucun rendez-vous."

"Je ne voulais pas dire ça. C'était une plaisanterie. Insipide, j'imagine."

Elle le regarda rougir et prendre une déglutition de bière. *Qu'est-ce que je fais ici? Marnie avait raison.* "Je pense que je devrais vous dire, Marty, je ne cherche pas de relation réelle."

"Oh?"

"Oui. Je suis sorti avec quelqu'un et il s'est éloigné temporairement et, eh bien, c'est compliqué."

"Entrer dans une relation l'est presque toujours. Mais alors, pourquoi êtes-vous ici avec moi?"

"Je vous aime bien. Je pensais que ce serait juste pour manger un hamburger ensemble. Rien de formel ou de sérieux."

"Bien sûr, ce n'est pas sérieux. Je vous connais à peine."

"D'accord. Alors. D'accord. Pourquoi ne me tais-je pas maintenant?"

Carla arriva avec les hamburgers. Lauren prit le sien en mains et mordit dedans à pleine dents, soulagée de ne pas parler. *Tu supposes qu'il t'aime bien. Argh. Pourquoi serait-il ici si ce n'était pas le cas? N'empêche. Il n'est pas cela pour toi.*

Ils mangèrent en le silence pendant un certain temps. Lauren leva les yeux quand elle sentit son regard fixe sur elle. Ses yeux brun clair étaient pâles comparés aux yeux sombres de Griff. Les yeux du "quarterback" devenaient si sombres quand il faisait l'amour avec elle qu'ils ressemblaient à deux olives noires. Elle changea de nouveau le croisement de ses jambes et posa son hamburger.

"Ces chaises pourraient être plus confortables."

Je pourrais être plus confortable.

"Donc, es- tu toujours impliqué avec cet autre type?"

Lauren pâlit quand son regard fut attiré par la porte qui s'ouvrait. Elle resta bouche bée.

Chapitre Dix-huit

Griff dirigea sa fringante machine sur Parkway Merritt. Juin était la saison où la terre revenait à la vie, la floraison, robuste et colorée, tout était renouvelé. Il fléchit son bras et forma un poing puis ouvrit sa main à plusieurs reprises. C'était facile, libre, confortable et sans aucune douleur.

Les fleurs colorées et brillantes, bien coupées devant les maisons propres ou celle poussant sauvagement dans les jardins arrières lui souriaient. Le vert des pelouses, le bleu clair du ciel et les fleurs l'acclamaient. L'énergie courait dans ses veines. Il était de retour. De retour pour être le meilleur. Il savait qu'il pouvait le faire. *Trente-trois ans, blessé mais pas foutu.*

Le football avait toujours été son premier amour. Maintenant, il était surpassé par une belle brune. Il pouvait à peine attendre de voir Lauren. À une station-service, il composa son numéro, essayant de contenir l'excitation de sa voix. Il avait prévu de lui dire qu'il avait une surprise pour elle. Le téléphone sonna et sonna encore puis la messagerie vocale démarra. Après quelques essais irritants, Griff renonça. Il appela Buddy à la place.

"Hé, Buddy. Je suis de retour!"

"Griff? C'est vraiment toi?"

"Ouais. Je suis actuellement sur Wilbur Cross."

"Quand seras-tu à Monroe?"

"Peut-être dans quarante minutes."

"Le fils de pute. La vache. Tu veux te faire un hamburger?"

"Bien sûr. On se retrouve au Savage Beast."

"Parfait."

Griff se dirigea de nouveau sur l'autoroute. Il remonta la radio et sourit. La voiture tenait les courbes de la route comme une voiture de course. Il régla sa vitesse sous cent dix kilomètre-heure pour éviter une amende, pourtant ce fut difficile. Il était impatient de voir sa belle. Ça avait été trop long.

Comme il avait un peu de temps libre, Griff monta à sa maison et y déposa ses valises. Il se lava, se gicla l'après-rasage préféré de Lauren sur les joues, se changea et remonta dans son véhicule. *La vache, je serai certainement heureux d'arrêter de conduire.*

Il arriva au Savage Beast et trouva une place juste en face. Quand il sortit de la voiture, il étira ses longs membres. Buddy descendait le trottoir en même temps. Ils s'enlacèrent un instant puis Buddy ouvrit la porte pour son ami.

"Alors, ton bras est revenu à la normale?"

"Tout à fait." Le regard de Griff erra dans le bar, comme à son habitude. Lorsqu'il aperçut Lauren, il s'y reprit à deux fois. *Non. Ce ne peut pas être elle.* Ses pieds se gelèrent tandis qu'il regardait fixement dans sa direction. Il ne resta pas là bien longtemps avant qu'elle ne lève les yeux pour rencontrer les siens. Elle pâlit et sa bouche s'entrouvrit légèrement.

"Que diable?" murmura-t-il dans un souffle.

Buddy s'arrêta et se tourna. Ses yeux suivirent Griff. "Oh oh." Buddy recula et enveloppa ses doigts autour du biceps du "quarterback". "Ne fais pas ça."

"Faire quoi?"

"Ce que tu allais faire. Viens. Allons chez Bruno." Buddy le tira en arrière vers la porte, mais Griff enleva la main de son bras.

"Pourquoi voudrais-je faire ça? Je suis ici maintenant," dit-il, en s'avançant vers la table de Lauren. Il s'arrêta, lui apparaissant indistinctement.

"Lauren. Comment c'est agréable de te voir." Son ton aurait pu congeler de la viande.

"Griff! Comme c'est merveilleux ..." Ses mots s'estompèrent, son regard rebondissait de Griff à Marty puis de nouveau sur Griff. "C'est Marty. Marty, Griff."

"Dites, n'êtes-vous pas "quarterback" pour les Kings?" Marty tendit sa main.

Griff respira, essayant de contrôler son caractère. *Est-ce que je lui serre la main, ou je jette ce type par la fenêtre?* Il prit la main offerte, brièvement et baissa la voix. "Lauren, pourrais-je te parler à l'extérieur?"

Il n'attendit pas la réponse. Il ferma ses doigts autour de son bras, la souleva de la chaise et la mit sur ses pieds.

"Bien sûr, bien sûr. Si tu veux parler. D'accord." Elle inclina la tête.

Griff garda sa poigne serrée sur elle jusqu'à ce qu'ils soient à l'extérieur. "Que diable? Qui est-ce? Mieux vaut que ce soit un autre frère ou ton cousin."

"Il ne l'est pas. C'est un gars avec lequel je travaille. Nous étions simplement en train de manger un burger."

"Oh?" Griff arqua un sourcil. "Ça ressemble vraiment à un rendez-vous. Qu'est-ce que tu fous, Lauren? Je pensais que tu m'attendais? Je pensais que nous nous étions engagés?"

"À l'hôpital, tu m'as dit que peut-être nous ne devrions pas l'être. Tu m'as dit que tu ne savais pas ce qui allait arriver. Que tu ne savais pas si tu allais revenir. J'ai attendu longtemps. Je n'ai plus entendu parler de toi. Tu ne m'as jamais dit que tu allais revenir à la maison." Elle poussa son index dans sa poitrine, les yeux flamboyants.

"La première minute où je suis parti, et tu me trompes."

"Te tromper?" Ses sourcils se soulevèrent. "Je n'ai pas reçu de nouvelles de toi depuis des semaines! Tu as du toupet."

"Peut-être que c'est dur. Pourtant, je n'ai pas eu un seul petit rendez-vous. En sept mois. Un record pour moi."

"Eh bien, bravo, tu mérites un trophée. N'est-ce pas M. Parfait?"

"Ça a intérêt d'être ton premier rendez-vous," dit-il, le visage embrumé.

"Oui. Je ne pense pas que tu aies le droit de dire quoi que ce soit."

"Je pensais que nous étions d'accord. Je suppose que j'ai eu tort." Il relâcha son bras. "Tu es libre. Va avec qui tu veux."

"Quoi?"

"Tu m'as entendu. Allez retrouver Marty Martin, ou peu importe ce qu'est son nom. Avec ma bénédiction. J'arrête."

Il lui tourna le dos.

"Attends une minute. Attends!" Mais il marchait déjà vers le côté conducteur de sa voiture et ne s'arrêtait pas.

"Griff! Arrête! Ne pars pas. Ne pouvons-nous pas en parler?"

Il planta ses pieds au sol et son regard dans le sien. "De quoi peut-on parler? Tu préfères d'autres hommes. C'est évident. Je préfère être avec quelqu'un qui peut être fidèle. Acceptons de n'être pas d'accord."

"Ce n'est pas ça. Je ne l'aime même pas."

Griff haussa les sourcils. "Ça ne ressemblait pas à ça pour moi."

"Eh bien, tu as tort. Je sais que personne ne dit au fantastique "quarterback" star qu'il a tort, mais c'est le cas ici." Elle planta ses mains sur ses hanches.

"Alors, que faisais-tu ici?" Il resta immobile, faisant tinter ses clés.

"Je me sentais seule. Il m'a proposé. J'ai supposé que ça ne me ferait pas de mal."

"Couches-tu avec lui?"

"Bien sûr que non! C'était notre premier rendez-vous."

"Allais-tu le faire?" Il changea son poids d'un pied sur l'autre et jetait ses clés de main en main.

"En aucune façon." Son ton s'adoucit.

"Pourquoi pas?"

"Je ne veux pas. Tu m'as gâchée. Gâchée pour qui que ce soit d'autre." Les larmes lui montèrent aux yeux. Elle tourna la tête sur le côté, mais Griff en vit une sur sa joue.

"Comment puis-je encore te faire confiance?"

"Tu étais parti si longtemps, c'est presque comme si nous deux ça n'était jamais arrivé." Sa voix était si basse qu'il pouvait à peine l'entendre.

"Tu veux dire que je te manquais?"

Elle inclina la tête, ne lui faisant toujours pas face. Elle passa rapidement sa main en travers de son visage. Son cœur se gonflait. "Depuis quelques jours, je me sentais si seule. Et les nuits étaient encore plus dures. Alors, je te détestais pour m'avoir fait t'aimer et être parti. Quand j'ai commencé mon entreprise, ça me faisait du bien d'être trop occupée pour penser à toi. Alors, j'ai un peu perdu ce que nous avions. Je ne pouvais plus te sentir m'étreindre."

Aucun des deux ne bougea. L'émotion étrangla Griff, tenant ses paroles prises au piège de sa gorge et ses pieds gelés.

"J'ai vu les images de toi avec ces pom-pom girls et j'ai pensé que peut-être tu étais passé à autre chose. Peut-être que je tenais une torche, mais la flamme brûlait seulement de mon côté. Pas du tien. Et ensuite, je n'ai plus su que penser. Pourquoi n'as-tu pas appelé?" Elle leva les yeux vers lui, son expression était confuse et remplie de larmes, douloureuse et si innocente. Il pouvait à peine s'empêcher de la prendre dans ses bras.

"Elles n'avaient pas d'importance. C'était juste de la publicité. Je t'ai vraiment appelée. Mais je tombais toujours sur la messagerie. Et tu n'as jamais rappelé."

"Au moment où je voyais que tu avais appelé, c'était trop tard. Tu aurais été endormi."

"Et alors? Je ne serais réveillé." Il recula vers le trottoir.

"Et interférer dans ta formation? Hank m'aurait rendu responsable." Elle sourit brièvement.

Les gens quittant le Savage Beast passaient et poussaient Lauren.

Marty arriva nonchalamment par l'embrasure. "Je suppose que notre rendez-vous est fini ?" Ses yeux fâchés la regardaient fixement.

"Oui. Désolée, Marty."

"Ne soyez pas désolée. Vous m'avez rendu service. Tromper ce type tandis qu'il est loin ? Je n'ai pas besoin de ça dans ma vie. Bon débarras."

Griff, sur le trottoir le cœur battant, saisit la chemise de Marty. "Comment osez-vous lui parler comme ça ?"

"C'est la vérité."

"Vous ne savez rien d'elle. Pourtant, vous la jugez ?"

"Comme je l'ai dit. C'est la vérité. Maintenant, lâchez-moi."

"Faites des excuses."

"Je vais appeler les flics," dit Marty.

Lauren tira sur l'avant-bras de Griff. "Je me fous de ce qu'il pense. Laissez-le partir."

Griff libéra l'homme et recula.

"Un exemple à suivre. J'espère que vous perdrez tous vos matchs cette année," marmonna Marty.

Les yeux de Griff s'écarquillèrent. Le "quarterback" avança vers lui et leva son poing. "Quelqu'un doit vous apprendre une leçon."

Marty recula de peur.

"Ne vous inquiétez pas. Elle ne viendra pas de moi. Je ne voudrais pas abîmer ma main pour un crétin comme vous."

"Crétin? C'est tout ce que vous avez en stock ?" Encouragé par l'engagement de Griff de ne pas le frapper, Marty redressa les épaules et fit un pas en avant.

"Ferme-là et fous le camp, avant que je n'oublie ce que j'ai dit." Il fronça les sourcils et poussa l'épaule de Marty.

L'homme plus petit se précipita rapidement à l'intérieur. Griff rit. "Espèce de lâche."

Il prit Lauren par le coude. "Nous ne pouvons pas parler ici. Viens chez moi." Elle marcha à ses côtés. Il ouvrit la porte de la voiture pour elle avant de se glisser au volant.

Une fois à l'intérieur de la maison, elle sourit. "Je suis venue tant de fois dans cet endroit. Je n'arrive pas à croire que je n'ai pas su que c'était chez toi."

"Je passais ici parfois et je vérifiais l'avancement des travaux. J'aime beaucoup ce que tu as fait. Maintenant la seule chose dont il a besoin c'est toi."

"Moi? Je croyais que tu ne pouvais pas avoir confiance en moi."

"Ton explication est plausible. Mais ça me prendra un peu de temps pour passer au-dessus de l'épisode Marty."

"Je n'allais pas coucher avec lui. Était-ce si mal de vouloir un peu de compagnie pour dîner?"

"Et pourquoi pas de la compagnie féminine?"

"Je l'ai fait. Pendant six mois."

Il baissa la tête. "Je ne sais que penser, Lauren. Si ce trou du cul de Marty n'était rien, donc où allons-nous maintenant?"

"Je ne peux pas décider seule." Son regard voyagea de son torse à ses hanches puis remonta.

"Tu dis que tu ne veux pas te marier, mais tu veux que je t'attende? Qu'attendons-nous? Es-tu engagée dans cette relation?"

"Je le suis. Et toi?" Elle bascula son poids d'un pied sur l'autre et avança petit à petit plus près.

"Bien sûr."

"Alors, que dirais-tu d'un bonjour plus approprié d'abord?" Lauren leva son menton. Ses yeux verts miroitaient. Il la prit dans ses bras, la tenant contre sa poitrine et posa sa bouche sur la sienne.

* * * *

Lauren fondit dans son étreinte. Il avait un goût de dentifrice à la menthe. Son après-rasage mélangé avec son essence agirent comme un aphrodisiaque, faisant grimper la température dans ses veines. Les mains de Griff pressées contre son dos, maintenaient son corps tout contre le sien. Elle pouvait sentir son désir monter. Le savoir avait quelque chose de fougueux qui envoyait une vibration en direction de son intimité.

Quand ils se séparèrent, elle regarda fixement ses yeux, noirs de désir. Le bonheur reprit alors ses droits à l'intérieur d'elle. Son contact ressemblait à une baguette magique. Il la calmait, le consolait et la réveillait tout en même temps. *Oui. C'est ce qui m'a manqué.*

"Ça va mieux?" demanda-t-il, esquissant un sourire.

"Oh, grand dieu. Beaucoup," répondit-elle, ses bras toujours fermés autour de son cou.

"Ça m'a tellement manqué."

"Moi, aussi."

"Tu m'aimes toujours, Lauren?" demanda-t-il anxieux.

"Bien sûr."

"Je suis de retour dans le jeu."

"C'est merveilleux."

Il baissa ses lèvres à son cou. Ses mains enrobèrent ses seins. Et à la minute où elles en trouvèrent le sommet, elle sentit le désir de Griff grandir plus durement. Sa respiration à elle devint saccadée et elle avait soif de lui.

"Que faisons-nous ici? Tu as un lit fantastique en haut," dit-elle dans un souffle, à peine capable de parler.

Il la souleva et monta l'escalier deux marches à la fois. Il la jeta sur le matelas. Elle rebondit et se mit à rire. En une seconde, il était sur elle, déchirant ses vêtements. Elle enleva son pull-over d'un coup. Il décrocha son soutien-gorge en un temps record puis s'assit, pour regarder sa poitrine. Il s'abaissa pour embrasser le sommet de chaque sein, cette fois, pinçant et suçant. Ses mains pressaient sa chair douce.

Elle tira son T-shirt. D'une main, il l'aida et le jeta sur une chaise. Griff glissa sa main sous sa jupe. Elle haletait et fermait ses yeux alors que ses doigts voyageait vers le haut de l'intérieur de sa cuisse, lentement, son pouce caressant la peau douce. Il les glissa sous l'élastique de son slip et elle se mit à gémir.

Elle dirigea ses paumes en haut de son torse. Il gémit aussi. Le caresser et le sentir si proche envoyaient des picotements le long de sa colonne vertébrale.

"Touche-moi. Oh bébé, touche-moi." Il ferma les yeux quand sa paume couvrit son organe.

Lauren le tira un peu plus au-dessus d'elle et gratta superficiellement ses ongles de haut en bas de son dos, le faisant trembler. Ses grandes mains agrippèrent ses hanches, faisant remonter sa jupe un peu plus. Elle descendit la main et déboutonna la taille. Il ouvrit la fermeture éclair et fit glisser la jupe avant qu'elle est le temps de cligner des yeux. Ses mains remontèrent vers sa poitrine et entourant sa chair, la pétrissant, la pinçant. Quelque chose d'animal se libéra en elle. Le désir refoulé, frustré explosa prenant le contrôle.

Elle déboutonna et ouvrit la fermeture éclair de son jean, le poussant en bas sur ses hanches. Il chaloupa pour s'en défaire puis fit de même avec son slip. Il poussa son boxer au plancher et se libéra. Ils étaient finalement nus sur le lit, ils s'étaient couchés en se regardant fixement, salivant, se régalant l'un et l'autre des yeux.

Lauren essaya de le mordre d'abord. Elle se cambrait, sa bouche cherchant la sienne. Il descendit durement sur elle, l'épinglant au matelas tandis que ses lèvres violaient les siennes. Ses genoux forcèrent les siens à s'ouvrir et il se mit à genoux entre eux. Son érection poussait au centre, cherchant l'entrée. Elle bougea un peu, il donna une forte poussée et entra en elle immédiatement. Elle poussait des cris, rejetant sa tête, lâchant tout.

"Je t'ai fait mal?" chuchota-t-il.

"Oh mon dieu, non. C'est si bon!" Elle expira, cherchant plus d'air. Ses hanches ondulaient et elle enveloppa ses jambes autour de lui. Un puissant désir charnel prit la relève. L'esprit de Lauren s'était déconnecté. Elle n'était plus que sentiments et sensations, alors que ses hanches ondoyaient avec les siennes. Des grognements sortaient de sa bouche sans qu'elle puisse les retenir. Plus il allait et venait en elle rapidement, et plus elle devenait bruyante. Elle entra ses ongles dans son dos jusqu'à ce qu'il gémisse. Ses dents étaient fermées sur la chair de son épaule, ses lèvres suçant sa peau tendre et parfumée.

La sueur dégoulinait de son corps. Le désir, qui s'était accru durant des mois, s'étendit crescendo, montant en flèche, se tordant à l'intérieur d'elle, tournoyant jusqu'à ce qu'elle ne puisse le supporter. Dans un cri, un orgasme énorme l'emporta comme un tsunami. Chaque muscle dans son corps se contracta puis se relâcha. Elle le saisit, écrasant ses seins contre lui, la bouche ouverte, les yeux fermés alors que le plaisir pur se déversait dans ses veines.

En ouvrant ses yeux, Lauren s'aperçut que ceux de Griff étaient braqués sur les siens. Ils tinrent les siens captifs alors qu'ils s'assombrissaient. L'humidité de leurs torses les faisait glisser l'un sur l'autre. Il glissait en haut et en bas, massant sa chair d'une nouvelle et excitante façon. Elle inspira et l'embrassa.

Il se souleva brusquement, détournant ses yeux, faisant des bruits étranges puis il augmenta la cadence de ses mouvements. "Oh bébé, tu m'excites. Bébé, j'aime" dit-il, avant de s'arrêter pour laisser sortir son éjaculation.

Il abaissa son front sur son épaule. Des gouttelettes de sueur tombèrent sur le couvre-lit. Lauren était là étendue au-dessous de lui, épuisée. Griff desserra son emprise et la caressa. Elle se redressa et embrassa son cou. Son souffle sur sa gorge était chaud. Il la flaira, plantant de petits baisers de son cou à son pubis formant une colonne sensible.

"Lauren. Oh j'adore ça."

"C'était fantastique." Elle ferma les yeux et respira à fond, inhalant leur passion, leur amour et leur chaleur. C'était impétueux. Elle fit glisser sa paume en bas son dos, s'arrêtant sur son postérieur.

"Putain, Lauren. Je ne peux plus rester aussi longtemps sans toi. J'ai joui en deux minutes."

"Moi aussi." Elle pouffa.

Il s'appuya sur ses bras et la regarda. "Tu es belle." Alors, il se pencha et embrassa son nez.

Elle peigna ses cheveux de ses doigts. "Je t'aime."

"Vraiment?" Il roula sur le côté.

"Tu ne peux pas le dire?"

"Si je pouvais, est-ce que je demanderais?"

"Je suppose que non. Oui. Je t'aime. Je t'aime, corps et âme."

Il entrelaça ses doigts derrière sa tête. Lauren se pelotonna à ses côtés et posa sa joue sur sa poitrine.

"Je suis en sueur."

"Ça m'est égal." Elle sourit, comblée par son contact.

"Je t'aime, aussi. J'ai quelque chose pour toi." Il se pencha et saisit son jeans sur le plancher. En farfouillant dans la poche, il retira une enveloppe minuscule. "Voilà. Ceci était censé aller avec le bracelet à breloques."

Elle portait toujours la chaîne, qui avait tinté comme une folle pendant qu'ils faisaient l'amour. Elle ouvrit soigneusement le paquet jusqu'à découvrir ce qu'il y avait à l'intérieur. Il y avait un petit cœur d'or, comme ceux avec leurs noms, mais sur celui-ci était gravé "pour toujours".

"Pour toujours?" Les larmes envahirent ses yeux.

"Ne te méprends pas. Je ne vais pas t'y tenir. Si tu ne veux pas te marier ..."

"Qui a dit que je ne voulais pas me marier?"

Il se redressa d'un coup. "Quoi? Tu l'as toujours dit."

"Peut-être que j'ai changé d'avis."

Elle se redressa aussi, ouvrit la bouche pour s'expliquer plus avant, mais Griff leva sa main. "Écoute-moi d'abord. Je l'ai compris de cette façon. Si quelque chose arrivait et que nous ne pouvions pas avoir d'enfants, nous pourrions adopter. Après tout, j'ai passé les dix dernières années à élever des enfants qui n'étaient pas les miens, biologiquement. Et je les ai aimés comme s'ils l'étaient. Alors pourquoi pas?" Quand il se tourna pour la regarder, les larmes roulaient en cascade sur ses joues. "Quoi? Qu'ai-je dit?"

"C'est si gentil," dit-elle entre deux sanglots.

"C'est toi, Lauren. Toi. Je veux être avec toi. Pour toujours. Nous dealerons avec ce qui vient. D'accord? Épouse-moi, bébé. Rends-moi heureux."

"Je t'aime tellement, Griff. Oui, je le ferai."

Il la saisit, la serra, un grand sourire sur son visage.

Lauren le repoussa pour respirer un peu. "Ouais, je sais, touch-down," plaisanta-t-elle.

"Passe complétée, première et dix, but, touch-down, sécurité et point supplémentaire tout en même temps, bébé." Il l'embrassa.

Lauren entoura sa poitrine de ses bras et se pencha contre lui. Elle avait attendu si longtemps la possibilité d'être près de lui et elle ne voulait pas gaspiller un autre moment.

Griff se leva et sortit un paquet du tiroir supérieur de la commode. "J'espérais ceci. Ici. Et cela va le rendre officiel." Il mit un genou à terre et ouvrit la petite boîte. "Veux-tu m'épouser, Lauren?"

Elle eut le souffle coupé quand elle vit le diamant de quatre carats, entouré d'éclat d'émeraude. "Oui. Je le veux," répéta-t-elle.

Il glissa l'anneau sur son doigt et ils scellèrent l'accord avec un baiser. "Plus d'échange maintenant. Tu es coincée avec moi."

Elle sourit.

"C'est le meilleur. Je vais reprendre ma place de QB et maintenant, j'ai la fille que je veux. Et une magnifique maison. Qu'est-ce que je peux demander de plus?"

"Rien. C'est un doublé gagnant."

Elle soupira, en posant à sa paume sur ses pectoraux. Elle caressa les poils sombres de son torse de l'autre main et embrassa sa peau. En repliant ses genoux vers sa poitrine, elle se blottit dans son épaule. "Pouvons-nous rester comme ça une centaine d'années?"

"Tout ce que tu veux, bébé. Tout ce que tu veux."

La formation supplémentaire que Griff avait réclamé l'aida énormément. Il fut une star pendant le camp d'entraînement, regagnant facilement son poste comme premier "quarterback". Lui et Lauren prévirent leur mariage pour après le Super Bowl, dans le cas où les Kings irait jusque-là. Lauren était plus qu'occupée entre la planification de leur mariage et la décoration des maisons des coéquipiers de Griff.

Quand il était sur la route, Griff passait du temps avec les membres mariés de l'équipe qui ne sortaient pas pour draguer. Il réussit même à empêcher Trunk Mahoney de tromper sa femme. Ils jouaient aux cartes et regardaient des pornos.

Hank prit l'avion pour Thanksgiving. Griff jouait de nouveau le match de quatre heures. Don, Connie et leurs enfants, avec Hank, aidèrent Lauren à préparer un fantastique repas. Griff se rua de toute urgence sous la douche et à la maison vers la bonne nourriture et les gens qu'il aimait.

Les Kings perdirent le Super Bowl au profit des Delaware Demons. Tout le monde dans l'équipe était en pétard, mais se jura de gagner l'année prochaine. Griff et Lauren prirent des vacances à St. Thomas pendant une semaine. Spike fut gardé par Buddy. Le couple profitait de la brise douce de nuit sur leur balcon. Ils buvaient des pina coladas en regardant le coucher du soleil.

Griff avança petit à petit derrière elle, entourant son bras autour de sa taille. Il baissa la tête pour l'embrasser sous l'oreille. Lauren frissonna.

Elle lui sourit. "Je suis si heureuse."

"Nous avons tout. Presque tout."

"Presque?" Elle pencha la tête.

"Quand veux-tu parler d'avoir un bébé?" Il continua à passer ses lèvres de haut et en bas de son cou.

Elle fronça les sourcils. "Devons-nous en discuter maintenant?"

"Ne t'énerve pas. Je t'ai dit. Nous n'allons pas stresser sur ce sujet. Laissons juste faire les choses naturellement. Après le mariage, tu arrêtes la pilule et voyons ce qui arrive."

"Vraiment? Aussi tôt?"

"Je ne rajeunis pas, ma belle."

"Si c'est ce que tu veux."

"Ça doit aussi être ce que tu veux."

"Ça l'est, mais ..."

"Ne veux-tu pas avoir un bébé avec moi?" Il leva la tête et attrapa son regard.

"Je le veux. Je le veux, tellement. Mais j'ai peur." Elle détourna les yeux.

"Quoi qu'il arrive, nous serons ensemble. Je ne te laisserai jamais. Tu es la meilleure. La meilleure femme du monde."

Lauren se pencha en arrière contre lui. *Peut-être que cette fois, j'ai l'homme que j'ai toujours voulu.* Elle respira à fond et savait, dans son cœur, que Griff pensait chaque mot qu'il avait dit. Son assurance la calmait.

"Que dirais-tu d'un peu de pratique avant dîner?"

"Belle idée." Elle se tourna et était déjà dans ses bras.

Épilogue

Griff était le plus heureux des hommes depuis que Lauren avait accepté de l'épouser. Même choisir les fleurs et discuter de tous les détails du mariage ne l'ennuyèrent pas. Il était d'accord avec tout ce que Lauren voulait, tant il était reconnaissant de l'avoir bientôt pour femme.

La lune de miel courte fut simplement comme des vacances – sexe, dîner et longues promenades. Il retourna à Monroe, se reposa pour se préparer à mener les Kings à la victoire.

Leur premier match était à la maison contre les Montana Rams. Griff retrouva Buddy dans le parking. Ils marchèrent ensemble jusqu'au vestiaire.

"Je ne peux pas croire que tu es un homme marié," dit Buddy, secouant la tête. "Non, plus de coucherie à droite à gauche sur la route."

"Ouais. C'est la meilleure des choses. Tu devrais essayer," répondit Griff.

Buddy laissa s'échapper un rire. "D'accord. Tu es marié depuis cinq minutes et c'est la meilleure chose au monde."

"Oui."

L'entraîneur réunit l'équipe dans le vestiaire une demi-heure avant le match. "Cette année notre travail n'est pas facilité. Nous n'affrontons pas seulement les habituels Gamblers et Démons, mais L. A. a négocié quelques grands types pour leur ligne défensive. Nous ne pouvons plus nous permettre de blessures, Donc soyez prudents là-bas."

Entre Max Jenkins, Bullhorn Brodsky, Caleb Turner et Buddy, Griff joggait sur le terrain. L'équipe se tenait debout tranquillement. Chacun tenait son casque. Lui et Buddy mirent leurs mains droites sur leur cœur, et se préparèrent à chanter en même temps que l'hymne national. Une annonce se fit entendre sur le haut-parleur.

"Aujourd'hui, c'est un honneur et un privilège d'accueillir une fabuleuse jeune chanteuse pour chanter l'hymne national. Nous sommes honorés d'avoir Emerald avec nous."

Les applaudissements étaient assourdissants.

Buddy fut saisi de surprise. Il regarda Griff puis la chanteuse. "Que diable fait-elle ici ?"

* Fin *

Le civet d'agneau mijoté – la recette de Lauren

Ingrédients

- 1,2 kg d'agneau coupé en morceaux
- 2 oignons moyens coupés en 4
- 1 sac de carottes coupées en morceaux
- 5 grosses pommes de terre à peau rouge coupées en quatre
- 20 cl d'eau
- 10 cl de vin rouge sec
- 2 c. à soupe de farine à saupoudrer
- un sac congélation
- sel et poivre

Recette

Mettre la farine dans le sac congélation. Jeter la moitié des morceaux d'agneau dedans, fermer et secouer jusqu'à ce qu'ils soient légèrement recouvert de farine. Placer les dans la mijoteuse et répéter l'opération avec l'autre moitié de l'agneau.

Mettre les oignons coupés en quatre avec la viande. Ajouter les pommes de terre et les carottes. Verser l'eau sur les ingrédients puis le vin. Ajouter du sel et du poivre.

Cuire au plus chaud pendant une heure. Puis mettre sur doux et laisser mijoter pendant sept heures ou jusqu'à ce que la viande soit tendre. Mélanger à souhait.

Plus de nouvelles romantiques par Jean C. Joachim

Now and Forever 4, The Renovated Heart
Now and Forever 5, Love's Journey
Now and Forever, Callie's Story (series starter)

SÉRIE MOONLIGHT
Sunny Days, Moonlit Nights
April's Kiss in the Moonlight
Under the Midnight Moon
Moonlight and Roses (series starter)

NOUVELLES NEW YORK NIGHTS
The Marriage List
The Love List
The Dating List
Champagne for Christmas

SÉRIE LOST & FOUND
Love, Lost and Found
Dangerous Love, Lost and Found

SÉRIE FIRST & TEN
Griff Montgomery, Quarterback
Buddy Carruthers, Wide Receiver
Pete Sebastian, Coach
Devon Drake, Cornerback
Harley Brennan, Running Back
Overtime, the Last Touchdown
A Kings' Christmas
SÉRIE BOTTOM OF THE NINTH
Dan Alexander, Pitcher
Matt Jackson, Catcher
Jake Lawrence, Third Base
Nat Owen, First Base
Bobby Hernandez, Second Base

A propos de l'auteur

Jean C. Joachim est un auteur à succès de fiction romantique, avec des livres sur la liste Top 100 depuis 2012. Elle écrit principalement des romans contemporains, qui incluent la romance sportive et le suspense romantique.

The Renovated Heart a remporté le Meilleur Roman de l'Année de Love Romances Café. *Lovers & Liars* a été finaliste de RomCon en 2013. Et *The Marriage List* a été 3ème ex-aequo comme Meilleur Roman d'Amour Contemporain du Gulf Coast RWA. *To Love or Not to Love List* a été 2ème ex-aequo dans le concours 2014 New England Chapter of Romance Writers of America Reader's Choice. Elle a été choisie Auteur de l'Année en 2012 par le New York City chapter of RWA.

Mariée et la mère de deux fils, Jean vit à New York. Tôt le matin,vous la trouverez à son ordinateur, en écrivant, avec une tasse de thé, son carlin qu'elle a sauvé, Homer, à ses côtés et un sachet secret de réglisse noire. Jean a plus de 30 livres, des romans et des nouvelles publiés. Retrouvez-les ici: http://www.jeanjoachimbooks.com